U0451342

名选新刊

两汉诗选

曹道衡　选注

图书在版编目（CIP）数据

两汉诗选 / 曹道衡选注 . —北京：商务印书馆，2022
（名选新刊）
ISBN 978-7-100-21641-8

Ⅰ.①两… Ⅱ.①曹… Ⅲ.①古典诗歌—诗集—中国—汉代 Ⅳ.① I222.734

中国版本图书馆 CIP 数据核字（2022）第 165585 号

权利保留，侵权必究。

名选新刊
两汉诗选
曹道衡　选注

商 务 印 书 馆 出 版
（北京王府井大街36号　邮政编码100710）
商 务 印 书 馆 发 行
北京市十月印刷有限公司印刷
ISBN 978-7-100-21641-8

2022年12月第1版	开本 880×1230　1/32
2022年12月北京第1次印刷	印张 11½

定价：68.00 元

"名选新刊"出版说明

　　从古至今,阅读经典的选本,一直是了解和学习文学作品卓有成效的途径。传统的选本不仅保留了优秀的文学作品,还能够彰显编选者的文学观念,因此具有极高的理论研究、创作示范和文献校勘价值,对古代文学的发展起了巨大的推动作用。20世纪初以来,受西学的影响,古代文学研究更加深入。研究者们对作品选的编辑也倾注了极大的热情。他们更加注重作品的文学史意义和经典性,增加通俗的注释,以利优秀传统文化的传播和普及。

　　基于此,我馆推出"名选新刊"丛书。丛书强调经典性、普及性、示范性,以精选、精编、精校为旨归。其编选者都是20世纪古代文学领域最著名的学者,他们在作品的去取、文字的校订等方面更具有权威性。这些选本久有盛誉,此次重加搜采为一辑,并期尽善。"泰山不让土壤,故能成其大;河海不择细流,故能就其深。"希望这套丛书作为涓涓细流,为优秀传统文化的传承略尽绵薄之力。

商务印书馆编辑部
2018年10月

目　录

前言 ·· 1

上编　乐府诗

安世房中歌 ·· 11
郊祀歌 ·· 16
　青阳 ·· 16
　朱明 ·· 18
　西颢 ·· 19
　玄冥 ·· 20
　日出入 ··· 21
　天马 ·· 22
　天门 ·· 25
鼓吹曲辞 ··· 28
　上之回 ··· 28
　战城南 ··· 30
　巫山高 ··· 31
　上陵 ·· 32

有所思	34
上邪	36
相和歌辞	37
公无渡河	37
江南	38
东光	39
薤露	40
蒿里	41
鸡鸣	42
乌生	44
平陵东	46
陌上桑	47
长歌行	50
猛虎行	51
君子行	52
董桃行	54
相逢狭路间	56
附 长安有狭邪行	57
塘上行	58
善哉行	60
陇西行	62
附 步出夏门行	65
西门行	66

附 晋乐所奏歌辞	67
东门行	68
附 晋乐所奏歌辞	70
折杨柳行	71
妇病行	73
孤儿行	76
雁门太守行	79
艳歌何尝行	82
艳歌行	83
其一	83
其二	85
附 豫章行	86
白头吟	87
附 晋乐所奏歌辞	88
梁甫吟	89
怨诗行	91
满歌行	92
附 晋乐所奏歌辞	95
杂曲歌辞	96
蛱蝶行	96
伤歌行	98
悲歌	99
古诗为焦仲卿妻作	100
枯鱼过河泣	116

古歌·· 116
艳歌·· 117
古咄唶歌·· 118
杂歌谣辞·· 119
　民为淮南厉王歌······························ 119
　郑白渠歌··· 120
　匈奴歌··· 121
　成帝时童谣······································ 122
　成帝时歌谣······································ 123
　鸡鸣歌··· 124
　通博南歌··· 125
　城中谣··· 126
　顺帝末京都童谣······························ 126
　桓帝初天下童谣······························ 127
　桓帝初城上乌童谣··························· 128
　时人为贡举语·································· 129

中编　无名氏古诗

古诗十九首··· 131
　其一··· 131
　其二··· 133
　其三··· 134
　其四··· 135

其五	136
其六	138
其七	139
其八	141
其九	142
其十	143
其十一	144
其十二	146
其十三	147
其十四	149
其十五	150
其十六	152
其十七	154
其十八	155
其十九	157
上山采蘼芜	158
四坐且莫喧	159
悲与亲友别	161
穆穆清风至	162
兰若生春阳	163
橘柚垂华实	164
十五从军征	166
新树兰蕙葩	167

《文选》所载"李陵《与苏武诗》" …………………… 168
    其一 …………………………………………… 168
    其二 …………………………………………… 170
    其三 …………………………………………… 171
《文选》所载"苏武诗" …………………………………… 173
    其一 …………………………………………… 173
    其二 …………………………………………… 175
    其三 …………………………………………… 176
    其四 …………………………………………… 178
《古文苑》所录"苏李诗" ………………………………… 179
    有鸟西南飞 ………………………………… 179
    烁烁三星列 ………………………………… 181
    寂寂君子坐 ………………………………… 182
    晨风鸣北林 ………………………………… 183
    陟彼南山隅 ………………………………… 185
    锺子歌南音 ………………………………… 186
    童童孤生柳 ………………………………… 187
    双凫俱北飞 ………………………………… 188
采葵莫伤根 …………………………………………… 189
青青陵中草 …………………………………………… 190
古绝句 ………………………………………………… 191
    其一 …………………………………………… 191
    其二 …………………………………………… 192

  其三 ………………………………………… 192
  其四 ………………………………………… 193
 古两头纤纤诗 ……………………………………… 193
 刺巴郡太守诗 ……………………………………… 194

下编　文人诗歌

刘　邦 …………………………………………………… 196
 大风歌 ……………………………………………… 196
 鸿鹄歌 ……………………………………………… 197
项　籍 …………………………………………………… 198
 垓下歌 ……………………………………………… 198
戚夫人 …………………………………………………… 199
 春歌 ………………………………………………… 199
刘　章 …………………………………………………… 200
 耕田歌 ……………………………………………… 200
刘　彻 …………………………………………………… 201
 秋风辞 ……………………………………………… 202
 瓠子歌 ……………………………………………… 203
  其一 ………………………………………… 203
  其二 ………………………………………… 205
李延年 …………………………………………………… 206
 歌 …………………………………………………… 206
韦　孟 …………………………………………………… 207

讽谏诗 ·· 208
　　在邹诗 ·· 213
李　陵 ·· 215
　　别歌 ··· 215
刘细君 ·· 216
　　悲愁歌 ·· 216
杨　恽 ·· 217
　　歌诗 ··· 218
韦玄成 ·· 218
　　自劾诗 ·· 219
　　戒子孙诗 ··· 222
息夫躬 ·· 224
　　绝命辞 ·· 225
班婕妤 ·· 226
　　怨歌行 ·· 227
马　援 ·· 228
　　武溪深 ·· 228
白狼王唐菆 ·· 229
　　远夷乐德歌诗 ··· 229
　　远夷慕德歌诗 ··· 230
　　远夷怀德歌 ·· 231
梁　鸿 ·· 232
　　五噫歌 ·· 232

适吴诗 ································· 233
班　固 ····································· 235
　　咏史 ································· 236
傅　毅 ····································· 237
　　迪志诗 ································· 238
张　衡 ····································· 240
　　同声歌 ································· 241
　　四愁诗并序 ··························· 242
　　怨诗 ································· 245
朱　穆 ····································· 246
　　与刘伯宗绝交诗 ····················· 246
郦　炎 ····································· 248
　　见志诗 ································· 248
　　　其一 ································· 248
　　　其二 ································· 250
秦　嘉 ····································· 252
　　述婚诗 ································· 252
　　赠妇诗 ································· 253
　　赠妇诗三首并序 ····················· 254
　　　其一 ································· 254
　　　其二 ································· 255
　　　其三 ································· 257
徐　淑 ····································· 258

  答诗 ·· 258
赵　壹 ·· 259
  秦客诗 ·· 260
  鲁生歌 ·· 261
蔡　邕 ·· 262
  饮马长城窟行 ································ 262
  翠鸟诗 ·· 264
  琴歌 ·· 265
孔　融 ·· 266
  杂诗 ·· 267
    其一 ···································· 267
    其二 ···································· 268
  临终诗 ·· 270
辛延年 ·· 271
  羽林郎 ·· 272
宋子侯 ·· 274
  董娇娆 ·· 274
蔡　琰 ·· 276
  悲愤诗 ·· 276
    其一 ···································· 276
    其二 ···································· 282
仲长统 ·· 284
  见志诗 ·· 285

  其一 ……………………………………………… 285
  其二 ……………………………………………… 286
阮　瑀 ……………………………………………………… 287
 驾出北郭门行 …………………………………………… 288
 咏史诗 …………………………………………………… 289
  其一 ……………………………………………… 289
  其二 ……………………………………………… 290
 七哀诗 …………………………………………………… 291
 杂诗 ……………………………………………………… 293
王　粲 ……………………………………………………… 294
 赠蔡子笃诗 ……………………………………………… 294
 赠士孙文始诗 …………………………………………… 296
 赠文叔良诗 ……………………………………………… 300
 公宴诗 …………………………………………………… 302
 从军诗 …………………………………………………… 304
  其一 ……………………………………………… 304
  其二 ……………………………………………… 308
  其三 ……………………………………………… 310
  其四 ……………………………………………… 311
  其五 ……………………………………………… 312
 咏史 ……………………………………………………… 314
 杂诗 ……………………………………………………… 315
 七哀诗 …………………………………………………… 317

其一 …………………………………………………… 317
　　　其二 …………………………………………………… 318
　　　其三 …………………………………………………… 320
陈　琳 …………………………………………………………… 321
　饮马长城窟行 ……………………………………………… 321
刘　桢 …………………………………………………………… 323
　公宴诗 ……………………………………………………… 324
　赠徐幹 ……………………………………………………… 326
　赠五官中郎将 ……………………………………………… 327
　　　其一 …………………………………………………… 327
　　　其二 …………………………………………………… 329
　　　其三 …………………………………………………… 331
　　　其四 …………………………………………………… 332
　赠从弟 ……………………………………………………… 332
　　　其一 …………………………………………………… 332
　　　其二 …………………………………………………… 334
　　　其三 …………………………………………………… 334
　杂诗 ………………………………………………………… 336
应　玚 …………………………………………………………… 337
　侍五官中郎将建章台集诗 ………………………………… 337
　别诗 ………………………………………………………… 339
　　　其一 …………………………………………………… 339
　　　其二 …………………………………………………… 340

徐 幹 …………………………………… 341
　情诗 …………………………………… 341
　室思诗 ………………………………… 343
繁 钦 …………………………………… 345
　定情诗 ………………………………… 346
　咏蕙诗 ………………………………… 349

前　　言

　　历来研究文学史的人在谈到汉代特别是西汉的文学时，比较着重论述的往往为散文和辞赋，而对其诗歌则似少注意。这种看法由来已久。例如梁代的锺嵘就曾说过"自王（褒）、扬（雄）、枚（乘）、（司）马（相如）之徒，词赋竞爽，而吟咏靡闻"的话。不过，锺嵘此语实仅就五言诗尤其是五言的徒诗而言。因为他所撰《诗品》，其评论范围仅限于五言，而且主要是文人创作的徒诗，至于那些三言、四言和杂言的诗歌都不在他论述之列。和他差不多同时的刘勰，论诗虽不限于五言，却把"乐府"与"诗"分为二体，且从正统儒家的立场出发，对《汉郊祀歌》一类乐府诗颇有非议。因此给人造成一种错觉，好像西汉一代在诗歌方面并无多大成就。其实情况并不完全如此。平心而论，西汉一代现存的诗歌为数并不算太少。其中有一部分像《安世房中歌》《郊祀歌》等固属庙堂之作，但也有一部分民歌及文人言志缘情之作传世。那些庙堂之作，虽常被人们认为是模仿《诗经》和楚辞的作品，但在诗歌的发展史上自有其地位。我们知道，在秦汉以前，我国曾经是一个诸侯割据争雄的时代，各国的种族、社会状况、语言和文化传统都很不一样。《吕氏春秋·音初》提到"东音""南音""西音"和"秦音"等的起源，虽未必全合事实，却说明了秦统一以前各地曾存在各种不同的乐种。这各类音乐自有其不同的唱法和歌辞，必然会造成各地诗歌在文体、风格和技巧等各方面的差异。例如产生于黄河流域的《诗经》和产生于江汉流域的楚辞，其形式和内容就有很大差别。但作为同一种文化的不同分支，其相同、相似及互相影响之处，总是不可避免的。秦代的统一，无疑加速了各地文风的交流和融合。但短促的秦代，显然远远完不成这个任务。真正完成这种融合的是汉代。汉代的建立者刘邦是丰（今江苏省丰县）人，战国时属楚，因此史书上说他"乐楚声"是很自然的。现今所见刘邦自作的歌辞如《大风歌》近于骚体，《鸿鹄歌》虽属四言，但他称之为"楚歌"；刘邦的姬妾"唐山夫人"所作的《安世房中歌》，据《汉书·礼乐志》说，也是"楚声"。不过，这些歌辞之为"楚声"恐怕主要表现于音声和曲调方面，光从文辞来看，像《鸿鹄歌》这种作品好像和《诗经》中某些作品并无太大不同。《安世房中歌》的文体比较复杂，四言、三言和七言的句式都有。四言自是周代《雅》《颂》和秦代石刻的基本句式，而三言和七言的句式亦为数不少。值得注意的是这三种句式实为构成《荀子·成相》篇的主要句型。更有意思的是近年湖北云梦睡虎地出土秦简《为吏之道》

中,有一部分文字其句式和《成相》篇几乎全同。云梦地处今湖北中部偏东地区,确为战国楚地,而荀况晚年终老于楚,那么"成相辞"这种形式亦属楚声范畴,大约不成疑问。稍后于《安世房中歌》的《郊祀歌》在内容方面当亦深受楚声的影响。《史记·封禅书》明确地记载谬忌对汉武帝说"天神贵者泰一",而所谓"泰一",又与《楚辞·九歌》中的"东皇太一"明明是同一个神。《郊祀歌》的句式,亦以三言、四言和七言为主。所以这些庙堂歌诗应当说仍继承了汉初"尚楚声"的传统。和朝廷君臣的"尚楚声"同时,一些士人所作的诗,则似乎更近于《诗经》中《雅》《颂》之体,这大约和秦亡以后,儒家思想的复兴有密不可分的关系,而汉武帝的表彰儒术又更起到推波助澜的作用。这在韦孟及其子孙韦玄成的那些四言诗中体现得最为突出。许多研究者对那些庙堂之作及士人的诗评价不高,因为它们模拟《诗经》、楚辞的痕迹确实很多。不过即使这类作品,在文学史上的地位亦不容忽视。例如《安世房中歌》中像"大海荡荡水所归,高贤愉愉民所怀"这样的比喻手法和句式,有其一定的创新意义;《郊祀歌》中对天上和诸神的幻想式描写,亦未必没有其特色。当庙堂和士人们尚致力于使各种传统渐趋融合的时候,一些更显清新活泼的民歌亦已产生。如《铙歌十八曲》中的《战城南》《长相思》和《上邪》诸作,大约都产生于西汉。前者诉说战戍之苦,后者则写男女恋情,这种诗歌显然来自民间,纯属真情的流露,应属抒情诗的杰作。《铙歌》据说本是军歌，但上述几首诗未必适于鼓舞士气，恐怕是后来的乐官们取民歌配乐以供军官们享乐之用。这个问题一时似难究诘。有些《铙歌》在内容方面显然不同于庙堂之作和不少文人诗，但在形式上，似仍以杂言为主。至于魏晋以后盛行的五言诗，在西汉亦已萌芽。《史记·项羽本纪》，《正义》引《楚汉春秋》所载虞姬答项羽的诗，纯属五言，但有不少人对此持疑。不过像戚夫人的《春歌》、李延年作歌中已多有五言句；成帝时的歌谣"邪径败良田"，更是一首较成熟的五言诗。此外像《相和歌辞》中的《江南》，究竟出现于西汉还是东汉？现在尚难论定，至少我们可以说五言诗之兴大约亦起自西汉民间。据《汉书·艺文志》著录，当刘向奉成帝命整理图书时，诗歌一类作品有三百一十四篇之多，其成就不可忽视。

现在多数学者都认为汉代诗歌中的大部分名篇皆产生于东汉，这大约是事实。但汉诗的繁荣却在西汉已奠定了基础。自汉武帝"立乐府，采诗夜诵，有赵代秦楚之讴"[①]，民间俗乐便被大量集到朝廷，并得到许多达官贵人的喜爱，在上层人物中广泛流行。《汉书·礼乐志》记载西汉末年情况："是时，郑声尤甚，黄门名倡丙彊、景武之属富显于世，贵戚五侯定陵、富平外戚之家，淫侈过度，至与人主争女乐。"哀帝即位后，下诏罢乐府，直到东汉也没有恢复。但"俗乐"的流行，并非撤销一

---

① 关于"乐府"之设立，近年来因陕西出土秦代钟上有"乐府"字样，而被认为不始于汉武帝，但这和"采诗夜诵"似无直接关系，姑用《汉书·礼乐志》原文。

个官署所能阻止的。随着"俗乐"得到广泛的人群喜爱,不但搜集、整理者日多,乐官们采用文人诗和自撰曲辞的例子亦已出现。因此现存的"相和歌辞""杂曲歌辞"等,大多出现于东汉。从这些歌辞中,很可以看出东汉一代的盛衰。例如东汉初年,虽经战乱,而在一二十年的恢复之后,有些城市又趋兴盛。例如长安是西汉二百年的故都,豪门旧族很多聚居于此,他们对光武帝之迁都洛阳并不赞成。正如班固《两都赋序》所说:"西土耆老,咸怀怨思,冀上之眷顾,而盛称长安旧制,有陋洛邑之议。"这些"西土耆老"确有其经济实力,如著名的《相逢行》,写这种人家"黄金为君门,白玉为君堂";这种人家不但富裕,在政治上亦有优越地位,正如与之相似的《长安有狭邪行》所称:"大子二千石,中子孝廉郎。小子无官职,衣冠仕洛阳。"但好景不长,随着东汉朝政的腐败及"羌乱"之起,关中就日趋衰落。王符在《潜夫论》中反复谈论这个问题。这种情况,在乐府诗中亦有反映。如《艳歌何尝行》:"飞来双白鹄,乃从西北来,十十五五,罗列成行。"这里写的虽是"白鹄",其实是指人。东汉自羌乱之后,西北人口大量向东南流亡,造成关中人口的锐减和江南人口的激增。在乐府中,多方面地写到了人们生活的种种情况,如婚姻、爱情、社会习俗、神仙迷信等等方面。尤其可贵的是出现了《孤儿行》《妇病行》这样描写普通百姓的疾苦和《东门行》那样直接写到人们被饥寒所迫不得不铤而走险的情景的作品。至于像《陌上桑》中的秦罗敷、

《羽林郎》中的胡姬及《古诗为焦仲卿妻作》中的刘兰芝和焦仲卿，更是至今为人们所熟知和津津乐道。这些作品无疑是我国诗歌史上的瑰宝。

由于乐府民歌受到人们普遍重视，于是有些文人开始仿效那些乐府的技巧和形式，创作自己的言志缘情之作，其中最杰出的代表要算所谓"古诗"和"苏李诗"。"古诗"中最有名的是《文选》所收的十九首。我们现在谈论这些作品，往往称"古诗十九首"。不过今存的"古诗"实不止此数，据《诗品》所说，当时至少有五六十首，像《玉台新咏》中所载的《兰若生春阳》等恐怕均在钟嵘所说的五六十首之中。这些作品有的较重辞藻，有的则较质朴，仍可见其脱胎于乐府的痕迹（如《上山采蘼芜》）。这些无名氏的文人诗和乐府有着千丝万缕的联系。像"十九首"中的《生年不满百》，有的学者就认为出于《相和歌辞·西门行》，但笔者则认为是乐官们取此诗改写谱曲而成为《西门行》的"本辞"，再由"本辞"而演化为"晋乐所奏"的歌辞。不管二说孰是，"古诗"与"乐府"有着千丝万缕的关系总属事实。这些乐府和"古诗"正是建安文学的源头。清人沈德潜说"孟德（曹操）诗犹是汉音，子桓（曹丕）以下，纯乎魏响"，这种情况显然有时代及个人的原因，但曹操诗全属乐府体，而曹丕、曹植兼学"古诗"，亦其重要因素。钟嵘曾说"古诗"中《去者日以疏》四十五首……旧疑是建安中曹（植）、王（粲）所制"，大约亦有鉴于此。这部分诗过去曾有人猜想有一部分为西汉枚乘所作，但并无确据。现在看来，像"十九首"中屡次提到"洛中""宛与洛"和"上东门"等，那么判定其为东汉作品当无疑问。和"古诗"比较相似的是所谓"苏李诗"。这些诗不是李陵、苏武所作，这是多数研究者的共识。早在六朝颜延之在《庭诰》中就说过"逮李陵众作，总杂不类，元（原）是假托，非尽陵制"；《文心雕龙·明诗》亦有"而辞人遗翰，莫见五言，所以李陵、班婕妤见疑于后代也"的话。这些诗的作者虽难确定，但艺术上确属杰构，如《文选》所录李陵诗三首和苏武诗四首，洵为精品。而且可以肯定，当时人所见的"苏李诗"肯定不止这七首，后来《古文苑》中所载的一些诗，当与这七首产生于同一时代。所以距萧统时代不远的庾信在《哀江南赋》中提到"李陵之双凫永去，苏武之一雁空飞"。其中苏武一雁用《汉书·李广苏建传》所说汉帝在上林苑中从雁足上得苏武书信之典；而"李陵之双凫"即出今《古文苑》中所载"苏李诗"的《双凫俱北飞》。后人有的既笃信《文选》所录为真出李陵、苏武之手，而又对《古文苑》所录持怀疑态度，于是又列出了一个《拟苏李诗》的名目，并谓"拟诗非不高古，然乏和宛之音，去苏李已远"（《古诗源》卷四），这恐怕并无根据。应该承认这些诗在艺术上似与《文选》所录有一定差距，但这只是艺术上的高下，与真伪无干。这些所谓的"苏李诗"，虽非苏李所作，但其成为诗歌中名篇绝非偶然。不然，大诗人杜甫就不会有"李陵苏武是吾师"的诗句。这部分作品的产生年代，大约也在东汉。从文风方面看来，似与"古诗"的产生年代差不多。逯钦立先生认为这些诗产生于东汉，且和当时流亡至南方尤其是交州等地的文人有关，其说确有见地。因为据《后汉书》，东汉时确有一些文人避地至交州，而"苏李诗"中有些句子如"山海隔中州"等，似亦可得到解释。"古诗"和"苏李诗"是六朝作家学习的重要范本。陆机的《拟古诗》十二首，是专为模仿"古诗"而作，拟作的目的自然在学习其技巧。在今人看来，模拟之作似不值得提倡，其实古人往往以此为吸收前人技巧的重要方法。当然，陆机的拟作虽不乏"照之有馀晖，揽之不盈手"（《拟明月何皎皎》）这样的警句，但毕竟不若"古诗"之自然浑成，出于天籁。至于"苏李诗"的模拟者，迄今所知，江淹之《杂体诗三十首》也许较早，但从《诗品》看来，在上品中首提"古诗"和李陵，亦可见"苏李诗"的地位①。

汉诗名篇多为乐府和无名氏之作，其有主名的作品，虽不乏传诵名作，而这些诗相传的作者有不少颇有疑问。如蔡邕的《饮马长城窟行》、班婕妤的《怨诗》，人们都疑其主名；辛延年、宋子侯虽有其名，而我们对其生平则颇茫然。大抵东汉前中期有主名的诗，非无佳作，如张衡《四愁诗》之类仍近骚体而非五言。只有后期的郦炎、秦嘉才略具特色，而真正在文学史上留下巨

---

① 《诗品》未提苏武，但在六朝时，"苏李诗"何者为"苏"，何者为"李"，本来分得不太清楚，如《诗品》提到"子卿《双凫》"，实指前面提到的庾信所谓"李陵之双凫"。

大影响的则为蔡琰和"七子"中的王粲、刘桢等人，那已经是汉末的建安时代了。关于建安文学，历来有两种不同的处理方法。一种是把"七子"中除孔融外的六人皆算魏人，因为他们都在曹操手下做官，另一种办法是把七子全部算成汉代人，因为"七子"中死得最晚的徐幹，死时下距曹丕代汉还有两年左右。再说以"建安"属魏实有困难，因为在建安初年，曹操还没有封为"魏公"，何来"魏朝"？所以本书采用的是后一种做法。

为了使读者更多地了解汉代诗歌的全貌起见，本书选录了一些现代选本较少选录的作品如《安世房中歌》和《郊祀歌》等。笔者认为这些作品虽为庙堂之作，却可窥见汉初诗歌的多种形式，而《郊祀歌》似更具文采，笔者过去在《乐府诗选》中，曾选录过若干首。现在看来，像《天地》《景星》诸首，在艺术上虽不无长处，而文字过于艰深，所以仅取几篇比较平易好读的诗为代表，其中《天门》一首，仍不免有些难解之处，但它对后代诗人的影响最为明显，所以保留以备一格。其他像韦孟等人的一些诗，说教气较重，本来也可不收，但考虑到《文心雕龙·明诗》和萧统《文选序》（"退傅有《在邹》之作"）都提到它们，所以也加收入，以供读者了解其情况。在选录这些作品的同时，对另外一些较为有名的诗，本书没有收录。例如《柏梁台诗》，虽常被古人提到，但经历来学者考证，已可确证出于伪托。既非汉诗，自不宜入选。又如所谓的《胡笳十八拍》，在艺术上自有长处，而经学者考证，亦足以说明其非蔡琰作，亦非汉诗，当然只能割爱。又如《玉台新咏》中的"苏伯玉妻《盘中诗》"也有人说是汉代作品，但此诗既首见《玉台新咏》，而据最近徐陵原貌的明寒山赵氏覆宋本又列于傅玄后、张载前，明为晋人，自然也只能弃而不录。

本书的出版，首先应该感谢中华书局特别是张耕先生的大力支持和鼓励。但限于笔者的水平，更由于近日"非典"肆虐，查阅图书资料殊为不便，因此疏误在所不免，还望读者指正。

曹道衡

二〇〇三年八月于北京

上编　乐府诗

安世房中歌

大孝备矣，休德昭清①。高张四悬，乐充宫庭②。
芬树羽林，云景杳冥③。金支秀华，庶旄翠旌④。一章
《七始》《华始》，肃倡和声⑤。神来宴娭，庶几是听⑥。
粥粥音送，细齐人情⑦。忽乘青玄，熙事备成⑧。
清思眑眑，经纬冥冥⑨。二章
我定历数，人告其心⑩。敕身齐戒，施教申申⑪。
乃立祖庙，敬明尊亲。大矣孝熙，四极爰轃⑫。三章
王侯秉德，其邻翼翼。显明昭式⑬，清明鬯矣。
皇帝孝德⑭，竟全大功。抚安四极。四章
海内有奸，纷乱东北⑮。诏抚成师，武臣承德⑯。
行乐交逆，《箫》《勺》群慝⑰。
肃为济哉。盖定燕国⑱。五章
大海荡荡水所归，高贤愉愉民所怀⑲。
大山崔，百卉殖⑳。民何贵，贵有德㉑。六章
安其所，乐终产㉒。乐终产，世继绪㉓。
飞龙秋，游上天㉔。高贤愉，乐民人。七章

丰草葽㉕，女萝施㉖。善何如，谁能回㉗。
大莫大，成教德㉘。长莫长，被无极。八章
雷震震，电耀耀，明德乡，治本约㉙。
治本约，泽弘大㉚。加被宠，咸相保㉛。
德施大，世曼寿㉜。九章
都荔遂芳，窅窊桂华㉝。孝奏天仪，若日月光㉞。
乘玄四龙，回驰北行㉟。羽旄殷盛，芬哉芒芒㊱。
孝道随世，我署文章㊲。十章
冯冯翼翼，承天之则㊳。吾易久远，烛明四极㊴。
慈惠所爱，美若休德㊵。杳杳冥冥，克绰永福㊶。十一章
硙硙即即，师象山则㊷。呜呼孝哉，案抚戎国㊸。
蛮夷竭欢，象来致福㊹。兼临是爱，终无兵革㊺。十二章
嘉荐芳矣，告灵飨矣㊻。告灵既飨，德音孔臧㊼。
惟德之臧，建侯之常㊽。承保天休，令问不忘㊾。十三章
皇皇鸿明，荡侯休德㊿。嘉承天保，伊乐厥福(51)。
在乐不荒，惟民之则(52)。十四章
浚则师德，下民咸殖(53)。令问在旧，孔容翼翼(54)。十五章
孔容之常，承帝之明(55)。下民之乐，子孙保光(56)。
承顺温良，受帝之光(57)。嘉荐令芳。寿考不忘(58)。十六章
承帝明德，师象山则(59)。云施称民(60)，永受厥福。
承容之常，承帝之明。下民安乐，受福无疆。十七章

【题解】

　　这首诗见《汉书·礼乐志》。据《汉书》云,这是"房中祠乐","房"指帝王宗庙中陈列神主的地方,乃皇帝祭其祖先的诗。此诗乃汉高祖的姬妾唐山夫人所作。据颜师古注引韦昭说:"唐山,姓也。"但唐山夫人的生平,史籍并无记载。这种《房中乐》,始于周代,至秦,改称《寿人乐》。据《汉书》说,这种乐曲是"楚声",因为汉高祖本楚人。这首《安世房中歌》,前人对它颇为重视,如明人谭元春评此诗云:"女人诗定带妩媚,唐山典奥古严,专降伏文章中一等韵士。郊庙大文,出自闺阁,使人惭服。"(《诗归》卷三)清沈德潜云:"郊庙歌近《颂》,《房中歌》近《雅》。古奥中带和平之音,不肤不庸,有典有则,是西京极大文字。"(《古诗源》卷二)近代以来,这种庙堂之作,很少有人重视。但从文学史上看,此诗有四言、三言、七言,代表了汉初诗体的多样性。又诗中有儒家思想,这很值得注意。

【注释】

　　① "大孝"二句:此诗乃皇帝祭祀祖先的诗,故首称孝道。言盛德光明清显。　② 四悬:指宗庙中悬挂的钟、磬、鼓等乐器,祭祀时在庙中奏乐,故云"乐充宫庭"。　③ 芬:同"纷",众多。芬树羽林:言树立了许多以翠羽为饰的伞盖旌旗,其众多犹如树林。远望一大片极深远犹如云日(景)。　④ "金支":指所树的翠盖,以黄金为枝干,而用翠羽做装饰,形

如草木发华。许多旌旗亦用翠羽制成。 ⑤《七始》《华始》：都是乐曲名。颜师古注引孟康说："《七始》，天地四时人之始。《华始》，万物英华之始也。"肃倡和声：指乐工们恭敬地发出了谐和的乐声。 ⑥娭（xī）：游玩。这两句说神来这里安乐游玩，希望他们能倾听。 ⑦粥（yù）粥：恭敬的样子。这两句说乐工们恭恭敬敬地发出细微之音，使人庄敬起来。 ⑧青玄：指天空。熙：福。这两句说神回到了天上，祈福之事已完成。 ⑨眑（yǎo杳）眑：幽静的样子。"清思"二句：言神虽离去，祭祀者仍静念神的福祐，以此经纬广阔的天地。 ⑩历数：指帝王的福运。人告其心：指人们都竭尽其忠诚之心。 ⑪敕（chì）：整顿。齐：同"斋"。申申：一再重复。这两句说皇帝修身斋戒，并再三教谕民众。 ⑫熙：颜注："熙亦福也。"四极：四方。辕：同"臻"，至也。 ⑬秉：持。邻：颜注"言德不孤必有邻也"，意为王侯与皇帝皆有德行以相辅。翼翼：恭敬的样子。这三句说皇帝与王侯们显示了明显的榜样。 ⑭鬯（chàng）：通"畅"，畅通。这两句说皇帝的孝德畅行天下。 ⑮"海内"二句：似指汉高祖五年（前202）七月，燕王臧荼反。 ⑯成师：调兵出征。这两句说出征时军人秉承皇帝之德。 ⑰交逆：指教化流行，使参加叛乱的人受感动而反正。《箫》《勺》（zhuó）：古代乐名。《尚书·益稷》："《箫》《韶》九成。"《勺》，乐舞名。《礼记·内则》："十有三年，学乐，诵诗，舞勺。"群慝：许多有罪的人。这两句说以乐舞感化罪人，使之向善。 ⑱盖定燕国：指平定臧荼之乱。 ⑲荡荡：广大的样子。愉愉：和乐的样子。这两句说皇帝恩德广大，百姓归附。 ⑳崔：高。殖：繁殖。比喻皇帝有德，百姓安乐，人口增长。 ㉑"民何贵"二句：言百姓所贵，正在君主之有德。 ㉒"安其所"二句：

意思说万物各得其所安，则终生快乐。产：生。 ㉓世继绪：代代相传，福祚长久。 ㉔秋：飞腾的样子。以飞龙上天比喻君主之统治。 ㉕葽（yāo 腰）：茂盛。 ㉖女萝：草名，即菟丝，附于松柏等树木上生长。比喻异姓尚且要来归附，皇室同姓更当受到恩德。 ㉗回：乱。 ㉘成教德：完成教化之德。 ㉙乡：方向。约：简要。这四句说帝王威德如雷电之明。统治之本在于能掌握简要的原则，使人易于遵从。 ㉚泽弘大：恩德广大。 ㉛"加被宠"二句：指皇帝施以恩宠的人，都能遵守法则以自保。 ㉜世曼寿：世代延年寿考。 ㉝都荔：都良和薜荔，两种植物名。遂芳：放出香气。窅窊（yǎo wā）："窅"指上，"窊"指下，这句说桂花的香气，在宫殿上下都能闻到。 ㉞"孝奏"二句：说天子的孝德上奏于天，天神下降，故有光辉。 ㉟"乘玄四龙"二句：指天神乘四龙来到，又"回驰北行"。 ㊱"羽旄"二句：指天神的仪仗众多，广大深远。 ㊲"孝道"二句：意思说孝道既行于世，我（皇帝）以此分部各类文章典则。 ㊳冯（píng）冯：盛满。翼翼：众多。承天之则：敬遵上天的法则。 ㊴易：同"埸"（yì 绎）：疆土。烛明四极：照亮四方。 ㊵若：顺行。 ㊶绰：延长。 ㊷硙（wéi）硙：堆积得很高的样子。即即：充实的样子。师：众多。则：法式。这两句说君主的德行积累崇高充实，如同山一样足为民众的法式。 ㊸戎国：指各少数民族的政权。 ㊹象：翻译。这两句说"蛮夷"通过翻译前来向皇帝进贡求福。 ㊺"兼临"二句：指皇帝对各少数民族都能爱护安抚，永无战争。 ㊻飨：指神灵享受供品。 ㊼孔：甚。臧：善。 ㊽建侯之常：指封宗室为侯王，使守其常分。 ㊾令问：好的名声。 ㊿皇皇：盛大。鸿：大。荡：荡平。侯：唯。这两句说皇帝明德鸿大辉煌，荡平天下，唯以其美德。 (51)嘉：善。伊：是。这两句说善于遵守上天的和乐之气，以此乐受其福。 (52)则：榜样。这两句说皇帝处于安乐而不怠荒，以此为民众的法式。 (53)浚：深。殖：蕃生。这两句说皇帝深知民情，有深法众德，能使民众蕃育。 (54)旧：久。孔容：有大德者其容甚恭敬小心。 (55)帝：指上帝。 (56)子孙保光：是说子孙永保上帝的恩宠。 (57)“承顺”二句：意为只有顺行温良之道，才能受到上帝的恩宠。 (58)“寿考”句：意思是到老不能忘记。 (59)“承帝”二句：意思是顺行上帝的明德，民众取法如山一样安稳的法则。 (60)“云施”二句：意谓皇帝施惠下民，恩泽平均，如云之降泽。

郊祀歌

青阳

青阳开动，根荄以遂①。膏润并爱，跂行毕逮②。
霆声发荣，岩处顷听③。枯槁复产，乃成厥命④。
众庶熙熙，施及夭胎⑤。群生啿啿，惟春之祺⑥。邹子乐

【题解】

《郊祀歌》共十九章，作于汉武帝时。《汉书·礼乐志》：“至武帝定郊祀之礼，祠太一于甘泉，就乾位也；祭后土于汾阴，泽

中方丘也。乃立乐府,采诗夜诵,有赵、代、秦、楚之讴。以李延年为协律都尉,多举司马相如等数十人造为诗赋,略论律吕,以合八音之调,作十九章之歌。"这十九章,皆见于《汉书·礼乐志》,其作者即司马相如等数十人,但具体各章究属谁作,并无明确说明,只有《青阳》《朱明》《西颢》《玄冥》四首说是"邹子乐"。但这位"邹子"究竟是谁?难于确考。一说为邹阳,但邹阳生活于文帝至景帝时,《汉书》本传记其事至"七国之乱"初平时为止,此时下距武帝元鼎四年(前113)"立后土祠于汾阴脽上"尚有四十年上下,故此邹子是否邹阳颇有疑问。

《青阳》等四首,为祭四时之神的乐歌。《青阳》为祭春天之神。古人以青、赤、白、黑四色配东、南、西、北四方和春、夏、秋、冬四季。《尔雅·释天》:"春为青阳。"本诗写的是草木在春天里萌芽生长,动物也开始活跃,一片欣欣向荣的景象。

【注释】

①荄(gāi该):草根。遂:生出。这两句说春天的阳光启动了草木的生机,百卉的根因此长出。 ②爱:通"薆",覆盖。跂(qí)行:颜注:"凡有足而行者,称跂行也。"逮:及。这里指春天的雨露哺育了一切动植物。 ③霆声:雷声。这两句说春雷一响,植物逐渐茂盛,藏身山岩中的动物闻声而出。 ④枯槁:指枯萎的草木。产:生。乃成厥命:指植物重新有了生机。 ⑤众庶:这里指万物。熙熙:和乐的样子。施(yì):延及。天:

尚未成长的生物。胎：尚在母胎中的动物。 ⑥ 噉（dàn）噉：丰厚的样子。祺：福祐。

朱　明

朱明盛长，尃与万物①。桐生茂豫，靡有所诎②。
敷华就实，既阜既昌③。登成甫田，百鬼迪尝④。
广大建祀，肃雍不忘⑤。神若宥之，传世无疆。邹子乐

【题解】

　　这是祭夏天之神的诗。《尔雅·释天》："夏为朱明。"这首诗强调各种植物在夏天的茂盛，特别是庄稼的成长，反映了以农业为主的时代人们对丰收的渴望。

【注释】

　　① 尃："敷"的古体。尃与：形容万物舒展长成。这两句是说夏天使万物繁茂。　② 桐：读为"通"。茂豫：繁盛而有光彩。诎（qū）：不能舒展。这两句说万物都得繁荣，没有不能生长壮大的。　③ 敷：布。就：成。阜：大。昌：盛。这两句说植物开花结果，既大又盛。　④ 甫田：大田。百鬼：百神。迪：进。这两句说使大田中庄稼长成，以便致祭百神，使他们进尝。

⑤肃：敬。雍：和。不忘：不息。这两句是说广建百神的祭祀，恭敬和乐地致祭不息。　⑥宥：同"祐"，保佑。这两句说神好好保佑使皇帝传世无穷。

西 颢

西颢沆砀①，秋气肃杀。含秀垂颖，续旧不废②。
奸伪不萌，妖孽伏息③。隅辟越远，四貉咸服④。
既畏兹威，惟慕纯德。附而不骄，正心翊翊⑤。邹子乐

【题解】

　　这是祭秋天之神的诗。古人以秋天配西方和白色，故称"西颢"。颜注引韦昭说："西方少昊也。"《礼记·月令》也说秋天之神为少昊。秋天是万物成熟、收获的季节。古人又因秋天草木凋零，有肃杀之气，故认为应在此时节整顿刑法，所以提到"奸伪不萌"等语。

【注释】

　　①颢（hào）：通"皓"和"暠"，白。沆砀（hàng dàng）：白气弥漫的样子。　②秀：庄稼吐穗结实。颖：禾穗的末端。这两句说庄稼到秋

天在旧苗上长出禾穗,末端下垂,已经成熟,没有废弃的。　③萌:出现。袄(yāo)孽:奸邪不祥。这两句说奸邪有害的事物皆平息而不出现。　④隅:边远。辟:同"僻"。貊(mò):同"貃"。古代东北方的少数民族。"四貊":同于"四夷"。这句说各少数民族无论所处多么僻远,都服从皇帝。　⑤附:归顺。翊(yì)翊:恭敬的样子。

玄　冥

玄冥陵阴,蛰虫盖藏①。草木零落,抵冬降霜。
易乱除邪,革正异俗②。兆民反本,抱素怀朴③。
条理信义,望礼五岳④。籍敛之时⑤,掩收嘉谷。　邹子乐

【题解】

这是祭冬天之神的诗。古人以冬天配北方和黑色,故称"玄冥"。据《礼记·月令》,冬天之神为"玄冥"。冬天严寒,百物收藏。朝廷在这时祭祀五岳,整顿风俗。

【注释】

①陵阴:同"凌阴"。这句是说冬天积冰严寒。盖藏:即藏的意思,《汉书·食货志》:"民无盖臧(藏)。"这里是藏起来的意思。　②易:变。

这两句说变革风俗,除去邪乱的东西。 ③反本:指回返本业,主要是指回务农业。抱素怀朴:即《老子》第十九章"见素抱朴"的意思。意即不尚文饰,胸怀朴素。 ④条理:分辨和整顿。望:古代祭山川,都叫望祭。《尚书·舜典》:"望于山川。"五岳:古代以五座名山为五岳。东岳泰山在今山东泰安;南岳衡山在今湖南衡阳;中岳嵩山在今河南登封;西岳华山在今陕西华阴;北岳恒山在今山西浑源。 ⑤籍敛:即收敛。籍即籍录而取之的意思。

日　出　入

日出入安穷,时世不与人同①。
故春非我春,夏非我夏,
秋非我秋,冬非我冬②。
泊如四海之池,徧观是邪谓何③。
吾知所乐,独乐六龙④,
六龙之调,使我心若⑤。
訾黄其何不徕下⑥。

【题解】

　　这大约是一首祭祀日神的诗。太阳早晨升起,晚上落下,循环无穷,而人的生命却很短促。因此汉武帝觉得人生不能久驻,于是幻想乘龙上天成为神仙。这首诗虽然归结为求仙，但也显示了古人对"日出入"的哲学思考，认识到时间的消逝不以人的意志为转移。

【注释】

①安穷：哪有穷尽。时世：同时光，意思说太阳升起和降落无穷尽，而人生却是短促的。 ②"春非"四句：指四季的推移，不是人的意志决定的。世上事物在不断变化运行，非人力所能左右。 ③泊（bó）：水的样子。这句是以水作比：宇宙之大，如四海之水无穷无尽。而人生犹如一个小池，十分有限。所以小池之水不能如四海那么安固。徧：同"遍"。这句话意思说通观这种情况，又能怎么办呢？ ④六龙：古人幻想驾着六龙可以上天。《周易·乾·象传》："时乘六龙以御天。" ⑤六龙之调：指驾驭六龙得当。若：顺，合意。 ⑥訾黄：指乘黄，传说中龙翼而马身的神兽，黄帝乘着它升天。一说，"訾"是嗟叹之辞，黄指乘黄。徠：古"来"字。这句是汉武帝想乘黄来下，带他上天。《史记·封禅书》载，汉武帝曾称"嗟乎！吾诚得如黄帝，吾视去妻子如脱蹝耳"。

天　马

太一况，天马下①。沾赤汗，沫流赭②。
志俶傥，精权奇③。籋浮云，晻上驰④。

体容与，迣万里⑤。今安匹，龙为友。

元狩三年马生渥洼水中作⑥。

天马徕，从西极，涉流沙。九夷服⑦。

天马徕，出泉水。虎脊两，化若鬼⑧。

天马徕，历无草⑨，径千里，循东道。

天马徕，执徐时⑩。将摇举，谁与期⑪。

天马徕，开远门，竦予身，逝昆仑⑫。

天马徕，龙之媒⑬。游阊阖，观玉台⑭。

太初四年诛宛王获宛马作⑮。

【题解】

  这两首《天马》非一时所作。所谓"天马"实际上是西亚一带的波斯阿拉伯马。所谓汗血马，至今尚在一些地区存在。古人因为这种马品种优良，故称之为"天马"。汉武帝获骏马的事先后凡两次。这里所录均据《汉书·礼乐志》，都是三言诗。但《史记·乐书》中载有"太一贡兮天马下，沾赤汗兮沫流赭。骋容与兮跇万里，今安匹兮龙为友"，分明即第一首；又载"天马来兮从西极，经万里兮归有德"等句则略近第二首。《水经注·河水》也载有汉武帝《天马之歌》曰："天马来兮历无草，径千里兮循东道"，也是第二首中文字。因此不少研究者认为这种三言诗，实即张衡《四愁诗》式的七言诗之祖。《水经注》中还记载了关于天马的传说。这些都对后来的咏马诗、赋产生过较大影响。

【注释】

① 太一：古代迷信为天神之名。《史记·封禅书》载方士谬忌奏祠太一方，曰："天神贵者太一。"一说"太一"是"北极神之别名"。况：赐。② 沫：通"靧""頮"（huì），洗面。赭：红色。这句说天马流出的汗水呈红色，如人洗脸一样。③ 俶傥：同"倜傥"，不受拘束。精：通"情"。权奇：奇特不凡。④ 蹑（niè）：同"蹑"。晻（ǎn）：朦胧不清。这两句说天马踏着浮云上天，顷刻间就看不清其身影。⑤ 容与：毫无顾忌。迣（zhì）：超越。⑥ "元狩三年"（前120）：此语为《汉书·礼乐志》原文，但据《汉书·武帝纪》，元狩二年马生余吾水中，无作诗事。当为元鼎四年（前113）事，据云："秋，马生渥洼水中。作《宝鼎》《天马之歌》。"检《史记·封禅书》，得宝鼎在汉武帝即位的二十八年，正好是元鼎四年。《武帝纪》又载这一年十一月，武帝下诏有"渥洼水出马"语，足证《礼乐志》有误。又"渥洼"，水名，在今甘肃省瓜州县境。⑦ 流沙：指沙漠。九夷：众多的"蛮夷"。⑧ 虎脊两：指天马有双脊，其皮毛色如老虎。化若鬼：言天马能变化，如同鬼神。⑨ 历无草：指不生草木的沙漠地带。⑩ 执徐：指辰年。《尔雅·释天》：太岁"在辰曰执徐"。这一年是太初四年（前101），为庚辰。⑪ 摇：同"遥"。这两句说天马将高飞到遥远之处，无可限期。⑫ 竦（sǒng）：同"耸"，高高飞跃。昆仑：即昆仑山，古人认为是神仙所居之地。⑬ 龙之媒：意谓"天马"与龙同类，"天马"既

来,龙也能来到。后人因此称骏马为龙媒。如杜甫《韦讽录事宅观曹将军画马图》:"龙媒去尽鸟呼风。" ⑭ 阊阖:天门。玉台:上帝所住的地方。⑮ 宛:指西域的大宛国,都城为贵山城,今乌兹别克斯坦塔什干东南卡散赛。太初四年,汉武帝派贰师将军李广利伐大宛,杀宛王母寡,获汗血马,作《西极天马之歌》见《汉书·武帝纪》及《汉书·西域传》。

天　门

天门开,詄荡荡①,穆并骋,以临飨②。
光夜烛,德信著③,灵浸鸿,长生豫④。
太朱涂广,夷石为堂⑤。
饰玉梢以舞歌⑥,体招摇若永望⑦。
星留俞,塞陨光⑧。
照紫幄,珠熉黄⑨。
幡比翍回集⑩,贰双飞常羊⑪。
月穆穆以金波⑫,日华耀以宣明⑬。
假清风轧忽⑭。激长至重觞⑮。
神裴回若留放⑯,殣冀亲以肆章⑰。
函蒙祉福常若期⑱,寂寥上天知厥时⑲。
泛泛滇滇从高斿⑳,殷勤此路胪所求㉑。
佻正嘉吉弘以昌㉒,休嘉砰隐溢四方㉓。
专精厉意逝九阂㉔,纷云六幕浮大海㉕。

【题解】

　　这首诗写诸神大开天门，降临祭坛来享用祭品。神灵们对此颇满意，同意让汉武帝上升太空，成为神仙。手法上多用想象，遣词亦颇奇妙，有些词语对后人颇有影响。如杜甫《乐游园歌》"阊阖晴开詄荡荡"；谢朓《暂使下都夜发新林至京邑赠西府同僚》"金波丽鳷鹊"；辛弃疾《太常引·建康中秋为吕叔潜赋》"一轮秋影转金波"等皆出于此诗。从形式上说，此诗和《郊祀歌》中另外几首如《天地》《景星》等都多用七言句，说明七言的萌芽更在五言以前。

【注释】

　　①詄（dié）荡荡：形容天体坚硬清澈的样子。　②穆并骋：指天上众神庄严地并驾驰骋。飨（xiǎng）：用酒食供祀。以临飨：指诸神来到祭享之所。　③烛：照耀。据《史记·封禅书》载，汉武帝祭太一时，"有司云'祠上有光焉'。公卿言'皇帝始郊见太一云阳，有司奉瑄玉嘉牲荐飨。是夜有美光，及昼，黄气上属天'"。汉武帝信以为真，遂以为神灵感其德信而来。　④浸：同"浸"。"平而"：二字为衍文。灵浸鸿：是说神灵为皇帝德泽所浸渍感动，普降洪福，使皇帝能得长生和安乐。　⑤"太朱"句：指以大红色漆涂饰的宽广祭殿。夷石为堂："夷石"指琢磨平整的石块，以此筑成殿堂。　⑥梢：舞者手持的竿。这句说舞者手持用玉作装饰的竿边舞边歌以娱神。　⑦体：体现。《周易·系辞下》："以体天地之撰。"孔颖

达疏:"体象天地之数也。"招摇:北斗七星中斗柄内端的那颗星。这句说舞姿象征着招摇星的形象,如同人们常常望见的样子,指表现星神下降。 ⑧俞:俞允,答应。这句说众星之神留来祭坛,同意了请求。塞:通"赛",祭赛。陨:降。这句说神已同意,就在祭赛时降下光芒以示意。 ⑨紫幄:祭坛上所挂紫色的帷帐。煴(yún):发出珠形的黄色光芒。 ⑩幡:同"翻"。比疋:同"比翅"。这句说舞者翻转身体如鸟之比翼回集。 ⑪贰:不止一人,而是成双的舞者如飞鸟般逍遥飞翔。常羊:逍遥的样子。 ⑫穆穆:安详和乐的样子。 ⑬华耀:光芒照耀。宣明:普照各方。 ⑭轧(yà)忽:长远的样子。这句说借清风之力使神灵永留于此。 ⑮激:迅速。重觞:再次斟酒。这句写祭酒迅速地多次向神灵敬酒。 ⑯裴回:同"徘徊"。放:寄托。这句说神灵在祭坛徘徊不忍离去。 ⑰殣:通"觐"。这句表示汉武帝希望神灵留下,以便亲自向神表明自己的期望。 ⑱函:包。蒙:蒙受。这句是说神灵受飨,定使人如希望的那样蒙受福祉。 ⑲寂漻:同"寂寥",虚静的样子。时:是。这句说上天虽寂寥,却知人的意思。 ⑳泛泛:形容向上飘浮。滇滇(tiān):众多丰盛的样子。斿(yóu):旗上的飘带。这句假想汉武帝得到上帝允许,飘扬着云旗上升天空。 ㉑殷勤:同"慇懃",衷心地希望。胪:陈述。这句说向天神陈述自己升天的热切期望。 ㉒佻:读若"肇",开始。这句说选择了吉日良时得以广大昌盛。 ㉓休:美好。嘉:吉庆。砰(pēng)隐:盛大的样子。这句说美好和吉庆盛大到充满四方。 ㉔九阂(gāi该):同"九垓"。古人认为天有九重,即九重天。这句是说汉武帝一心一意想上天。 ㉕纷云:同"纷纭"。六幕:即六合,指宇宙之内。这句说上了天空,俯视纷纭的宇宙,犹如浮游于大海之中。

鼓 吹 曲 辞

上 之 回

上之回，所中益①。
夏将至，行将北②。
以承甘泉宫③，寒暑德。
游石关④，望诸国，
月支臣⑤，匈奴服⑥。
令从百官疾驱驰，千秋万岁乐无极。

【题解】

《鼓吹曲辞》亦即"短箫铙歌"，据《乐府诗集》卷十六引南朝齐刘瓛说："鼓吹未知其始也，汉班壹雄朔野已有之矣。"据此这种乐曲，最晚也应起于西汉后期以前。《乐府诗集》又引蔡邕说，认为它是军乐。从现在的《汉铙歌》十八曲（这些诗见于《宋书·乐志》）看来，内容各不相同。其中有颂扬汉武帝功业的如《上之回》；有歌颂宣帝时升平景象的，如《上陵》（此诗中说到"甘露初二年"，"甘露"为宣帝年号，"初二年"为公元前53至前52年)。但也有一些似是民歌,如《战城南》写战争的残酷;《巫山高》写出征军人思乡之情;《上邪》《有所思》则为男女恋情,这些似与军乐无干。疑军乐中本有这些曲调,而后人取民歌配此曲调演奏。这十八首《铙歌》中,有一些很费解,疑是记声之字混入歌辞的结果。

这首《上之回》写汉武帝到"回中"之事。"回中",古地名,在今陕西陇县西北一带。汉武帝于元封四年(前107年左右)曾至其地。《上之回》即"上至回",写的是汉武帝巡游西北,威服匈奴之事。

【注释】

①上之回:指皇上(汉武帝)来到回中。所中益:指此行相应的结果有益于天下。 ②"夏将至"二句:按:《汉书·武帝纪》,元封四年,汉武帝曾行幸雍,祠五畤,通回中道,遂北出萧关,历独鹿、鸣泽,自代而还,幸河东。春三月,祠后土。那么此诗作于春天,故云"夏将至,行将北"。 ③甘泉宫:在甘泉,今属陕西。 ④石关:汉代宫观名,在甘泉宫中。 ⑤月支:即月氏(zhī),古代西域一个种族,本居今甘肃敦煌与甘、青边界一带,被匈奴所破,一部分迁到伊犁河上游一带,建立大月氏;另一部分留居甘、青间,称"小月氏"。 ⑥匈奴:古代北方的一个少数民族。

战 城 南

战城南,死郭北,野死不葬乌可食①。
为我谓乌,且为客豪②,
野死谅不葬,腐肉安能去子逃③。
水深激激,蒲苇冥冥④。
枭骑战斗死,驽马徘徊鸣⑤。
梁筑室,何以南。梁何北⑥。
禾黍而获君何食⑦?愿为忠臣安可得。
思子良臣,良臣诚可思。
朝行出攻,暮不夜归⑧。

【题解】

汉代和匈奴间的战争颇为频繁,为了防止入侵,经常有军队驻于边境。此诗大约为戍兵悼念阵亡者而作。从六朝以来,仿作者甚多,其中李白所作尤有名。此诗反战的情绪比较强烈,似非军乐的原辞,疑后来乐工取民歌配曲。

【注释】

①郭:外城。古代作战,往往一方守城,另一方围攻,故城的南北受

敌。战死者无人收葬，为乌鸦啄食。　②豪：通"号"。客，指战死的士兵，这些士兵从各地调集而来。这句说战死者无人哀哭，故使乌鸦为他们号哭。　③谅：当然。"腐肉"句：意谓乌鸦为死去的士兵而号，然后再去啄食尸体亦不为迟，这是悲愤语。　④激激：清澈的样子。冥冥：茂密而显得晦暗。　⑤枭骑：同"骁骑"，勇敢善战之士。驽马：喻胆怯的人。　⑥梁：声字，无义。一说前一"梁"字为桥梁，后一"梁"字为衍文。谓桥上筑室喻社会秩序不正常，疑穿凿。　⑦禾黍而获君何食：意为到禾黍收获之后，战死者已无从吃到了。　⑧良臣：忠良之士。这二句说早上出战，晚上已战死不归。

巫 山 高

巫山高①，高以大。淮水深，难以逝②。
我欲东归，害梁不为③。
我集无高曳④，水何梁。
汤汤回回⑤，临水远望。
泣下沾衣，远道之人心思归。
谓之何⑥？

【题解】

这大约是一位行役者思归之作。诗中提到了"巫山"和"淮水",二者相去较远。巫山在今重庆与湖北交界处;而淮河则发源今河南,经安徽、江苏入海。作者大约是身在巫山,想过淮河东归,而设想淮水情景。当然,"巫山"和"淮水"也可能并非实指,而仅借此写山高水阔之意。

【注释】

① 巫山:山名,在重庆巫山县东,湖北巴东县西,横亘长江两岸,为渝、鄂交界之处。 ② 淮水:即淮河,发源河南的桐柏山,东经安徽、江苏入海。难以逝:难以渡过。 ③ 害:同"曷"。梁:声字,无义。下"水何梁"字同。 ④ 据逯钦立先生说,"集无高曳"即"济无篙枻(yì)"。篙枻指竹篙和桨。此句读法有不同,从逯钦立先生《先秦两汉魏晋南北朝诗》和中华书局校点本《乐府诗集》;标点本《宋书·乐志》读为:"我集无高,曳水何梁"。 ⑤ 汤(shāng)汤:水流大而急。回回:水流旋转的样子。 ⑥ 谓之何:即"怎么办呢"的意思。

上　　陵

上陵何美美①,下津风以寒②。
问客从何来,言从水中央③。
桂树为君船④,青丝为君笮⑤。
木兰为君棹⑥,黄金错其间⑦。

沧海之雀赤翅鸿。
白雁随，山林乍开乍合，
曾不知日月明⑧。
醴泉之水，光泽何蔚蔚⑨。
芝为车，龙为马。
览遨游，四海外⑩。
甘露初二年⑪，芝生铜池中⑫，
仙人下来饮，延寿千万岁。

【题解】

　　这是一首歌颂汉宣帝时各种"祥瑞"的诗。这些所谓"祥瑞"，据《汉书·宣帝纪》，出现时间先后有多次，并非仅限"甘露"年间，但诗大约作于甘露元年至二年间（前53—前52），可能是宣帝祭前面几位皇帝陵墓时作此向祖先称述太平之辞。汉代诸陵有很多在渭河以北，故诗中称"上陵"，又云"下津"（渭河渡口）。明胡应麟云："《铙歌·上陵》一篇尤奇丽，微觉断续。后半类《郊祀歌》，前半类东京乐府。盖《羽林郎》《陌上桑》之祖也。"

【注释】

　　① "上陵"句：意思说登上诸陵，景色十分美好。　② 下津：水边。

当指渭河边上的渡口。汉诸陵多在渭北（咸阳），而长安在渭水之南。
③客：似指神仙。 ④"桂树"句：化用屈原《九歌·湘君》："桂棹兮兰桨"句意。改"棹"（桨）为船，更见豪华。"君"指神仙。 ⑤筰（zuó）：用竹子做的绳索，这里说用青丝作维系船的缆索，亦显示其豪华。 ⑥棹（zhào）：划船工具。 ⑦错：镀饰。 ⑧"沧海之雀"四句：这四句写凤凰来到时情景。据《汉书·宣帝纪》，神爵二年（前60），"凤凰甘露降集京师，群鸟从以万数"。四年（前58），"修兴泰一、五帝、后土之祠，祈为百姓蒙祉福。鸾凤万举，蜚览翱翔，集止于旁。斋戒之暮，神光显著。荐鬯之夕，神光交错。或降于天，或登于地，或从四方来集于坛"。"山林"二句，似即指所谓"神光"。这种景象，恐是官员们有意编造，取媚皇帝。
⑨醴泉：甘甜的泉水，古人以为祥瑞。蔚蔚：茂盛的样子。 ⑩芝：形如芝草的车盖。这四句写汉宣帝亦如武帝，想驾龙上天。 ⑪甘露：汉宣帝年号（前53—前50）。 ⑫芝：芝草，古人以为神瑞。铜池：檐下承接雨水之器，宫中以铜制造。《汉书·宣帝纪》载，神爵元年（前61），"金芝九茎产于函德殿铜池中"。

有 所 思

有所思，乃在大海南①。
何用问遗君②，双珠玳瑁簪③，
用玉绍缭之④。
闻君有它心，拉杂摧烧之⑤，

摧烧之,当风扬其灰。
从今以往,勿复相思。
相思与君绝。
鸡鸣狗吠,兄嫂当知之。
妃呼狶⑥,
秋风肃肃晨风飕⑦,东方须臾高知之⑧。

【题解】

这是写一位女子爱着一位情人,后来知道他变了心,就决心和他断绝的诗。此诗感情强烈,态度鲜明,体现出民歌的特色。

【注释】

① 乃在大海南:形容距离之远。其实古代女子相恋之人未必会很远。这大约像《诗经·郑风·东门之墠》所说"其室则迩,其人甚远",是从心的方面说。 ②用:以。问遗(wèi):赠送。 ③玳瑁(dài mào):一作"瑇瑁",一种海里的爬行动物,形似龟,其壳黄褐而有黑斑,可以制装饰品。这里是说以双珠为装饰的玳瑁簪。 ④用玉绍缭之:指簪的一端镶着玉。把它缠绕起来。 ⑤拉:折断。杂:碎。这句说把原要赠送对方的"玳瑁簪"折断烧毁。 ⑥妃呼狶:表声字,写叹息的声音。 ⑦肃肃:形容

风声。飔(sī):凉风。这句说秋天早上的风很凉。一说"晨风",鸟名,即鹯。"飔"同"思",鸣叫。 ⑧高:同"皓",这句说一会儿天就亮了,对方当能知道。

上　邪

上邪①,我欲与君相知②。
长命无绝衰③。
山无陵④,江水为竭。
冬雷震震夏雨雪,天地合,
乃敢与君绝。

【题解】

　　这是一首女子向情人发誓永远相爱,永不断绝的诗。诗中指天为誓,态度十分坚决。

【注释】

　　①上邪:"上"指上天,亦即老天。邪:同"耶"。 ②相知:指相亲近。 ③"长命"句:指永远不衰。 ④陵:山峰。

相 和 歌 辞

公 无 渡 河

公无渡河①,公竟渡河。堕河而死,将奈公何!

【题解】

《相和歌辞》是乐府歌曲名。据《宋书·乐志》说:"《相和》,汉旧歌也。丝竹更相和,执节者歌。"《相和》之名,大约由此而起。这些歌如《宋书·乐志》所说:"今之存者,并汉世街陌谣讴。"这些歌原来多是无乐器伴奏的口头歌谣,后被乐官们采入乐府,以丝竹配奏。到三国时,又经乐官们再次改造,成了魏晋的"清商三调"歌诗。其中有一部分曲调代以曹操父子所作新辞,但还有一部分则仍用汉代民歌本辞。现在我们选录的诗仅取汉代旧辞。

《公无渡河》是《相和歌辞》之一,即《箜篌引》。"箜篌"是一种弦乐器,形似今天的"竖琴"。这首《公无渡河》据《乐府诗集》卷二十六引晋崔豹《古今注》云:"《箜篌引》者,朝鲜津卒霍里子高妻丽玉所作也。子高晨起刺船,有一白首狂夫,被发提壶,乱流而渡,其妻随而止之,不及,遂堕河而死。于是援箜篌而歌曰:'公无渡河,公竟渡河,堕河而死,将奈公何!'

声甚凄怆,曲终亦投河而死。子高还,以语丽玉。丽玉伤之,乃引箜篌而写其声,闻者莫不堕泪饮泣。丽玉以其曲传邻女丽容,名曰《箜篌引》。"后来曹植的《箜篌引》大约仅用曲调,内容与《公无渡河》无关。但梁刘孝威,唐李白、李贺诸作则大抵皆用此意。

【注释】

① 无:同"毋",告诉"公"不要去渡河。

江　南

江南可采莲,莲叶何田田①。
鱼戏莲叶间。
鱼戏莲叶东,鱼戏莲叶西,
鱼戏莲叶南,鱼戏莲叶北。

【题解】

此诗为《相和歌辞·相和曲》之一,原见《宋书·乐志》。主旨在写良辰美景,行乐得时。清人沈德潜评此诗为"奇格"(《古诗源》卷三)。张玉毂则认为此诗不写花而只写叶,意为叶尚且可爱，花更不待言。大体这种民歌，纯属天籁，最初的创作者未必有意为之，而自然显现一片大自然活泼的生机。余冠英先生认为"鱼戏莲叶东"以下四句，可能是"和声"。前三句由领唱者唱，而后四句为众人和唱。

【注释】

① 田田：茂盛的样子。

东　光

东光乎，仓梧何不乎①。
仓梧多腐粟，无益诸军粮。
诸军游荡子，蚤行多悲伤②。

【题解】

这首诗原见《宋书·乐志》，《乐府诗集》中属《相和歌辞·相和曲》。此诗大约是汉武帝平南越时出征军人怨苦之辞。据《汉书·武帝纪》，元鼎五年（前112），占据今广东一带的南越国相吕嘉叛乱，杀国王、太后及汉使。汉武帝派伏波将军路博德从桂阳（今属湖南）、楼船将军杨仆从豫章（今江西南昌）出发讨伐，又派归降越人甲率兵从苍梧（今广西梧州）出发，俱会番禺（今广州）。甲所率的兵，大抵为原来的囚犯。这些人在途中颇有怨苦，故作此诗。

【注释】

①东光：东方发亮，即天明。不：读作"否"（fǒu），意谓苍梧为何尚未天明。　②游荡子：远离家乡的人。蚤：同"早"，"早行"，指早起行军。

薤　露

薤上露，何易晞①。
露晞明朝更复落，人死一去何时归。

【题解】

这首诗见《乐府诗集》，属《相和歌辞·相和曲》。《宋书·乐志》所录此曲用曹操所撰歌辞。据《乐府诗集》卷二十七引崔豹《古今注》说，此歌本汉初田横自杀后其门客哀悼他而作，是一首送丧的歌。后来学者对此有怀疑。因为《文选》宋玉《对楚王问》已提到楚国郢人唱《阳阿》《薤露》之事。晋人杜预亦云："送死《薤露》歌即丧歌，不自田横始也。"

【注释】

①薤（xiè）：一种草本植物，即今所谓"藠（jiào）头"。晞：干。这句以草上的露水作比，说人生如草上露水，喻其短促。

蒿　里

蒿里谁家地①，聚敛魂魄无贤愚②。
鬼伯一何相催促③，人命不得少踟蹰④。

【题解】

这首诗原见《乐府诗集》。《宋书·乐志》收有此曲，但所录为曹操改写之辞。据《乐府诗集》卷二十七引崔豹《古今注》，认为它亦送丧之歌。"至汉武帝时，李延年分为二曲，《薤露》送王公贵人，《蒿里》送士大夫庶人。"

【注释】

①蒿里：据《乐府诗集》卷二十七云："按蒿里，山名，在泰山南。"古人迷信，认为人死后魂魄归泰山，即归蒿里。　②"聚敛"句：说蒿里这地方聚集了许多鬼魂，不论生时贤愚，死后皆归此地。　③鬼伯：主管死亡的神。一何：多么。　④踟蹰：本意为犹豫徘徊，此处作逗留解。

鸡 鸣

鸡鸣高树巅,狗吠深宫中①。
荡子何所之,天下方太平②。
刑法非有贷,柔协正乱名③。
黄金为君门,璧玉为轩阑堂④。
上有双樽酒,作使邯郸倡⑤。
刘玉碧青甓,后出郭门王⑥。
舍后有方池,池中双鸳鸯。
鸳鸯七十二,罗列自成行。
鸣声何啾啾⑦,闻我殿东箱⑧。
兄弟四五人,皆为侍中郎⑨。
五日一时来⑩,观者满道傍。
黄金络马头,颎颎何煌煌⑪。
桃生露井上,李树生桃傍。
虫来啮桃根,李树代桃僵⑫。
树木身相代,兄弟还相忘。

【题解】

这首诗见《宋书·乐志》。《乐府诗集》归入《相和歌辞·相和曲》。据《乐府诗集》卷二十八引《乐府解题》曰:"古词云:'鸡鸣高树巅,狗吠深宫中。'初言'天下方太平,荡子何所之'次言'黄金为门,白玉为堂,置酒作倡乐为乐',终言桃伤而李仆,喻兄弟当相为表里。兄弟三人近侍,荣耀道路,与《相逢狭路间行》同。若梁刘孝威《鸡鸣篇》,但咏鸡而已。"这段话,已提出了此诗有拼凑的问题。清人沈德潜更进一步,说:"此曲前后辞不相属,盖采诗入乐,合而成章,非有错简紊误也。后多仿此。"(《古诗源》卷三)张玉毂在《古诗赏析》中不同意此说,以为是劝诫"荡子"之诗。他以为第一段说"天下方太平",不应放纵不法;第二段写其家富盛,第三段写其家贵显,更当守法;最后说为非作歹会殃及兄弟。此说可备一解,而从诗本身看来,《乐府解题》及沈说似亦有见地,可以并存。至于明唐汝谔《古诗解》,认为乃刺西汉成、哀二帝间"王氏五侯"之诗,则近穿凿。

【注释】

① "鸡鸣"二句:陶渊明《归园田居》其一:"狗吠深巷中,鸡鸣桑树巅",即从此出,而更显自然合理。 ② 荡子:游荡不务正业的人。之:同"至"。这两句是说方今天下太平,荡子你想干什么? ③ 贷:宽恕。柔协:安抚和顺者。正乱名:纠正败乱名教之人。二句乃告诫"荡子"之辞。 ④ 轩闱:廊子和栏杆。这两句即《红楼梦》所说"白玉为堂金作马"所自出。这句《宋书·乐志》与《乐府诗集》原本皆作"璧玉为轩闱堂",

下句为："上有双樽酒"。中华书局排印校点本《乐府诗集》据《诗纪》删"阑"字，读作"璧玉为轩堂，上有双樽酒"。但《诗纪》出于明人，年代较晚，且明人好臆改。似当仍照《宋书》旧文。笔者前作《乐府诗选》，读为"璧玉为轩阑，堂上有双樽酒"，似失韵。　⑤邯郸：地名，今属河北，战国时赵国都城，汉代时当地人以歌舞著名。　⑥甓（pì）：砖。"碧青甓"是碧青色的砖，大约近于现代的琉璃瓦。刘玉：不详。清张玉榖认为是"刘王"之误。他说"刘王""郭门王"，"大约是当时制甓之家"，疑是。但既作人名，似作"刘玉"为佳。　⑦啾啾：鸳鸯鸣声。　⑧箱：同"厢"。　⑨侍中郎：侍中，官名。侍中得入禁中，侍中郎乃对他们的称呼。⑩"五日"二句：汉朝制度规定，官员每五日休息一次，号"休沐"。这里说五兄弟一起回家，路人聚观其声势。　⑪颎（jiǒng）颎：发光的样子。这两句写五子显贵，以黄金装饰马笼头，一路光彩显赫。　⑫啮（niè）：虫蛀咬。僵：枯死。这两句暗喻兄弟中有人犯法，亲属受牵连。

乌　生

　　乌生八九子，端坐秦氏桂树间①。
　　唶我②，秦氏家有游遨荡子③，
　　工用睢阳强④，苏合弹⑤。
　　左手持强弹两丸，出入乌东西⑥。
　　唶我，一丸即发中乌身，
　　乌死魂魄飞扬上天。

阿母生乌子时,乃在南山岩石间。
唶我,人民安知乌子处,蹊径窈窕安从通⑦。
白鹿乃在上林西苑中⑧,射工尚复得白鹿脯哺⑨。
唶我,黄鹄摩天极高飞,后宫尚复得烹煮之⑩。
鲤鱼乃在洛水深渊中⑪,钓钩尚得鲤鱼口。
唶我,人民生各各有寿命,死生何须复道前后⑫。

【题解】

这首诗见《宋书·乐志》。《乐府诗集》作为《相和歌辞·相和曲》收入。这是一首禽言诗,诗中假托被人用弹丸射死的乌鸦自叹藏身不当,又借白鹿、黄鹄与鲤鱼之死以自慰,认为死生各有定命,不必叹其久暂。现代学者认为有暗喻世路险恶的用意,当是。

【注释】

① 秦氏:假托的姓氏,无确指。这两句是说乌生八九子,栖息在秦氏的桂树上。 ② 唶(jiè,一音 zé):嗟叹辞,无义。唶我:犹言"唉,我啊"。一说"唶我"二字构成一个感叹词。从下文看来,似后说较妥。 ③ 游邀荡子:专事闲游,不务正事的人。 ④ 工:善于。睢(suī)阳:地名,今河南商丘,春秋时属宋国。强:硬弓。据《艺文类聚》卷六十引

《阙子》,春秋时宋景公使弓工为弓,化时九年,"公张弓登台,东西而射,矢逾孟霜之山,集彭城之东,其馀力逸劲,饮羽于石梁"。 ⑤苏合弹:"苏合"即苏合香,一种香料,古人用它和泥作弹丸。 ⑥出入乌东西:指弹丸飞擦乌鸦的左右侧。 ⑦蹊径:道路。窈窕(yǎo tiǎo):幽深的样子。 ⑧上林西苑:汉代苑囿,汉武帝建元三年(前138)开,在长安(今西安)之西,周广三百里。故称西苑。 ⑨哺:吃。《乐府诗集》无"哺"字,今从《宋书·乐志》。 ⑩"黄鹄"二句:言黄鹄最能高飞,仍不免被射死煮食。 ⑪洛水:河名,即今河南省的洛河,出于今陕西洛南西,东流至洛阳附近入黄河。 ⑫"死生"句:此句承上句"各有寿命"而来,说一切皆有定命,无须计较生命的长短。

平 陵 东

平陵东,松柏桐①。不知何人劫义公②。
劫义公在高堂下③,交钱百万两走马④。
两走马,亦诚难,顾见追吏心中恻⑤。
心中恻,血出漉⑥,归告我家卖黄犊⑦。

【题解】

这首诗见《宋书·乐志》。《乐府诗集》作为《相和歌辞·相和曲》收入。前人释此诗往往说成是西汉末翟义起兵反对王莽被杀之事。如《乐府诗集》卷二十八引崔豹《古今注》及《乐府解题》说,都是这样。此说大约据诗中有"义公"字样而与翟义事牵合。其实"义公"本非指翟义,而翟义起兵亦非"交钱百万两走马"所可赎。恐为官府劫掠人勒索钱财的事。

【注释】

①平陵:汉昭帝刘弗陵(前86—前74在位)的陵墓,在长安西北七十里,属右扶风郡。这两句说在平陵以东种着松、柏、桐的树林中。 ②义公:即"我公"。《春秋繁露·仁义法》:"义之为言我也。"不知何人:似指官府的人。 ③高堂下:当指官府。这句说劫掠者把"义公"绑架到官府中进行勒索。 ④"交钱"句:指劫人者要求交钱百万及快马两匹才肯放人。 ⑤恻(cè):悲痛。这句说自己无力偿付,故见追吏而感到悲苦。 ⑥漉(lù):渗出。用内心流血形容悲苦之甚。 ⑦犊:小牛。这句说自己家里没有别的,只能卖牛去赎人了。

陌　上　桑

日出东南隅,照我秦氏楼。
秦氏有好女,自名为罗敷。
罗敷喜蚕桑,采桑城南隅。
青丝为笼系,桂枝为笼钩①。

头上倭堕髻②,耳中明月珠。
缃绮为下裙,紫绮为上襦③。
行者见罗敷,下担捋髭须④。
少年见罗敷,脱帽著帩头⑤。
耕者忘其犁,锄者忘其锄。
来归相怨怒,但坐观罗敷⑥。一解
使君从南来,五马立踟蹰⑦。
使君遣吏往,问是谁家姝⑧。
秦氏有好女,自名为罗敷。
罗敷年几何,二十尚不足,十五颇有馀。
使君谢罗敷,宁可共载不⑨?
罗敷前置词,使君一何愚。
使君自有妇,罗敷自有夫。二解
东方千馀骑,夫婿居上头⑩。
何用识夫婿。白马从骊驹⑪。
青丝系马尾,黄金络马头。
腰中鹿卢剑,可直千万馀⑫。
十五府小史⑬,二十朝大夫⑭。
三十侍中郎⑮,四十专城居⑯。
为人洁白皙⑰,鬑鬑颇有须⑱。
盈盈公府步,冉冉府中趋⑲。
坐中数千人,皆言夫婿殊。

【题解】

　　这首诗见《宋书·乐志》《玉台新咏》和《乐府诗集》。《宋书》归入"大曲"，题名《艳歌罗敷行·罗敷》；《玉台新咏》则称"日出东南隅行"；《乐府诗集》作为《相和歌辞·相和曲》收入，题为"陌上桑"。《乐府诗集》卷二十八引陈智匠《古今乐录》云："《陌上桑》，歌瑟调古辞《艳歌罗敷行·日出东南隅篇》。"《宋书·乐志》所收"陌上桑"曲调则录曹丕《弃故乡》、《楚词钞·今有人》和曹操《驾虹霓》三首。从诗的内容看，则此曲本词当即此首。《宋书·乐志》在诗后注云："前有艳（前奏），后有趋（收尾乐声）"，当是魏晋时演奏情况，已经乐官加工。关于此诗的本事，《乐府诗集》引崔豹《古今注》说罗敷是"邯郸人"，为"邑人王仁妻"，曾拒绝赵王引诱等，并谓此曲罗敷自作，不足信。宋代朱熹曾认为此诗情节与"秋胡戏妻"故事相似，疑"使君"与夫婿为一人。余冠英先生及一些研究者亦颇同意此说。

【注释】

　　①笼：篮子。系：系结篮子的绳。笼钩：篮柄。　②倭堕：一说同"婀嫋"（ē tuǒ）：美好的样子。又一说谓"倭堕髻"是一种发髻之形，由东汉梁冀妻所创"堕马髻"（梳成偏侧之状）变化而来。　③缃：浅黄色。《玉台》作"绿"。绮：一种有文采的丝织品。襦（rú）：短上衣。

④髭(zī)须:胡须。这句说行道者放下担子,摸着胡子自叹年老。 ⑤帩(qiào)头:一作"幧(qiāo)头",古代男子先用头巾裹束头发,然后戴上冠或帽。(有官爵者戴冠,平民戴帽。)脱帽是显示他自己还年轻。 ⑥坐:由于。沈德潜云:"'但坐观罗敷'。'坐',缘也。归家怨怒室人,缘观罗敷之故也。"(《古诗源》卷三) ⑦使君:汉人对州郡长官的尊称。五马:汉代的太守出行,本驾四马,朝臣出使为太守增一马,故曰五马。踟蹰:同"踟躇"。 ⑧姝(shū):美女。 ⑨宁:岂。共载:同坐一车,即《诗经·豳风·七月》"殆及公子同归"意。 ⑩夫婿居上头:意谓居于尊贵者的位置。 ⑪骊(lí):黑马。驹:小马。 ⑫鹿卢剑:以辘轳形的玉装饰剑柄的剑。 ⑬府小史:郡县官署中掌文书的小官。 ⑭朝大夫:朝廷中的一般官员。 ⑮侍中郎:即侍中,可出入宫禁。 ⑯专城居:指郡守,掌一郡之事。梁章钜《称谓录》卷二十二:"苏颋诗:'所贵专城伯'。案:专城伯,昔为郡守也。" ⑰皙(xī):皮肤洁白。 ⑱鬑(lián)鬑:鬓发疏而长的意思。颇:稍稍。 ⑲盈盈:从容缓步的样子。冉冉:缓慢的样子。

长 歌 行

青青园中葵①,朝露待日晞。
阳春布德泽②,万物生光辉。
常恐秋节至,焜黄华叶衰③。
百川东到海,何时复西归④。
少壮不努力,老大徒伤悲⑤。

【题解】

　　这首诗见《文选》,《乐府诗集》作为《相和歌辞·平调曲》收入。《宋书·乐志》所录《长歌行》用曹丕所作《西山一何高》取代,入《大曲》类,称《折杨柳行》。《乐府诗集》卷三十曰:"古辞云'青青园中葵,朝露待日晞',言芳华不久,当努力为乐,无至老大乃伤悲也。"晋陆机,南朝宋谢灵运,唐李白、王昌龄皆有同题之作,主旨多同此首。

【注释】

　　① 葵:植物名,即"冬葵",古人的重要蔬菜。南朝鲍照有《园葵赋》。② 阳春:春天。布德泽:指阳光雨露促使植物成长。　③ 焜(kūn)黄:一般认为是枯黄的意思。余冠英先生以为"焜"是"煴"(yūn)的假借字,"煴"就是黄的意思。吴小如先生认为"焜黄"当即"焜煌",指光灿夺目。意为常怕秋天一到,本来光灿夺目的花叶都衰落了。华叶:胡刻李善注《文选》作"华蕊",今从六臣注本。　④ "百川"二句:用水的东流比喻少壮一去不复返。　⑤ 老大徒伤悲:胡刻李善注《文选》作"乃伤悲",今从六臣注本。

猛　虎　行

　　饥不从猛虎食,暮不从野雀栖①。
　　野雀安无巢,游子为谁骄②。

【题解】

　　这首诗见《文选》陆机《猛虎行》李善注引。《乐府诗集》卷三十一仅在曹丕《猛虎行》的说明中引用。但从内容到形式均与晋陆机、南朝宋谢惠连拟作相似,陆、谢显然模拟此首。至于曹丕之作,则与此迥异。此诗主旨在于强调在一切情况下不能改变操守,即自重之意。

【注释】

　　①野雀:比喻不正派的人。　②骄:矜重自持。意为君子之矜重是为了保持自己的节操。

君 子 行

君子防未然,不处嫌疑间①。
瓜田不纳履,李下不正冠②。
嫂叔不亲授③,长幼不比肩④。
劳谦得其柄⑤,和光甚独难⑥。
周公下白屋,吐哺不及餐。
一沐三握发,后世称圣贤⑦。

【题解】

　　这首诗见六臣注本《文选》,宋尤袤刊及清胡克家刊李善注《文选》未收,疑脱误。《乐府诗集》卷三十二作为《相和歌辞·平调曲》收入。此诗强调君子应该谨慎守礼,远避嫌疑。其思想近于儒家,且多用儒、道二家书中典故,当为乐官所作。晋陆机、梁沈约均有拟作。又,此诗前四句亦见南朝乐府民歌《西曲歌·来罗》其二,当是东晋南朝乐官取此诗句子配以《西曲歌》声调。

【注释】

　　①"君子"二句:是说君子应该自重,避开易涉嫌疑的场合。　②"瓜田"句:是说不在瓜田中俯身穿鞋,以免被误会为偷瓜。"李下"句:是说在李子树下不可整顿帽子,以免被误会成摘李子。　③嫂叔不亲授:指嫂叔间不能亲手交接物品。古人认为男女间不能相互接触。《孟子·离娄上》载,淳于髡曾问孟子:男女授受不亲,是礼否?孟子说:是。于是淳于髡又问,嫂子溺水的话该拉她上来吗?孟子说:该拉,这是权宜之计。　④长幼不比肩:是说年青人不该和年长者并肩走路,而应该随在后面,否则就是不恭敬。见《礼记·曲礼上》。　⑤劳谦:语出《周易·谦·九三爻辞》:"劳谦君子,有终,吉。"意思说勤劳而谦逊的君子,终能得到好结果。柄:根本。　⑥和光:语出《老子》第五十六章:"和其光,同其尘。"这句说和世俗的人和睦相处颇为不易。　⑦周公:指周初名相周公姬旦。

白屋：平民。这四句用《史记·鲁周公世家》典，据云周公为了求贤，只要有士人求见，即使他在吃饭也会吐出饭马上接见，洗头也不等擦干，用手握头发去见客。正因为这样，他才被人们视为圣贤。

董 桃 行

吾欲上谒从高山，山头危嶬大难①。
遥望五岳端②，黄金为阙③，班璘④。
但见芝草，叶落纷纷。一解
百鸟集，来如烟⑤。
山兽纷纶，麟辟邪其端⑥。
鹍鸡声鸣⑦，但见山兽援戏相拘攀⑧。二解
小复前行玉堂，未心怀流还⑨。
传教出门来，"门外人何求"⑩？
所言欲从圣道，求一得命延⑪。三解
教敕凡吏受言⑫，采取神药若木端⑬。
白兔长跪捣药虾蟆丸⑭，奉上陛下一玉柈⑮，
服此药可得即仙⑯。四解
服尔神药，无不欢喜⑰。
陛下长生老寿，四面肃肃稽首⑱，
天神拥护左右，陛下长与天相保守。五解

【题解】

这首诗见《宋书·乐志》，亦见《乐府诗集》，属《相和歌辞·清调曲》。从诗的内容看来，当为一首游仙诗，讲一个方士为皇帝上天求得仙药的事，诗末更具祝颂之意，疑为当时乐官所作，以供帝王娱乐之用。至于历来有人把此曲与董卓的事相联系，恐属附会。

【注释】

① "吾欲"二句：这两句是说自己想从高山上天去谒见天神，高山的路十分艰险。"崄"同"险"。　② 五岳端：五岳的顶上。五岳：指东岳泰山、南岳衡山、中岳嵩山、西岳华山和北岳恒山。　③ 阙：宫门前的望楼。④ 班璘(lín)：即"璘班"，富于文彩的样子。何晏《景福殿赋》："光明熠爚，文彩璘班。"　⑤ "百鸟"二句：形容百鸟聚集在山上，数量多，远望如烟。　⑥ 纷纶：众多。辟邪：古代传说中的神兽，据云能除凶邪。这两句是说山顶上的种种神兽。　⑦ 鹍(kūn)鸡：古代传说中一种像鹤的鸟。⑧ 援：攀抓，形容兽相戏的样子。　⑨ 玉堂：神所居的殿堂。这两句说到了神住的玉堂，并无回归地上之心。　⑩ 教：上级对下级命令的一种文体。门外人：指上山求仙药的人。这两句写神在玉堂中传出教令，问门外人来有何要求。　⑪ "所言"二句：是说求仙者要归附神仙，求长生。　⑫ 教敕(chì)：神的命令（"敕"本意为帝王的命令）。凡吏：凡间的吏，犹言"凡夫俗子"。　⑬ 若木：神话中日入处的神木，生昆仑西，见《山海经·大

荒北经》。　⑭"白兔"句：即神话中所言月中有白兔和蟾蜍。这句说由白兔来捣药，蟾蜍来把它做成药丸。　⑮"奉上"句：指求药者回到人间，以仙药奉献帝王。玉柈：同"玉盘"。　⑯即仙：立即成仙。　⑰"服尔"二句：这是帝王对求药者说的话。　⑱肃肃：恭敬的样子。

相逢狭路间

相逢狭路间，道隘不容车①。
如何两少年，夹毂问君家②。
君家诚易知，易知诚难忘。
黄金为君门，白玉为君堂。
堂上置樽酒，使作邯郸倡。
中庭生桂树，华灯何煌煌。
兄弟两三人，中子为侍郎③。
五日一来归，道上自生光。
黄金络马头，观者满路傍。
入门时左顾，但见双鸳鸯。
鸳鸯七十二，罗列自成行。
音声何噰噰④，鹤鸣东西厢。
大妇织罗绮，中妇织流黄⑤。
小妇无所作，挟瑟上高堂。
丈人且安坐，调丝未遽央⑥。

【题解】

　　这首诗见《玉台新咏》,亦见《乐府诗集》卷三十四,属《相和歌辞·清调曲》;题名《相逢行》,又名《相逢狭路间行》或《长安有狭邪行》。诗中不少句子与《鸡鸣》相同,但无劝诫的话。《乐府诗集》卷三十五还有一首《长安有狭邪行》,文字亦大同小异,附见于后。余冠英先生认为这两首诗是"同一母题","似是一曲之异辞,而《相逢行》以这篇《长安有狭邪行》为蓝本"(《乐府诗选》第20页)。

【注释】

　　①隘:狭窄。　②毂(gǔ):古代车轮中心插轴的地方。这里代指车子。　③中子:即"仲子",第二个儿子。侍郎:汉代官名,皇帝的侍从官。东方朔《答客难》:"官不过侍郎,位不过执戟。"《汉书·百官公卿表》载,郎中令属官有侍郎,秩比四百石。《续汉书·百官志》载,尚书令属官有"侍郎三十六人,四百石"。"主作文书起草"。　④噰(yōng)噰:声音和谐的样子。　⑤流黄:夹杂五种颜色,绀(微带红的黑色)、红、缥(青白色)、紫和黄的丝织品。　⑥丈人:老人、家长。未遽央:还没有完。

　　　　　附　长安有狭邪行

长安有狭邪,狭邪不容车。

适逢两少年,挟毂问君家。
君家新市傍,易知复难忘。
大子二千石①,中子孝廉郎②。
小子无官职,衣冠仕洛阳③。
三子俱入室,室中自生光。
大妇织绮纻④,中妇织流黄。
小妇无所为,挟瑟上高堂。
丈夫且徐徐,调弦讵未央⑤。

【注释】

① 二千石:据《汉书·百官公卿表》,汉代一些官员如太子太傅、将作少府等中央官吏及京兆尹、左冯翊、右扶风、各郡太守皆秩二千石。《续汉书·百官志》:"二千石奉,月百二十斛。" ② 孝廉郎:汉代实行乡举里选,由郡太守推荐当地人举为"孝廉",由朝廷选用。"郎"是秦汉时职位较低的官,属郎中令,是皇帝的侍卫。"孝廉郎"指以孝廉身份被任用为郎。 ③ "小子"二句:这句说小儿子虽尚无官职,但也整顿衣冠,准备去洛阳求官。 ④ 纻(zhù):苎麻织成的布。 ⑤ 讵未央:同上首"未遽央"。

塘 上 行

蒲生我池中,其叶何离离①。

傍能行仁义,莫若妾自知②。
众口铄黄金③,使君生别离。
念君去我时,独愁常苦悲。
想见君颜色,感结伤心脾。
念君常苦悲,夜夜不能寐。
莫以贤豪故④,弃捐素所爱。
莫以鱼肉贱,弃捐葱与薤。
莫以麻枲贱,弃捐菅与蒯⑤。
出亦复苦愁,入亦复苦愁。
边地多悲风,树木何修修⑥。
从君致独乐,延年寿千秋⑦。

【题解】

　　这首诗是《塘上行》的本辞,见《玉台新咏》,云为曹丕前妻甄氏所作;《宋书·乐志》所收则为晋乐所奏歌辞,谓本曹操所作,文字有所不同,疑晋代乐官所改。《乐府诗集》卷三十五并录二首,并引《邺都故事》谓甄后作;又引《歌录》曰:"《塘上行》,古辞。或云甄皇后造。"按:《文选》陆机《塘上行》李善注引《歌录》,除提到"古辞"和甄后外,还说"或云魏文帝,或云武帝",可见本无定说。余冠英先生《乐府诗选》作为"古辞"处理。笔者认为曹操、曹丕二说俱无佐证;甄后说疑后人牵合其遭遇加以附会,当以"古辞"为可信,详见拙作《关于乐府诗的几个问题》(《齐鲁学刊》1994年第3期第8页)。

【注释】

①离离:茂盛的样子。 ②傍:旁人,别人。这两句说别人如果能行仁义之道,那我是再清楚不过的。 ③"众口"句:语出《汉书·邹阳传》:"众口铄金。"颜师古注:"美金见毁,众共疑之,数被烧炼,以至销铄。"以此比喻被众人谗毁,终当受祸。铄(shuò):熔化。 ④贤豪:指贤能而有更高地位的人。 ⑤枲(xǐ):麻。菅(jiān):多年生草本植物,叶细长,根坚硬,可制炊帚、刷子等。蒯(kuǎi):生在水边的草本植物,可用以织席。这四句是谓不因有鱼肉而弃葱薤;有麻枲而弃菅蒯。当是化成《左传·成公九年》引《诗》"虽有丝麻,无弃菅蒯。虽有姬姜,无弃蕉萃(憔悴)"语。 ⑥修修:一作"翛(xiāo)翛":鸟尾残破的样子。这里借以形容树木在风中的枯槁之状。 ⑦"从君"二句:此二句与上文不甚连贯,疑乐官所加,曲终附以祝颂语。

善 哉 行

来日大难,口燥唇干。今日相乐,皆当喜欢。一解
经历名山,芝草翻翻①。仙人王乔②,奉药一丸。二解
自惜袖短,内手知寒③。惭无灵辄,以报赵宣④。三解

月没参横,北斗阑干⑤。亲交在门,饥不及餐。四解
欢日尚少,戚日苦多。以何忘忧,弹筝酒歌⑥。五解
淮南八公,要道不烦⑦。参驾六龙,游戏云端。六解

【题解】

　　这首诗见《宋书·乐志》和《乐府诗集》,为《相和歌辞·瑟调曲》。《乐府诗集》卷三十六引《乐府解题》认为此诗是说人命不能久长,应当与亲友聚晤,讲求长生的方术,和仙人同游。"善哉"二字为叹美之辞。此曲曹操、曹丕和曹叡各有拟作,且有四言、五言与杂言的不同,内容亦各异。

【注释】

　　① 翻翻:形容芝草在风中摆动。　② 王乔:古代仙人,又作王子乔,《列仙传》以为即《逸周书》和《国语》所载周灵王的太子晋。　③ 内:同"纳"。指把手伸入袖中。　④ 灵辄:古人名。据《左传·宣公二年》载,晋国上卿赵盾曾在路上见一饿人,赵盾给他饭吃,并周济了他母亲。此人即灵辄,后来他当上了晋灵公的武士,灵公想在宴会上伏兵杀害赵盾,他倒戈挡住伏兵,使赵盾得免于难。赵宣:赵盾的谥号为赵宣子。　⑤ 参(shēn):星宿名,二十八宿之一。阑干:纵横。　⑥ "欢日"四句:按这四句当为曹操《短歌行》"譬如朝露"二句及"何以解忧"二句所出。

⑦ 淮南八公：汉代淮南王刘安的门客。高诱《淮南子叙》"天下方术之士，多往归焉。于是遂与苏飞、李尚、左吴、田由、雷被、毛被、伍被、晋昌等八人"共著《淮南子》。其后淮南王谋反被诛，伍被亦被杀。但后来有传说这八人是神仙，变化形状去见淮南王，并带他一起成仙上天。见《神仙传》，此处即据"八公"为仙人的传说。要道不烦：意思说成仙的大道并不繁琐。

陇 西 行

天上何所有，历历种白榆①。
桂树夹道生②，青龙对道隅③。
凤凰鸣啾啾，一母将九雏④。
顾视世间人，为乐甚独殊。
好妇出迎客，颜色正敷愉⑤。
伸腰再拜跪⑥，问客平安否。
请客北堂上，坐客毡氍毹⑦。
清白各异樽，酒上正华疏⑧。
酌酒持与客，客言主人持⑨。
却略再拜跪⑩，然后持一梧。
谈笑未及竟，左顾敕中厨⑪。
促令办粗饭，慎莫使稽留⑫。
废礼送客出，盈盈府中趋⑬。

送客亦不远,足不过门枢⑭。
取妇得如此,齐姜亦不如⑮。
健妇持门户,胜一大丈夫。

【题解】

　　这首诗见《玉台新咏》,亦见《乐府诗集》卷三十七。此曲一曰"步出夏门行"。《乐府诗集》引《乐府解题》曰:"古辞云:'天上何所有,历历种白榆。'始言妇有容色,能应门承宾。次言善于主馈,终言送迎有礼。此篇出诸集,不入《乐志》。"又引王僧虔《伎录》云:"《陇西行》歌武帝'碣石'、文帝'夏门'二篇。"按:"碣石"即曹操《步出夏门行》中"东临碣石"一篇;"文帝'夏门'"今未见,疑即《宋书·乐志》所录曹叡《步出夏门行》("步出夏门,东登首阳山")一首。但不知王僧虔与沈约孰是。然曹叡此首,取父祖诗中成句不少,或曹丕本有此诗,而为曹叡引用,亦有可能。又《乐府诗集》同卷有《步出夏门行》"古辞"一首末四句与本诗首四句基本相同,但主旨只讲游仙,主题不同,疑乐官在本诗中截取本诗拼入,或本诗截取该诗拼入,已难确考。逯钦立先生《先秦汉魏晋南北朝诗》合二首为一,以《步出夏门行》置本诗篇首,可备一说。今姑存《玉台新咏》及《乐府诗集》原貌,附《步出夏门行》于本诗之后。

【注释】

①历历：分明可数。白榆：星名。这里是因为星名而夸饰为天上也种着白榆树。　②桂树：本亦星名。黄节先生据纬书《春秋运斗枢》云："椒、桂合刚阳，椒、桂阳星之精所生也。"　③青龙：指天上的龙星，春天时出现于东方。道教经典《太平经》云："故东方为道，道者主生……故东方为文，龙见负之也。"（见《太平经合校》卷69）古人以五色配五方，东方属青，故曰"青龙"。　④凤凰：星名。即鹑火星。啾啾：凤凰鸣声。雏：小鸟。《宋书·乐志》一云："《凤将雏哥》者，旧曲也。应璩《百一诗》云：'为作《陌上桑》，反言《凤将雏》。'然则《凤将雏》其来久矣。"疑即指此曲。屈原《天问》"女歧无合夫，焉取九子"，或即"九子"二字所本。　⑤敷愉：本为草木繁茂之意。这里形容和颜悦色。　⑥"伸腰"句：据宋人罗大经《鹤林玉露·甲编》卷四："古者妇女以肃拜为正，谓两膝齐跪，手至地，而头不下也，拜手亦然。南北朝有乐府诗说妇人曰：'伸腰再拜跪，问客今安否'。伸腰亦是头不下也。"按：罗氏误以汉古辞为南北朝乐府，然所说拜仪可从。　⑦氍毹（qú shū）：毛织的毯子。古人席地而坐，地上铺毡毯作座位。杜甫《戏简郑广文虔兼呈苏司业源明》"坐客寒无毡"，即指此物。　⑧清白：古代的酒有清酒、白酒之分。这是说把两种酒分开盛在樽中，随客选饮。华疏：形容酒注入杯中激起的浪花之状。　⑨主人持：指请主人先饮。　⑩却略：稍稍后退一下，以示谦让。　⑪敕（chì）：本指帝王的命令，此处指主妇告诫仆人。　⑫稽留：延迟。　⑬废礼：礼终，指待客礼毕。盈盈：慢慢地走，以示端庄。　⑭枢：门上的转轴。古代妇女不能随意出门，现在因丈夫外出，不得不亲自送客，但

脚不出大门，以示守礼。 ⑮齐姜：春秋时齐国国君为姜姓，当时周王及同姓诸侯多娶齐君之女，称"齐姜"。后来用来代指高门妇女。

附　步出夏门行

邪径过空庐，好人常独居①。
卒得神仙道，上与天相扶②。
过谒王父母，乃在太山隅③。
离天四五里，道逢赤松俱④。
揽辔为我御，将吾上天游。
天上何所有，历历种白榆。
桂树夹道生，青龙对伏趺⑤。

【注释】

①邪径：凡方向非正南北或正东西的路叫"邪径"，犹今人所说"斜街"。好人：品行端正的人。《诗经·魏风·葛屦》："好人服之。" ②卒：终于。 ③王父母：即相传为东方朔所作的《十洲记》中所说的神仙"东王公"和"西王母"。魏曹植《远游篇》"将归谒东父"；又《仙人篇》"东过王母庐"。太山：同"泰山"。 ④赤松：赤仙子，古仙人名。《史记·留侯世家》载，张良曾云："愿弃人间事，欲从赤松子游耳。"《索隐》引《列仙传》："神农时雨师也，能入火自烧，昆仑山上随风雨上下也。"又《淮南

子·齐俗训》:"今夫王乔、赤诵子,吹呕呼吸,吐故纳新,遗形去智,抱素反真,以游玄眇,上通云天。""诵""松"古字同声通用。 ⑤跗(fū):脚背。伏跗:形容动物蹲卧的样子。

西　门　行

出西门,步念之①,
今日不作乐,当待何时。
逮为乐②,逮为乐,当及时。
何能愁怫郁③,当复待来兹④。
酿美酒,炙肥牛,
请呼心所欢,可用解忧愁。
人生不满百,常怀千岁忧。
昼短苦夜长,何不秉烛游。
游行去去如云除⑤,弊车羸马为自储⑥。

【题解】

　　这首诗见于《乐府诗集》卷三十七,据云为此曲本辞。又有一首曲辞,乃"晋乐所奏",亦见《宋书·乐志》。此曲属《相和歌辞·瑟调曲》。"晋乐所奏"的歌辞,较"本辞"为长,显系配乐时乐官所加。不论"本辞"或"晋乐所奏"其辞句都有和《古诗十九首·生年不满百》相同或类似的地方。有的学者认为"本辞"产生的年代最早,《古诗》即由此辞演变而来,至于"晋乐所奏"曲辞,则为乐官在配乐时把"本辞"与《古诗》拼凑而成。但从"本辞"看来,似亦有为配乐需要而加的字句,如"今日不作乐,当待何时。逮为乐,逮为乐,当及时"几句,语气重复,似为歌唱时所加。又如"酿美酒,炙肥牛"二句,似取曹丕《艳歌何尝行》中"但当饮美酒,炙肥牛"句意,恐亦非原作。因此笔者认为这首"本辞"亦可能为乐官将《古诗》改编而成。《宋书·乐志》一云:"凡此诸曲,始皆徒哥,既而被之弦管。又有因弦管金石,造哥以被之,魏世三调哥词之类是也。"据此,此曲亦可能是汉魏乐官取《古诗》配乐时所改。"晋乐所奏"歌辞附后,备参考。

【注释】

①步念之:走路时边走边想起。 ②逮为乐:及时作乐。 ③怫(fú)郁:愁闷。 ④来兹:将来。 ⑤如云除:好像浮云散去,不留痕迹。 ⑥羸(léi):瘦弱。这句说即使贫困,亦当备有破车羸马以自乐。

附 晋乐所奏歌辞

出西门,步念之。

今日不作乐,当待何时。

夫为乐,为乐当及时。

何能坐愁怫郁,"当复待来兹"?

饮醇酒,炙肥牛。

请呼心所欢,可用解愁忧。

人生不满百,常怀千岁忧。

昼短苦夜长,何不秉烛游。

自非仙人王子乔①,计会寿命难与期②。

自非仙人王子乔,计会寿命难与期。

人寿非金石,年命安可期。

贪财爱惜费,但为后世嗤③。

【注释】

①王子乔:古代传说中的仙人,一说即春秋时周灵王太子晋。 ②计会:估计。期:等同。 ③嗤(chī):讥笑。

东　门　行

出东门,不顾归①。来入门,怅欲悲。

盎中无斗米储,还视架上无悬衣②。

拔剑东门去,舍中儿母牵衣啼。

"他家但愿富贵,贱妾与君共餔糜③。

上用仓浪天故,下当用此黄口儿④。今非。"

"咄!行⑤!吾去为迟,白发时下难久居⑥。"

【题解】

  这首诗见《乐府诗集》卷三十七,属《相和歌辞·瑟调曲》。又有"晋乐所奏"的歌辞,亦见《宋书·乐志》。这两首歌辞的基本情节都是写穷人到了生活不下去的程度,想铤而走险,做犯法的事。但"本辞"中的主人公似主意已定,对妻子的劝告听不进去;而"晋乐所奏"歌辞,则主要写妻子劝他的话,两诗主旨颇不同,当是乐官在谱曲时觉"本辞"不适于演唱而加以改写。《文选》左思《咏史·习习笼中鸟》李善注有"古《出东门行》曰'盎中无斗米储,还视架上无悬衣'"。但胡克家《考异》卷四谓"袁本、茶陵本"无"储还顾"三字,与《乐府诗集》文字不同。笔者过去曾怀疑此首"本辞"或"为当时乐官配乐时作的另一种歌辞"(《乐府诗选》,人民文学出版社2000年版第44页)。现在看来,胡刊所据尤袤刊本与六臣注本可能不同,个别文字稍有出入,难以据此得出非"本辞"而是乐官所作的结论。

【注释】

  ①不顾归:指见贫困至此而不想回家。　②盎(àng):古代一种口

小腹大的瓦罐。这两句写衣物俱乏,生活已难维持。 ③糜(mí):粥。 ④用:由于。仓浪:青色。这二句乃妻子劝丈夫看在老天和孩子分上,不要犯法。 ⑤今非:现在不是这样。咄(duō):喝斥声。这句是丈夫不听劝告,仍然要去。 ⑥"白发"句:意思是说何能等到白发,现在就活不下去了。

附　晋乐所奏歌辞

出东门,不顾归。未入门,怅欲悲。
盎中无斗储,还视桁上无悬衣[①]。一解
拔剑出门去,儿女牵衣啼。
"他家但愿富贵,贱妾与君共餔糜。"二解
"共餔糜。上用仓浪天故,下为黄口小儿。
今时清廉,难犯教言[②],君复自爱莫为非。"
"行,吾去为迟。"
"平慎行,望君归。"[③]

【注释】

①桁(hàng):衣架。 ②"今时"二句:是说当今官员清廉,不能犯他的教令。 ③"平慎行"二句:这是妻子希望丈夫不要去做犯法的事,能平安回来。

折杨柳行

默默施行违，厥罚随事来①。
末喜杀龙逢，桀放于鸣条②。一解
祖伊言不用，纣头悬白旄③。
指鹿用为马，胡亥以丧躯④。二解
夫差临命绝，乃云负子胥⑤。
戎王纳女乐，以亡其由余⑥。
璧马祸及虢，二国俱为墟⑦。三解
三夫成市虎⑧，慈母投机趋⑨。
卞和之刖足⑩，接予归草庐⑪。四解

【题解】

这首诗见《宋书·乐志》和《乐府诗集》卷三十七，属《相和歌辞·瑟调曲》。《折杨柳》是古曲名。《庄子·天地》："大声不入于里耳，《折杨》《皇荂（华）》则嗑然而笑。"后来《汉横吹曲》《梁鼓角横吹曲》均有《折杨柳》，而《情商曲辞·西曲歌》中也有《月节折杨柳歌》。此诗号为"古辞"，历来以为是汉人作品。清人陈祚明在《采菽堂古诗选》中说："乐府惟二意，非祝颂则规戒。此应是贤者谏不得行，而作诗以讽，其言危切。"从此诗用典极多看来，当非民歌而为乐官所作。这大约是朝廷所奏乐歌之一体，如曹操之《善哉行·古公》、曹丕之《煌煌京洛行·园桃》亦与此相类。

【注释】

① 默默：昏乱黑暗的样子。这两句说君主施政失当，上天就会降罚。② 末喜：夏代末主桀的宠妃。《史记·外戚世家》："而桀之放也以末喜。" 龙逄：即关龙逄，夏桀之臣，以直谏被杀。《庄子·人间世》："且昔者桀杀关龙逄。"桀放于鸣条：《史记·夏本纪》："汤遂率兵以伐夏桀。桀走鸣条，遂放而死。"鸣条：地名，在安邑（今山西运城境）之西。 ③ 祖伊：殷代末主纣的贤臣。《尚书·西伯戡黎》载，西伯（周文王）平黎，祖伊恐，奔告于纣，说明殷之危殆。纣说自己有命在天，不听。纣头悬白旄：据《逸周书·克殷解》：武王代纣，纣自焚死，武王砍下纣头，挂在大白旗上，亦见《史记·殷本纪》及《周本纪》。白旄：即大白旗。 ④ 胡亥：秦二世之名，秦始皇子，为赵高所杀。这两句所言见《史记·秦始皇本纪》，据说赵高曾向二世献鹿，却说是马。群臣中有人说是马，有人说是鹿，赵高把说是鹿的人都杀死。后来赵高又在望夷宫中杀了二世。 ⑤ 夫差：春秋末吴国君主。子胥：即伍子胥，本楚人，奔吴，佐吴王阖庐破楚。阖庐死后，夫差立，打败了越国，越王勾践求和，伍子胥劝夫差不要答应，夫差不听。后来又命伍子胥自杀，最后吴为越所灭。 ⑥ 戎王：春秋时西方少数民族君主。由余：春秋时秦穆公的贤臣。据《史记·秦本纪》载，秦穆公因由余在戎，就送歌女给戎王。戎王因喜爱歌女，耽于逸乐，由余因此离戎人

秦。 ⑦"璧马"二句：据《左传·僖公五年》载，晋献公用荀息计，以"屈产之乘"（骏马）和"垂棘之璧"向虞国借路伐虢，虞公贪而受璧与马，借道给晋国，晋献公因此灭了虞、虢二国。"虞""虢"皆春秋初年国名，虞在今山西平陆东；虢在今平陆南。墟：废墟。 ⑧三夫：典出《战国策·魏策二》，据云庞葱对魏王说："有三个人说市上有老虎，您信不信？"魏王说："我就信了。"集市上本不会有虎，比喻多人传谣，就有人相信。 ⑨"慈母"句：典出《史记·甘茂列传》载，甘茂讲过，春秋时鲁国贤人曾参之母在织布，有人告诉她说"曾参杀了人"，她不信。后来又有人这样说，她就相信了丢下织机逃跑。 ⑩卞和：据《韩非子·和氏》载，楚人卞和得到一块璞玉，献给楚厉王，厉王令人鉴别，说是石而非玉，乃割其左脚。后来他又献给楚武王，武王又叫人鉴别，又说是石，于是被割右脚。及楚文王即位，他抱玉璞而哭，楚文王使人问之，最后叫玉人雕璞，得到宝玉，即"和氏之璧"。刖（yuè）：古代一种割脚的酷刑。 ⑪接予：当从《乐府诗集》作"接舆"，春秋时楚国隐士，曾作歌讥笑孔子，事见《论语·微子》。

妇 病 行

妇病连年累岁，传呼丈人前一言①。
当言未及得言，不知泪下一何翩翩②。
"属累君两三孤子，莫我儿饥且寒③。
有过慎莫笪笞④，行当折摇⑤，思复念之⑥。"

乱曰⁷：
抱时无衣，襦复无里⁸。
闭门塞牖，舍孤儿到市⁹。
道逢亲交，泣坐不能起。
从乞求与孤买饵⁰。
对泣啼泣，泪不可止。
"我欲不伤悲不能已⁰。"
探怀中钱持授，交入门见孤儿，
啼索其母抱⁰，徘徊空舍中⁰。
"行复尔耳，弃置勿复道⁰。"

【题解】

　　这首诗见《乐府诗集》卷三十八。据同书卷三十六引《古今乐录》说到南齐王僧虔《伎录》所列《相和歌辞·瑟调曲》名目中，有《妇病行》一曲。但《宋书·乐志》不录。可能是后来的乐官因其情节不宜在庙堂演奏而不用之故。此诗主旨前人有不同解释。清人朱乾《乐府正义》、张玉毂《古诗赏析》都认为是讽刺丈夫在妻子死后不爱恤孤儿。但从诗中似体会不出这用意。朱嘉徵《乐府广序》认为是写"妇没，子不免饥寒而乞诸亲交也"。他认为此诗是写人民的疾苦，这种情况在上位者不可能知道。因此他认为"汉世当采诗入乐，所以备听览之遗"，认为这诗是民歌。此说很有见地,余冠英先生《乐府诗选》亦采此说。但本诗有些句子较费解,各家断句颇有不同。

【注释】

①丈人:丈夫。 ②翩翩:连绵不断。 ③"属累"二句:这两句是妻子将死嘱咐丈夫之词,意谓将"两三孤子"托付给你,连累你,不要使他们饥寒。 ④笞(dá):打。笞(chī):用鞭子或木板打。 ⑤摇:同"夭"。折摇:夭折,短命而死。 ⑥思:语助词。这句是叮嘱丈夫要牢记。 ⑦乱曰:音乐的末章叫"乱","乱"本治理之意。这"乱曰"以后乃写妇女死后之事。 ⑧襦(rú):短上衣。 ⑨牖(yǒu):窗户。这两句有不同的读法。黄节、萧涤非二先生读作"闭门塞牖舍,孤儿到市"(校点本《乐府诗集》从之);逯钦立、余冠英二先生读作"闭门塞牖,舍孤儿到市"。按:清人陈祚明认为"闭门塞牖舍",似言逐儿在外。"两三孤儿,入市其大者,索母其小者"。此说与黄、萧二先生同,"舍"作"房舍"解释,入市的是孤儿中较大的。逯、余二先生的读法是把"舍"释作"放下",以入市者为丈夫本人。现在采用逯、余二先生说,因为下文"从乞求与孤买饵",似应是丈夫本人。 ⑩饵(ěr):糕饼。 ⑪"我欲"句:此句黄节先生认为是"亲友"说的话。下文"探怀中钱持授",当为"亲交"把钱交给丧妻者。 ⑫"交入门"二句:这两句断句有不同,黄、逯二先生读作"啼索其母抱",而余冠英先生把"抱"字属下句,皆可通。今从黄、逯二先生。 ⑬徘徊空舍中:写丧妻者悲苦而无可奈何之状。

⑭"行复"二句：当为"亲交"劝慰丧妻者的话，意为"事已至此，只能放开些不要再想了"。

孤 儿 行

孤儿生，孤子遇生，命独当苦①。
父母在时，乘坚车，驾驷马。
父母已去，兄嫂令我行贾②。
南到九江③，东到齐与鲁④。
腊月来归，不敢自言苦。
头多虮虱，面目多尘土⑤。
兄言办饭，嫂言视马。
上高堂，行取殿下堂⑥，孤儿泪下如雨。
使我朝行汲，暮得水来归⑦。
手为错⑧，足下无菲⑨。
怆怆履霜，中多蒺藜⑩。
拔断蒺藜，肠肉中怆欲悲⑪。
泪下渫渫⑫，清涕累累⑬。
冬无复襦⑭，夏无单衣。
居生不乐，不如早去，下从地下黄泉⑮。
春气动草萌芽。
三月蚕桑，六月收瓜。

将是瓜车⑯,来到还家。
瓜车反覆⑰,助我者少,啖瓜者多⑱。
愿还我蒂,兄与嫂严,独且急归,当与校计⑲。
乱曰:
里中一何譊譊⑳,愿欲寄尺书,
将与地下父母,兄嫂难与久居㉑。

【题解】

　　这首诗见《乐府诗集》卷三十八,属《相和歌辞·瑟调曲》,又名"孤子生行"。据《乐府诗集》引《歌录》说,此曲亦名《放歌行》。诗写孤儿受兄嫂虐待的种种苦况。这和《妇病行》一样,真实地反映了当时社会现实的一个重要方面,风格亦较质朴,当属民歌。清陈祚明《采菽堂古诗选》论此诗,认为"下从地下黄泉"句以下另写时令。文情曲折奇特,大约"瓜车反覆"是实事,此诗即因此而发。至于前面所写苦况,只是追叙,其说颇有理。沈德潜《古诗源》评此诗"极琐碎,极古奥。断续无端,起落无迹,泪痕血点,结缀而成,乐府中有此一种笔墨"。

【注释】

　　① "孤儿生"三句:是说孤儿出生时遭逢时日不利,故当命苦。

② 行贾（gǔ）：出门经商。　③ 九江：汉代郡名，在今安徽中部的寿县、合肥及淮南、江北一带地区。　④ 齐与鲁：本春秋战国时两个诸侯国，后来用以代指今山东一带。　⑤ "面目"句：各本作："面目多尘，大兄言办饭，大嫂言视马。"故沈德潜以为"惟中间有两句不在韵内者，如'头多虮虱，面目多尘'；'上高堂，行取殿下堂'等句，故摇曳其词，令读者不能骤领耳"。其实此句有误。逯钦立先生曰："诗中'大兄'之'大'，为'土'之讹字，当属上句，作'面目多尘土'。'土'与前后韵'贾''鲁''马''雨'皆叶，今'土'讹'大'，则断'尘'为句，失其韵。又'土'讹'大'，连下读为'大兄'，后人遂不得不于'嫂'字上亦添'大'字。使篇中兄嫂辞例亦乱。应添'土'字，去两'大'字。"（《先秦汉魏晋南北朝诗》第271页）今从逯说改。　⑥ "行取"句：此句承上句而言，"取"同"趋"，意为刚上到堂上，又赶着下堂，劳苦奔忙不息。　⑦ 汲：打水。这两句说"孤儿"家离水源远，来回辛苦。　⑧ 错：磨打玉器的石块。形容手的皲裂粗糙。　⑨ 菲：同"屝"，麻制的鞋。　⑩ 蒺藜（jí lí）：一年生草本植物，有刺。这两句说孤儿光着脚踩在霜地上，肉中还扎进了很多棘刺。　⑪ 肠肉：犹言"肝肠"，指内心。　⑫ 渫（xiè）渫：形容泪水流出的样子。　⑬ 累累：不断的样子。　⑭ 复襦：短夹衣。　⑮ 居生不乐：意思说活着不快乐。这几句是说自己生不如死。　⑯ 将是瓜车：推着瓜车。"将"同《诗经·小雅·无将大车》之"将"。　⑰ 反覆：翻车。　⑱ 啖（dàn）：同"啖"，吃。　⑲ 与：一作"兴"，从校点本《乐府诗集》改。"与较计"：指和自己计较算帐。　⑳ 譊（náo）譊：喧哗。余冠英先生认为指兄嫂已知瓜车翻倒，在里中责骂。　㉑ "愿欲"三句：写孤儿见瓜车翻倒，兄嫂责骂，自

觉无法生活而想到了死。

雁门太守行

　　孝和帝在时①，洛阳令王君②，本自益州广汉民③，少行宦，学通五经论④。一解

　　明知法令⑤，历世衣冠⑥。从温补洛阳令⑦，治行致贤，拥护百姓⑧，子养万民。二解

　　外行猛政，内怀兹仁。文武备具，料民富贫⑨。移恶子姓名，五篇著里端⑩。三解

　　伤杀人，比伍同罪对门⑪。禁镏矛八尺⑫，捕轻薄少年。加答决罪，诣马市论⑬。四解

　　无妄发赋，念在理冤⑭，敕吏正狱，不得苛烦⑮。财用钱三十，买绳礼竿⑯。五解

　　贤哉贤哉，我县王君。臣吏衣冠，奉事皇帝。功曹主簿，皆得其人⑰。六解

　　随部居职，不敢行恩⑱。清身苦体，夙夜劳勤。治有能名，远近所闻。七解

　　天年不遂，蚤就奄昏⑲。为君作祠，安阳亭西⑳。欲令后世，莫不称传。

【题解】

这首诗见《宋书·乐志》和《乐府诗集》卷三十九，属《相和歌辞·瑟调曲》；又《后汉书·循吏·王涣传》李贤注引"《古乐府歌》曰"一段文字，即节录此诗。《乐府诗集》引《古今乐录》曰："王僧虔《伎录》云：'《雁门太守行》歌古洛阳令一篇。'"《后汉书·循吏传》记其事迹云："王涣字稚子，广汉郪人也。父顺，安定太守。……州举茂才，除温令。县多奸猾，积为人患。涣以方略讨击，悉诛之。境内清夷，商人露宿于道。……永元十五年（103），从驾南巡，还为洛阳令。以平正居身，得宽猛之宜。其冤嫌久讼，历政所不断，法理所难平者，莫不曲尽情诈，压塞群疑。又能以谲数发擿奸伏，京师称叹，以为涣有神算。元兴元年（105），病卒。……民思其德，为立祠安阳亭西，每食辄弦歌而荐之。"从《后汉书》记载看，其事迹与"雁门太守"似无关。可能汉时原有写战争的古辞《雁门太守行》，而洛阳人民据此曲调写了这首祭王涣的诗。当然，这仅属推测。

【注释】

①孝和帝：东汉皇帝，姓刘名肇，公元89年至105年在位。 ②洛阳令王君：即王涣，事迹详《题解》。 ③"本自"句：王汉乃广汉郡郪县（在今四川成都以东，三台县南）人，汉时属益州。"广汉"下《后汉书》注及《乐府诗集》有"蜀"字，今从《宋书·乐志》。 ④少行宦：

少年时就出门做官。"宦",《乐府诗集》作"官",今从《宋书·乐志》及《后汉书》注。学通五经论:学通《易》《书》《诗》《礼》《春秋》五经及《论语》。 ⑤明知法令:指王涣通解法律,《后汉书》本传称他"读律令,略举大义"。 ⑥历世衣冠:指祖上均做过官。 ⑦温:地名,今属河南。王涣曾任温令。 ⑧致:同"至"。拥:通"雍",和睦。这二句说王涣治政极贤明,使百姓和睦,并能保护他们。 ⑨料:查核、计算。这句说王涣查明百姓户口及贫富的情况。 ⑩"移恶子"二句:《乐府诗集》无"姓"字和"五"字,今从《宋书·乐志》及《后汉书注》。移:移文,用来晓喻人的文告。这句是说王涣经调查,罗列全县恶人姓名,凡五篇,揭示于里门上。 ⑪"杀伤人"二句:这是王涣告诫"恶子"的邻居,要他们对"恶子"进行监督,如果那些人再伤人犯法,邻居要受连累。比:五家为比。伍:亦指五家。"比伍"即邻里。 ⑫镏:古"刘"字,亦可作"釜"解释。《乐府诗集》作"鍪"(móu),亦釜鍪之意,与文义不合。黄节先生认为是"矜矛"之误。矜(xì)矛:长矛。这句是说禁止民间藏有矛等武器。 ⑬笞:鞭打。马市:指洛阳马市,犯法的人押到这里鞭打以示众。 ⑭无妄发赋:不轻易征发赋税。念在理冤:意在清理冤狱。 ⑮敕:戒饬。苛烦:指苛刻与烦琐的条令,皆扰民。 ⑯财:同"才",只有。礼:同"理",治理。这句说把公家的空地卖给平民,只须插上竹竿用绳子围上,即可自行耕作,只花三十文钱。 ⑰功曹、主簿:都是县令的属员。得其人:任用得当。 ⑱不敢行恩:指不敢私自施惠于人。 ⑲遂:尽。蚤:同"早"。奄昏:死去。 ⑳安阳亭:"亭"为乡以下地区单位。《汉书·百官公卿表》:"大率十里一亭,亭有长。十亭一乡。""安阳亭"当在洛阳郊区,具体位置不详。

艳歌何尝行

飞来双白鹄，乃从西北来。
十十五五，罗列成行。一解
妻卒被病①，行不能相随。
五里一反顾，六里一徘徊。二解
"吾欲衔汝去，口噤不能开②。
吾欲负汝去，毛羽何摧颓③。
乐哉新相知，忧来生别离④。
踌躇顾群侣⑤，泪下不自知"⑥。
"念与君离别，气结不能言⑦。
各各重自爱，远道归还难。
妾当守空房，闭门下重关。
若生当相见，亡者会黄泉"⑧。
今日乐相乐，延年万岁期⑨。

（"念与"下为趋曲，前有艳。）

【题解】

这首诗见《宋书·乐志》，称《艳歌何尝·白鹄》，一曰"飞鹄行"。《玉台新咏》称"《双白鹄》"；《乐府诗集》卷三十九作为《相和歌辞·瑟调曲》收入，称《艳歌何尝行》。《乐府诗集》引

《古今乐录》曰:"王僧虔《伎录》云:'《艳歌何尝行》,歌(魏)文帝《何尝》、古《白鹄》二篇。'"又引《乐府解题》曰:"古辞云:'飞来双白鹄,乃从西北来'言雌病雄不能负之而去,'五里一反顾,六里一徘徊'。虽遇新相知,终伤生别离也。……"按:东汉时代朝政混乱,又遭羌族暴动,西北一带许多人逃向南方。此诗虽假托禽言,其实曲折地反映了这一现实。

【注释】

①妻:指雌鹄。卒:同"猝",忽然。 ②噤(jìn):嘴张不开。 ③摧颓:凋损,言翅膀无力不能负雌鹄飞行。 ④"乐哉"二句:化用屈原《九歌·少司命》。"悲莫悲兮生别离,乐莫乐兮新相知"句意。 ⑤踌躇:同"踟蹰",犹豫。 ⑥自"吾欲衔汝去"至"泪下不自知"为雄鹄所说。 ⑦气结:气塞,指郁闷而说不出话来。 ⑧自"念与君离别"至"亡者会黄泉"句,为雌鹄对雄鹄说的话。 ⑨"今日"二句:此二句当为入乐时乐官所加,与全诗无甚关系。

艳 歌 行

其 一

翩翩堂前燕,冬藏夏来见。
兄弟两三人,流荡在他县。

故衣谁当补,新衣谁当绽①。
赖得贤主人,览取为吾绽②。
夫婿从门来,斜柯西北眄③。
语卿且勿眄,水清石自见。
石见何累累,远行不如归④。

【题解】

这首诗见《玉台新咏》和《乐府诗集》卷三十九。据《乐府诗集》引《古今乐录》,《艳歌行》不止一曲,有的叫《艳歌行》,还有《艳歌罗敷行》(即《陌上桑》)、《艳歌何尝行》及《艳歌双鸿行》《艳歌福钟行》等。其中《艳歌双鸿行》可能即指"飞来双白鹄",《艳歌何尝行》则指"何尝快独无忧"一首;《艳歌福钟行》已佚。这里选录《古辞》二首。又上文提到的《艳歌何尝行·何尝快独无忧》一首,辞句与其他诸曲多同,疑乐官拼凑而成,今不取。

【注释】

① 绽(zhàn):修补衣服或鞋的裂缝。 ② 贤主人:指所寄居之家的主妇。览:同"揽",拿着。 ③ 斜柯:一作"斜倚",斜靠着身子。眄(miàn):侧目而视。 ④ 累累:众多石块在水中的样子。比喻自己心地坦然。

其 二

南山石嵬嵬,松柏何离离①。
上枝拂青云,中心十数围②。
洛阳发中梁③,松树窃自悲。
斧锯截是松,松树东西摧。
持作四轮车,载至洛阳宫。
观者莫不叹,问是何山材。
谁能刻镂此,公输与鲁班④。
被之用丹漆,熏用苏合香⑤。
本自南山松,今为宫殿梁⑥。

【题解】

这首诗见《乐府诗集》卷三十九。诗的母题与《乐府诗集》卷三十四的《豫章行》(属《相和歌辞·清调曲》)十分相似,但《豫章行》中夺字太多,不宜入选,今附于文后,备参考。这两首诗对庾信《枯树赋》显然有启发。但此首主旨似在反对大兴土木,而庾信则为自伤身世。

【注释】

①嵬(wéi)嵬:高大的样子。离离:茂盛的样子。 ②围:两手的

食指和拇指合拢起来的长度。这句说树干中部粗十几围。　③发：兴建。中梁：宫殿的中梁。　④公输与鲁班：古代的巧匠，有人以为乃一人，也有人认为是二人。黄节先生据赵岐《孟子注》以为"公输子鲁班，鲁之巧人也。或以为鲁昭公子"。朱乾据《太平广记》引《酉阳杂俎》，以鲁班为敦煌人，年代不详。公输子，战国人。按：《墨子》中曾记公输子作云梯事。⑤苏合香：香料名，原出西域。　⑥"本自"二句：这两句哀悼松树失去其本性，也表现了人们对大兴土木的不满。

附　豫章行

白杨初生时，乃在豫章山。
上叶摩青云，下根通黄泉。
凉秋八九月，山客持斧斤。
我□何皎皎，稊落□□□。
根株已断绝，颠倒岩石间。
大匠持斧绳，锯墨齐两端。
一驱四五里，枝叶[相]自捐。
□□□□□，会为舟船蟠。
身在洛阳宫，根在豫章山。
多谢枝与叶，何时复相连。
吾生百年□，自□□□俱。
何意万人巧，使我离根株。

白　头　吟

皑如山上雪，皎若云间月①。
闻君有两意，故来相决绝。
今日斗酒会，明旦沟水头。
躞蹀御沟上，沟水东西流②。
凄凄复凄凄，嫁娶不须啼。
愿得一心人，白头不相离。
竹竿何袅袅，鱼尾何簁簁③。
男儿重意气，何用钱刀为④。

【题解】

这首诗见《玉台新咏》及《乐府诗集》卷四十一，属《相和歌辞·楚调曲》；《宋书·乐志》所载为晋乐所奏歌辞，辞句较本辞为多，显系入乐时乐官所加。《乐府诗集》引《西京杂记》云："司马相如将聘茂陵人女为妾，卓文君作《白头吟》以自绝，相如乃止。"此说恐属附会。"晋乐所奏"歌辞附见。

【注释】

① 皑（ái）：白的样子。皎：明亮。这二句追述二人过去的信誓旦旦。

② 蹀躞（xiè dié）：小步慢走的样子，一作"躞蹀"。御沟：流经宫禁的河沟。"沟水"句：以水分流象征二人分手。　③ 袅袅：形容竹竿细长颤动的样子。簁（shī）簁：鱼尾摆动的样子；一说同"漇（xǐ）漇"，湿的样子。
④ 钱刀：即钱。古代货币有铸为刀形的。《汉书·食货志》"利于刀"，如淳注："名钱为刀者，以其利于民也。"

附　晋乐所奏歌辞

皑如山上云①，皎若云间月。
闻君有两意，故来相决绝。一解
平生共城中，何尝斗酒会。
今日斗酒会，明旦沟水头。
蹀躞御沟上②，沟水东西流。二解
郭东亦有樵，郭西亦有樵。
两樵相推与，无亲为谁骄③。三解
凄凄重凄凄，嫁娶亦不啼。
愿得一心人，白头不相离。四解
竹竿何袅袅，鱼尾何簁簁④。
男儿欲相知，何用钱刀为。
龈如五马噉萁⑤，川上高士嬉。
今日相对乐，延年万岁期。五解
（一本云：词曰上有"紫罗咄咄奈何"。）

【注释】

①"皜如"句:《乐府诗集》及《玉台新咏》并作"皜如山上雪",疑《宋书》误。 ②踥踥:《乐府诗集》作"蹀躞"。 ③推与:或为"雅与"之误。"雅与"同"邪许",劳动时举重的呼声。骄:自傲。这两句说两个樵者共扛大木,发出喊声。本来萍水相逢,为共同利益而合力。事毕自散,比喻二人过去相处,现在已决裂,所以"无亲"。 ④离䍥:同"离褷(shī)",毛羽长出的样子,这里是说鱼尾始长的样子。 ⑤齧(lì):嚼干硬东西的声音。《乐府诗集》作"视"。按:宋刊本作"骎",大约是形近而误。余冠英先生以为当从《宋书·乐志》,是。萁,黄节先生据《集韵》以为本"蓂"字,通"芑"(qǐ),草名。"五马"是汉代以来太守一级官员所驾马数。疑此四句是魏晋时官员郊游时所歌唱。所以说"川上高士嬉",与本诗主旨不相干。

梁 甫 吟

步出齐城门,遥望荡阴里①。
里中有三墓,累累正相似。
问是谁家墓,田彊古冶子②。
力能排南山,文能绝地纪③。
一朝被谗言,二桃杀三士。
谁能为此谋,国相齐晏子④。

【题解】

这首诗见《乐府诗集》卷四十一,属《相和歌辞·楚调曲》。这种曲调据《乐府诗集》云:"按:梁甫,山名,在泰山下。《梁甫吟》,盖言人死葬此山,亦葬歌也。"《三国志·蜀志·诸葛亮传》:"亮躬耕陇亩,好为《梁父吟》。"后人遂附会为诸葛亮作。据《乐府诗集》,此说起自南朝谢庄《琴论》。但郭茂倩仍认为此曲"不起于亮"。逯钦立、余冠英二先生均以此诗为古辞,当从之。

【注释】

① 齐城门:指春秋战国时齐都临淄的城门。荡阴里:地名。《水经注·淄水》:"淄水又东北径荡阴里西。水东有冢,一基三坟,东西八十步,是列士公孙接、田开疆、古冶子之坟也。晏子恶其勇而无礼,投桃以毙之。死,葬阳里,即此也。淄水又北径其城东。城临淄水,故曰临淄。"据此当在今山东淄博市临淄区一带。 ② 田彊古冶子:据《晏子春秋·谏下二》,当还有一个公孙接。"田彊",据《晏子春秋》及《水经注》当作"田疆"。校点本《乐府诗集》谓《古乐府》正作"疆"。 ③ "文",余冠英先生据《西溪丛语》,以为是又之误。地纪:神话中维系大地的绳子。 ④ 齐晏子:指春秋时齐国贤臣晏婴。据云齐景公有三个勇士,勇而无礼,晏婴劝齐景公杀他们,于是赏他们两个桃子,叫他们论功,功大者食桃。结果公孙接、田开疆之功不如古冶子,遂自杀。古冶子见二人已死,亦自杀。

怨 诗 行

天德悠且长,人命一何促。
百年未几时,奄若风吹烛①。
嘉宾难再遇,人命不可续。
齐度游四方,各系泰山录②。
人间乐未央,忽然归东岳③。
当须荡中情④,游心恣所欲。

【题解】

这首诗见《乐府诗集》卷四十一,属《相和歌辞·楚调曲》。从《乐府诗集》的说明来看,所谓"怨歌行"或"怨诗行",似本一曲。这类歌多属哀怨之辞。

【注释】

① 百年:一生。奄(yǎn):倏忽。 ② 齐度:等同地。泰山录:古人认为泰山之神掌管人的生死,其寿命长短皆注定于泰山之神的簿录中。 ③ 东岳:即泰山;归东岳,指死亡。 ④ 荡:放纵。

满 歌 行

为乐未几时,遭时崄巇,逢此百离①。
伶仃荼毒②,愁苦难为。
遥望极辰,天晓月移③。
忧来填心④,谁当我知。
戚戚多思虑,耿耿殊不宁。
祸福无形,惟念古人,逊位躬耕。
遂我所愿,以兹自宁。
自鄙栖栖,守此末荣⑤。
莫秋烈风,昔蹈沧海,心不能安⑥。
揽衣瞻夜,北斗阑干。
星汉照我,去自无他⑦。
奉事二亲,劳心可言⑧。
穷达天为,智者不愁,多为少忧⑨。
安贫乐道,师彼庄周⑩。
遗名者贵,子遐同游⑪。
往者二贤,名垂千秋。
饮酒歌舞,乐复何须。
照视日月,日月驰驱。
辖轳人间,何有何无⑫。
贪财惜费,此一何愚。

凿石见火，居代几时⑬。

为当欢乐，心得所喜。

安神养性，得保遐期⑭。

【题解】

这首诗见《乐府诗集》卷四十三，为《相和歌辞·大曲》之一。《宋书·乐志》所录为"晋乐所奏"歌辞，而此首据说为"本辞"。现在看来，两首歌基本相同，只是有些辞句文字有出入。《满歌行》实即"懑歌行"，亦即写胸中烦闷的歌。从这首诗看来，作者受老庄思想影响的痕迹很重，这在东汉不少士人中比较普遍。从诗的主旨看来，它不像民歌，但恐亦非乐官所作，当是乐官们取无名氏所作诗歌谱成歌辞。所以本辞虽有两句五言，但基本四言，而晋乐所奏多杂言诗句。今录其本辞，附"晋乐所奏"歌辞于后。

【注释】

① 崄巇（xiǎn xī）：本指道路艰险，这里指时局昏乱，世态险恶。百离：同"百罹"，众多的忧患。《诗经·王风·兔爰》："我生之后，逢此百罹。" ② 伶仃：孤苦。荼（tú）毒：苦难和灾害。 ③ 极辰：北极星。天晓月移：天明月落，描写作者通宵不寐。 ④ 填心：充塞胸臆。 ⑤ 自鄙

栖栖：意思说自鄙其忙碌不安。语出《论语·宪问》："微生亩谓孔子曰：'丘何为其栖栖者欤？'"末荣：微小的荣华，当指小官。二句是作者自己鄙视其作为小官终日忙碌的生活。　⑥莫：同"暮"。沧海：大海。"沧"，指青白色的海水。昔蹈沧海：语出《论语·公冶长》；孔子说："道不行，乘桴浮于海。"代指隐居。这三句是说，暮秋风起，产生归隐之心，想到过去曾有志隐居，未能如愿，而出仕却至今心不能安。　⑦阑干：横斜的样子。星汉：星星与银河。去自无他：指离职而去，自无其他可顾虑的。这二句写作者仰视天空，下了去官的决心。　⑧可言：余冠英先生以为当作"何言"。这两句是说作者想归家"奉事二亲"，即使"劳心"，亦所甘愿。　⑨多为少忧："多"指胜人之处。《礼记·檀弓》："多矣乎，余出祖者。"这句是说"智者"胜人之处，正在"少忧"。　⑩庄周：指战国中期道家思想家庄周，宋国蒙（今河南商丘东北）人，世传《庄子》（本五十二篇，今存三十三篇），其中至少"内篇"七篇为自作。　⑪遗名：摆脱名位。子遐同游："子遐"不详。"晋乐所奏"歌辞作"子熙同巇"，亦不可解。疑"熙""喜"音近，指《史记·老子列传》之"关令尹喜"，然喜与庄周不同时，不得同游。黄节先生《汉魏乐府风笺》云："子熙未详，或即惠施。'熙''施'音相近。'巇'当是'戏'之误。"按：惠施虽无遗名事，然庄子颇以惠施为知音。《庄子·徐无鬼》载，"庄子送葬，过惠子之墓，顾谓从者曰：'……自夫子之死也，吾无以为质矣，吾无与言之矣。'"黄说似可从。　⑫轗轲：同"坎坷"。这两句说人世坎坷，什么事都能发生。　⑬代：同"世"。这两句说人之居世，如以燧石取火，瞬间即灭。　⑭遐：远。

附　晋乐所奏歌辞

为乐未几时，遭世险巇，

逢此百离，伶仃荼毒，愁懑难支。

遥望辰极，天晓月移。

忧来熏心，谁当我知。一解

戚戚多思虑，耿耿不宁。

祸福无形，唯念古人，逊位躬耕。

遂我所愿，以兹自宁。

自鄙山栖，守此一荣①。二解

莫秋冽风起②。

西蹈沧海③，心不能安。

揽衣起瞻夜，北斗阑干。

星汉照我，去去自无它。

奉事二亲，劳心可言。三解

穷达天所为，智者不愁，多为少忧。

安贫乐正道，师彼庄周。

遗名者贵，子熙同巇④。

往者二贤，名垂千秋。四解

饮酒歌舞，不乐何须。

善哉照观日月，日月驰驱。

轣轲世间，何有何无。

贪财惜费,此一何愚。
命如凿石见火,居世竟能几时。
但当欢乐自娱,尽心极所熙怡。
安善养君德性,百年保此期颐⑤。"饮酒"以下为趋。

【注释】

①"自鄙"二句:这两句与"本辞"用意颇不同,似谓自己选择了僻远的山林去隐居,以守道自荣。 ②洌(liè):寒冷。 ③西蹈沧海:疑当从本辞作"昔蹈沧海"。"西""昔"双声,古音同属"心"纽,音近而误。 ④"子熙"句:见"本辞"注⑪。 ⑤期颐:寿至百岁。《礼记·曲礼上》:"百年曰期,颐。"

杂曲歌辞

蛱蝶行

蛱蝶之遨游东园,奈何卒逢三月养子燕①,
接我苜蓿间②。
持之,我入紫深宫中③,
行缠之,傅槁枋间④。
雀来燕⑤。
燕子见衔哺来,摇头鼓翼何轩奴轩⑥。

【题解】

这首诗见《乐府诗集》卷六十一,属《杂曲歌辞》。《乐府诗集》云:"杂曲者,历代有之,或心志之所存,或情思之所惑,或宴游欢乐之所发,或忧愁愤怨之所兴,或叙离别悲伤之怀,或言征战行役之苦,或缘于佛老,或出自夷虏,兼收备载,故总谓之杂曲。自秦汉以来,数千百岁,文人才士,作者非一。干戈之后,丧乱之余,亡失既多,声辞不具。故有名义亡,不见所起……。"这首《蛱蝶行》的"蛱(jiá)蝶"是蝴蝶的一种。此诗写蛱蝶被燕子捕获后情况,疑作者借此自喻其困厄。

【注释】

① 卒(cù):同"猝",突然。养子燕:抚养雏鸟的燕子。 ② 苜蓿(mù xu):草名,可作饲料,俗名"金花菜"。 ③ 持之:余冠英先生认为此"之"字乃声辞,无义。前"蛱蝶之"及后"行缠之"的"之"字亦然。入紫深宫中:余冠英先生认为应是"深入紫宫中"。"紫宫"指帝王贵人的宫邸。 ④ 缠:指系缚。傅:附着于。欂栌(bó lú):屋上的斗栱。 ⑤ 雀来燕:此句不详。"雀"疑与"嗟"(jiè)音近假借。"嗟",感叹词。 ⑥ 轩奴轩:余冠英先生认为"奴"是声字。"轩轩"是形容小燕见食兴奋伸头的样子。

伤 歌 行

昭昭素月明,晖光烛我床。
忧人不能寐,耿耿夜何长①。
微风吹闺闼,罗帷自飘飏②。
揽衣曳长带,屣履下高堂③。
东西安所之,徘徊以彷徨。
春鸟翻南飞,翩翩独南翔④。
悲声命俦匹⑤,哀鸣伤我肠。
感物怀所思,泣涕忽沾裳。
伫立吐高吟,舒愤诉穹苍⑥。

【题解】

这首诗见《文选》《玉台新咏》及《乐府诗集》卷六十二,属《杂曲歌辞》。《文选》和《乐府诗集》以为是"古辞",而《玉台新咏》则以为是魏明帝曹叡(ruì)所作。从诗的内容看来,似是离群独居者怨愤之作,与曹叡生平不符。笔者认为"春鸟翻南飞"和"东西安所之"二句,似为东汉中后期"羌乱"中西北居民中南迁者所作。

【注释】

① 耿耿:不安的样子。《诗经·邶风·柏舟》:"耿耿不寐,如有隐忧。" ② 闺闼(tà):房门。按:"闺"不一定指女子所居,刘桢《赠五官中郎将》其三"明灯曜闺中",亦指男子居室。帷:帐幕。 ③ 屣(xī):鞋。屣履:穿上鞋子。 ④ 翻飞:飞翔。翩翩:飞的样子。 ⑤ 俦匹:伙伴。 ⑥ 穹苍:老天。

悲　歌

悲歌可以当泣,远望可以当归①。
思念故乡,郁郁累累②。
欲归家无人,欲渡河无船。
心思不能言,肠中车轮转③。

【题解】

这首诗见《乐府诗集》卷六十二,属《杂曲歌辞》,亦背乡离井者忧苦之辞。

【注释】

① 当:代替。 ② 郁郁、累累:皆形容心情郁闷,忧思繁多。 ③ "肠

中"句：指忧思在腹中翻腾，和司马迁《报任安书》中"肠一日而九回"意同。

古诗为焦仲卿妻作

汉末建安中①，庐江府小吏焦仲卿妻刘氏②，为仲卿母所遣③，自誓不嫁，其家逼之，乃没水而死。仲卿闻之，亦自缢于庭树。时伤之，为诗云尔。

孔雀东南飞，五里一徘徊。
"十三能织素④，十四学裁衣，
十五弹箜篌⑤，十六诵《诗》《书》⑥，
十七为君妇，心中常苦悲。
君既为府吏，守节情不移⑦。
贱妾留空房，相见常日稀。
鸡鸣入机织，夜夜不得息⑧。
三日断五匹，大人故嫌迟⑨。
非为织作迟，君家妇难为。
妾不堪驱使，徒留无所施⑩。
便可白公姥，及时相遣归⑪。"
府吏得闻之，上堂启阿母⑫：
"儿已薄禄相，幸复得此妇⑬。

结发同枕席,黄泉共为友⑭。
共事二三年,始尔未为久。
女行无偏斜,何意致不厚⑮?"
阿母谓府吏:"何乃太区区⑯。
此妇无礼节,举动自专由⑰。
吾意久怀忿,汝岂得自由⑱。
东家有贤女,自名秦罗敷⑲。
可怜体无比,阿母为汝求⑳。
便可速遣之,遣之慎莫留。"
府吏长跪答:"伏惟启阿母,
今若遣此妇,终老不复取㉑。"
阿母得闻之,槌床便大怒㉒。
"小子无所畏,何敢助妇语。
吾已失恩义,会不相从许。"
府吏默无声,再拜还入户。
举言谓新妇㉓,哽咽不能语:
"我自不驱卿,逼迫有阿母。
卿但暂还家,吾今且报府㉔。
不久当归还,还必相迎取。
以此下心意㉕,慎勿违吾语。"
新妇谓府吏:"勿复重纷纭。
往昔初阳岁㉖,谢家来贵门。

奉事循公姥，进止敢自专㉗？
昼夜勤作息，伶俜萦苦辛㉘。
谓言无罪过，供养卒大恩㉙。
仍更被驱遣，何言复来还。
妾有绣腰襦，葳蕤自生光㉚。
红罗复斗帐，四角垂香囊㉛。
箱帘六七十，绿碧青丝绳㉜。
物物各自异，种种在其中。
人贱物亦鄙，不足迎后人㉝。
留待作遗施，于今会无因㉞。
时时为安慰，久久莫相忘㉟。"
鸡鸣外欲曙，新妇起严妆㊱。
著我绣夹裙，事事四五通㊲。
足下蹑丝履，头上玳瑁光㊳。
腰若流纨素；耳著明月珰㊴。
指如削葱根，口如含朱丹㊵。
纤纤作细步㊶，精妙世无双。
上堂拜阿母，母听去不止㊷。
"昔作女儿时，生小出野里。
本自无教训，兼愧贵家子。
受母钱帛多，不堪母驱使。
今日还家去，念母劳家里。"

却与小姑别，泪落连珠子。
“新妇初来时，小姑如我长㊸。
勤心养公姥，好自相扶将㊹。
初七及下九，嬉戏莫相忘㊺。”
出门登车去，涕落百馀行。
府吏马在前，新妇车在后。
隐隐何甸甸㊻，俱会大道口。
下马入车中，低头共耳语：
“誓不相隔卿㊼，且暂还家去。
吾今且赴府，不久当还归，誓天不相负。”
新妇谓府吏：“感君区区怀㊽。
君既若见录，不久望君来。
君当作磐石，妾当作蒲苇。
蒲苇纫如丝，磐石无转移㊾。
我有亲父兄，性行暴如雷。
恐不任我意，逆以煎我怀㊿。”
举手长劳劳，二情同依依(51)。
入门上家堂，进退无颜仪(52)。
阿母大拊掌：“不图子自归(53)！
十三教汝织，十四能裁衣，
十五弹箜篌，十六知礼仪，
十七遣汝嫁，谓言无誓违。

汝今无罪过，不迎而自归。”
兰芝惭阿母，“儿实无罪过”，阿母大悲摧。
还家十馀日，县令遣媒来。
云有第三郎，窈窕世无双[54]。
年始十八九，便言多令才[55]。
阿母谓阿女：“汝可去应之。”
阿女含泪答：“兰芝初还时。
府吏见丁宁，结誓不别离。
今日违情义，恐此事非奇[56]。
自可断来信，徐徐更谓之。”
阿母白媒人：
“贫贱有此女，始适还家门[57]。
不堪吏人妇，岂合令郎君[58]。
幸可广问讯，不得便相许[59]。”
媒人去数日，寻遣丞请还[60]。
说有兰家女，承籍有宦官[61]。
云有第五郎，娇逸未成婚[62]。
遣丞为媒人，主簿通语言[63]。
直说太守家，有此令郎君。
既欲结大义，故遣来贵门[64]。
阿母谢媒人：“女子先有誓，老姥岂敢言[65]。”
阿兄得闻之，怅然心中烦[66]。

举言谓阿妹:"作计何不量⑥?
先嫁得府吏,后嫁得郎君。
否泰如天地,足以荣汝身⑱。
不嫁义郎体,其往欲何云⑲。"
兰芝仰头答:"理实如兄言。
谢家事夫婿,中道还兄门。
处分适兄意,那得自任专⑳。
虽与府吏要,渠会永无缘㉑。
登即相许和,便可作婚姻㉒。"
媒人下床去,诺诺复尔尔㉓。
还部白府君㉔:
"下官奉使命,言谈大有缘㉕。"
府君得闻之,心中大欢喜。
视历复开书㉖:
"便利此月内,六合正相应㉗。
良吉三十日,今已二十七。
卿可去成婚㉘。"
交语速妆束,骆驿如浮云㉙。
青雀白鹄舫,四角龙子幡㉚。
婀娜随风转,金车玉作轮㉛。
踯躅青骢马,流苏金镂鞍㉜。
赍钱三百万,皆用青丝穿。

杂彩三百匹，交广市鲑珍[83]。
从人四五百，郁郁登郡门[84]。
阿母谓阿女："适得府君书[85]。
明日来迎汝，何不作衣裳，莫令事不举[86]。"
阿女默无声，手巾掩口啼，泪落便如泻。
移我琉璃榻[87]，出置前窗下。
左手持刀尺，右手执绫罗。
朝成绣夹裙，晚成单罗衫。
晻晻日欲暝[88]，愁思出门啼。
府吏闻此变，因求假暂归[89]。
未至二三里，摧藏马悲哀[90]。
新妇识马声，蹑履相逢迎[91]。
怅然遥相望，知是故人来。
举手拍马鞍，嗟叹使心伤。
"自君别我后，人事不可量[92]。
果不如先愿，又非君所详。
我有亲父母，逼迫兼弟兄[93]。
以我应他人，君还何所望。"
府吏谓新妇："贺卿得高迁。
磐石方且厚，可以卒千年。
蒲苇一时纫，便作旦夕间。
卿当日胜贵[94]，吾独向黄泉。"

新妇谓府吏:"何意出此言。
同是被逼迫,君尔妾亦然㉕。
黄泉下相见,勿违今日言。"
执手分道去,各各还家门。
生人作死别,恨恨那可论。
念与世间辞,千万不复全。
府吏还家去,上堂拜阿母:
"今日大风寒,寒风摧树木,严霜结庭兰㉖。
儿今日冥冥,令母在后单㉗。
故作不良计,勿复怨鬼神㉘。
命如南山石,四体康且直㉙。"
阿母得闻之,零泪应声落:
"汝是大家子,仕官于台阁⑩。
慎勿为妇死,贵贱情何薄⑩。
东家有贤女,窈窕艳城郭⑩。
阿母为汝求,便复在旦夕。"
府吏再拜还,长叹空房中,作计乃尔立⑩。
转头向户里,渐见愁煎迫⑩。
其日马牛嘶,新妇入青庐⑩。
奄奄黄昏后,寂寂人定初⑩。
"我命绝今日,魂去尸长留。"
揽裙脱丝履,举身赴清池。

府吏闻此事，心知长别离。
徘徊庭树下，自挂东南枝。
两家求合葬，合葬华山旁[107]。
东西植松柏，左右种梧桐。
枝枝相覆盖，叶叶相交通。
中有双飞鸟，自名为鸳鸯。
仰头相向鸣，夜夜达五更[108]。
行人驻足听，寡妇起彷徨。
多谢后世人，戒之慎勿忘[109]。

【题解】

这首诗见《玉台新咏》及《乐府诗集》卷七十三，属《杂曲歌辞》。《乐府诗集》仅称"焦仲卿妻"。据此诗序说，故事发生于"汉末建安（196—219）中"。但序中既称"汉末"，则序文至早亦当作于曹丕代汉以后（220）。此诗最早可能是一个真实的故事，曾长期在民间流传，不断经人加工润饰。今人王发国先生据《史记·刺客列传》中聂政传《正义》及荆轲传《索隐》都引韦昭语，提到"三日断五匹，大人故言迟"二句，说是"古诗"。按：韦昭卒于吴孙皓凤凰二年亦即晋武帝泰始九年（273），年七十三，则其生年当为建安六年（201），设使此事发生于"建安中"，则诗的产生当稍晚，韦昭不得以"古诗"称之。大抵这种民间作品，都有一个流传和演变的过程，其本事发生年代不必亦不可能确考，而作品产生之后，又会经人不断加工甚至某些乐官或文人的润饰，因此出现某些三国以至南朝的地名及名物，亦不难理解。所以今存文本，可能写定较晚，但从韦昭引语来看，它基本上仍为汉代产物。

【注释】

① 建安：汉献帝刘协年号，凡二十四年（196—219）。 ② 庐江：汉代郡名，两汉时治所在舒（今安徽庐江西南）。三国时魏、吴各有庐江郡，魏治六（今六安）；吴治潜（今潜山）。今人都以为指潜山。府：汉代九卿及州郡长官官署皆称"府"。"府小吏"是太守官署中的小吏。 ③ 遣：驱赶回家。即"出"（相当于今天的离婚）。 ④ 素：一种丝织品，白色的丝绢。 ⑤ 箜篌（kōng hóu）：吹奏乐器，见前《公无渡河》题解。 ⑥《诗》《书》：本指《诗经》和《尚书》，这里似代指识字读书，习知礼仪。 ⑦ 守节：保持操守，不背叛爱情。 ⑧"鸡鸣"二句：是说早起晚睡，从事"织素"。 ⑨ 大人：指焦仲卿母，这是对婆婆的尊称。"三日"二句：按：古代以二丈为一"端"，二"端"为一"匹"，合四丈。"三日断五匹"则为二十丈。这在当时是很快的，所以称"故嫌迟"（参见《古诗·上山采蘼芜》注）。 ⑩ 无所施：没有用处。 ⑪ 公姥：公婆。按：焦仲卿似无父，有的学者说是偏义复词。"及时"句：意谓快些赶回去算了。 ⑫ 阿母：指焦母。 ⑬ 薄禄相：古人迷信人的官禄多少，决定于其骨相。

这里焦仲卿自称骨相注定官禄微薄,所幸娶得刘兰芝很满意。 ⑭结发:刚成年。黄泉:地下,指死后。 ⑮致不厚:引起您对她不厚道。 ⑯区区:固执。这句是焦母指责焦仲卿对刘兰芝过于迷恋。 ⑰自专由:自作主张。 ⑱自由:自己决定。 ⑲"自名"句:秦罗敷是古代著名美女,见前《陌上桑》。 ⑳可怜:可爱。求:求婚。 ㉑取:同"娶"。这句说自己至老不再娶妻。 ㉒搥(chuí):敲打。床:古人坐具,大抵相当于今天的凳子。"搥床"是发怒的举动,犹如今人的拍桌子。 ㉓新妇:犹言媳妇。《世说新语·排调》载王浑妻钟氏对王浑说:"使新妇得配参军,生儿故可不啻如此。" ㉔报府:指到官署当值。 ㉕下心意:犹言低声下气。焦仲卿意谓为了他日的迎接,让刘兰芝暂时受委屈。 ㉖"往昔"句:此句实为倒装句,应是"往昔岁初阳"。"初阳",指冬至到立春间一段时候,古人以为阳气初动,故曰初阳。 ㉗敢自专:即岂敢自作主张的意思。 ㉘伶俜(líng pīng):孤独。萦:缠绕、不断。 ㉙卒大恩:指报效公婆养育之恩。 ㉚绣腰襦:绣花的齐腰短袄。葳蕤(wēi ruí):形容花纹精美。 ㉛红罗复斗帐:指用红罗所制设在"床"(坐具)上的帐子。它形如覆斗,故称斗帐。这两句形容帐的精美,四角又垂有香囊。这两句与南朝乐府《长乐佳》其八"红罗复斗帐,四角垂玉珰"相似,疑东晋南朝人常用的器物。 ㉜箱帘:当为"箱"和"奁"(籢),"奁"即镜匣。绿碧青丝绳:指捆扎箱和奁的丝绳。 ㉝"人贱"二句:意谓自己既被轻视,物亦被看低,不足用来迎娶后人。 ㉞"留待"二句:"遗",一作"遗"(wèi)。这两句是说留下来供你送人,我们今后已无会面机会。 ㉟"时时"二句:言睹物思人,使焦仲卿不要忘记自己。 ㊱严妆:仔细地妆饰。 ㊲"事事"句:

指事事都要再三调整,四五次方休。 ㊳ 瑇瑁:即"玳瑁"(dài mào),见前《有所思》注③。 ㊴ 珰(dāng):妇女戴在耳垂上的装饰品。 ㊵ 含朱丹:形容刘兰芝嘴唇红艳。 ㊶ 纤纤:细步的样子。 ㊷ 阿母:指焦母。"母听"句:说焦母让刘兰芝走,不留她。一本作"阿母怒不止"。 ㊸ "新妇初来时"二句:一本作"新妇初来时,小姑始扶床;今日被驱遣,小姑如我长"。但明赵均覆宋本《玉台新咏》及各本《乐府诗集》皆无中间二句,今从赵刻及《乐府诗集》。沈德潜评云:"别小姑一段,悲怆之中,复极温厚,风人之旨,固应尔耳。唐人作《弃妇篇》,直用其语云:'忆我初来时,小姑始扶床,今别小姑去,小姑如我长。'下忽接二语云:'回头语小姑,莫嫁如兄夫。'轻薄无馀味矣。"或唐时即有两种不同版本。 ㊹ 扶将:扶持。 ㊺ "初七"二句:"初七",指阴历七月初七;"下九",指阴历每月的十九日。古代习俗,在七夕和每月十九日,妇女可以休息游玩,故云:"嬉戏莫相忘。" ㊻ 隐隐、甸甸:皆形容车声。 ㊼ 相隔卿:隔绝你。 ㊽ 区区怀:指焦仲卿拳拳眷恋的心意。 ㊾ 无转移:不能动摇。 ㊿ 任:允准。"逆以"句:谓反而会使我心怀受煎熬。 ㉛ 劳劳:惆怅地互相留恋。依依:不忍分别的样子。 ㉜ 进退无颜仪:形容刘兰芝心情烦乱,自以为无颜见家人。 ㉝ 拊(fǔ)掌:拍掌,表示惊诧。不图:没想到。 ㉞ 窈窕:美好的样子。 ㉟ 便言:同"辩言",善于言谈。令才:良好的才能。 ㊱ 奇:余冠英先生云:"'奇'犹'嘉'。'非奇'等于说'不妙'。"(《汉魏六朝诗选》第48页) ㊲ "始适"句:意谓刚才返回娘家。 ㊳ 令郎君:"令",善也。"令郎君",犹言贵公子,对县令儿子的尊称。 ㊴ 广问讯:指更广泛地物色。这两句说不能就此允婚,要媒人再广泛物色他人。

⑥ 丞：古代的郡守、县令皆有副职。郡有郡丞、县有县丞。这里的"丞"大约指县丞。这两句较费解。程千帆、沈祖棻先生《古诗今选》以为"可能是说媒人回县不久，县令因事派县丞到太守府请示。这位县丞顺便谈到了县令向刘家求婚被拒的事，恰巧太守的第五个儿子也要结婚，就请县丞在请示回县后，给他当媒人，再向刘家说亲"（第18页）。北大中国文学史教研室编《两汉文学史参考资料》认为"媒人去数日"之"去"，是媒人回复县令后离去数日后。"寻"是不几天。县令不久又派县丞向太守那里去报告后再返县。"请"当为请示的意思（见第553页）。二说意义相近。
⑥ "说有"二句：这两句颇难解。一般以为"兰"字乃"刘"字之误，指县丞曾对太守说有个刘家的女儿，祖上曾做过官。余冠英先生认为"是县丞向县令建议另向兰家求婚，说兰家是官宦人家，和刘氏不同"（《汉魏六朝诗选》第49页）。此说文义确较通顺，但县令为子求婚不遂，县丞却又说兰家胜于刘家，似不敢反而建议太守向刘家求婚。可备一说，似尚难论定。　⑥ 娇逸：娇美洒脱。　⑥ 丞：当即县丞。主簿：官名，掌籍簿，查看文书。此"主簿"当为郡太守的属官。　⑥ 结大义：结为婚姻。贵门：指刘家。这是县丞作为媒人对刘家传达"主簿"说的话。　⑥ 老姥（mǔ）：老婆子。　⑥ 怅然：愤恨烦恼的样子。　⑥ 举言：高声。作计何不量：指定下的打算为什么太欠考虑。　⑥ 否（pǐ）泰：本《周易》中两个卦名。"否"主不吉，"泰"指大吉。后来引申为"否"指命运塞劣；"泰"指命运亨通。荣汝身：使你自身得到荣耀。　⑥ 义郎：对太守之子的尊称。义郎体："义郎"这人。其住：留在家里。一本作"其往"，谓长此以往，亦通。　⑦ "处分"二句：意谓决定此事当听从兄意，岂得自己作主张。　⑦ 要：

约。这两句说虽与府吏有约,但与他(渠)永无相会之可能。 ⑦２登即:当即。作婚姻:指与太守家结成婚姻。 ⑦３诺诺:答应的声音。《史记·商君列传》:"千人之诺诺。"尔尔:称善同意之声,犹今言"是!是!" ⑦４部:官署。府君:指太守。 ⑦５下官:南朝宋孝武帝时规定,属吏向上级自称"下官"。东汉至晋,属吏常向上官称"臣"。《晋书·陶侃传》载,庐江太守张夔妻有疾,将迎医,别人都有难色,陶侃时为主簿,"侃独曰:资于事父以事君。小君,犹母也"。可见此时太守与属员,义同君臣。此句似南朝人口吻。大有缘:指太守之子与刘家大有缘分。 ⑦６历:历书,如今所谓"黄历"。古人办婚丧大事,均须看历书,选择吉日。 ⑦７"便利"句:意谓这个月内正好吉利。六合:古人迷信以十二个月分为十二支(子、丑、寅等),称"月建";又以干支纪日(甲、乙、丙等)称"日辰"。"月建"与"日辰"相配有合与不合,如子与丑合,寅与亥合,卯与戌合,辰与酉合,巳与申合,午与未合,凡此"六合",均大吉大利,故云"六合相应",是吉日。 ⑦８良吉:吉日良辰。卿:太守称县丞语。成婚:办成太守儿子的婚事。 ⑦９交语:即"教语",指太守下令给属官。速妆束:快作准备。骆驿:一作"络绎",意同。如浮云:形容人们忙于准备,川流不息。 ⑧０"青雀"句:指船尾画有青雀与白鹄的船,贵人所乘。唐王勃《滕王阁序》:"青雀黄龙之轴(舳)。""四角"句:是说船的四角都悬有画着龙的旗子。 ⑧１婀娜:美好而柔软的样子,形容旗幡。"金车"句:形容迎亲车辆之精美。 ⑧２青骢马:毛色青白的马。流苏:下垂的丝条,马饰。金镂鞍:以金属雕花装饰的马鞍。 ⑧３赍(jī):赠送,这里指财礼。交广:交州和广州。东汉时交州治所在广信(今广西梧州),辖今广东、广西及越南的一部分，后徙治番禺（今广东广州）。吴孙权黄武五年（225），分交州置广州。鲑（xié）：吴人对鱼菜的总称。珍：珍贵食品。　�844郁郁：人数众多的样子。登郡门：纪容舒《玉台新咏考异》认为"登"当作"发"，从郡署出发。张玉毂认为随从人员来到郡太守官署帮助办喜事，二说皆可通。　㉘适：刚才。府君：指太守。　㊚不举：未办好。　㊛琉璃榻：榻（tà），狭长而低的床。琉璃榻，用琉璃镶嵌作装饰的榻。　㊜晻（ǎn）晻：昏暗。　㊝求假：请假。　㊞摧藏：同"摧脏"，即内脏痛苦欲裂。一说指马的叫声凄怆。　㊟蹑履：穿上鞋。　㊠不可量：不可预料。　㊡弟兄：按，刘兰芝未必有弟，此"弟兄"疑偏义复词，专指兄，犹上句"亲父母"，亦不闻刘有父。　㊢日胜贵：指一天天富贵起来。　㊣"君尔"句：意谓你这样，我亦然如此。　㊤"严霜"句：此句暗示自己将死。"庭兰"象征儿子，为严霜所结，指死亡。《世说新语・言语》："谢太傅（安）问诸子侄，'子弟亦何预人事，而正欲使其佳？'诸人莫有言者，车骑（谢玄）答曰：'譬如芝兰玉树，欲其生于阶庭耳。'"　㊥单：孤独。　㊦"故作"二句：意谓自己故意做出这不良之计（自杀），不必埋怨鬼神作祟。　㊧南山石：喻长寿。康且直：康强硬朗。这两句是焦仲卿祝福其母语。　⑩大家子：犹言高门子弟。台阁：指汉魏时的尚书台，是朝廷主要权力机构，此句谓焦仲卿将来前程远大，可为高官。　⑩"贵贱"句："贵"指焦的"大家子"身份和"台阁"前程；"贱"指"妇"，意谓贵贱悬隔，不为"妇"死，不为薄情。　⑩艳城郭：其美艳倾动全城。　⑩"作计"句："作计"，拿定主意，与前"作计何不量"同；"乃尔立"，言就这样决定了。　⑩"转头"二句：写焦仲卿已决计自杀，回顾过去的居室，念及刘兰芝，不胜留恋而愁思更加煎迫。　⑩⑤马牛嘶：指傍晚时。青庐：古人娶新娘时所设帐屋。《世说新语·假谲》篇："魏武少时，尝与袁绍为游侠。观人新婚，因潜入主人园中，夜叫呼云：'有偷儿贼！'青庐中人皆出观，魏武乃人，抽刃劫新妇，与绍还出。"可见此俗三国前已有。　⑩⑥菴菴：同"晻晻"，见注⑧⑧。人定初：指夜深人定之初。古人在亥时（相当现在晚上九时）撞钟十八响，名曰"定钟"，这时人大抵都已休息，故称"人定"。"人定初"即亥时初刻。⑩⑦华山旁：用《清商曲辞·华山畿》典故。据《乐府诗集》卷四十六引《古今乐录》曰："《华山畿》者，宋少帝时《懊侬》一曲，亦变曲也。少帝时，南徐（州名，治所在京口，今江苏镇江）一士子，从华山畿往云阳（今丹阳境）。见客舍有女子年十八九，悦之无因，遂感心疾。母问其故，具以启母。母为至华山寻访，见女具说闻感之因。脱蔽膝令母密置其席下卧之。当已。少日果差。忽举席见蔽膝而抱持，遂吞食而死。气欲绝，谓母曰：'葬时车载，从华山度。'母从其意。比至女门。牛不肯前，打拍不动。女曰：'且待须臾。'妆点沐浴，既而出。歌曰：'华山畿，君既为侬死，独活为谁施。欢若见怜时，棺木为侬开。'棺应声而开，女透入棺，家人叩打，无如之何，乃合葬，呼曰神女冢。"　⑩⑧"东西植松柏"以下八句：按：此段情节似受《搜神记》韩凭夫妇故事影响。《搜神记》载，宋康王夺舍人韩凭妻，凭自杀，妻亦自投台下死。里人葬之，"有大梓木生于二冢之端，旬日而大盈抱，屈体相就，根交于下，枝错于上。又有鸳鸯，雌雄各一，恒栖树上，晨夕不去，交颈悲鸣，音声感人"（中华书局排印汪绍楹注本卷十一）。　⑩⑨"多谢"二句：告诉后人当引焦仲卿事为戒。

枯鱼过河泣

枯鱼过河泣,何时悔复及。
作书与鲂鲏,相教慎出入①。

【题解】

这首诗见《乐府诗集》卷七十四,属《杂曲歌辞》。这是一首寓言诗,借鱼喻人,言现实之险恶。

【注释】

① 鲂(fáng):鱼名,形似鳊(biān)鱼而较宽,银灰色。鲏(xù):即鲢鱼。

古 歌

秋风萧萧愁杀人。
出亦愁,入亦愁,座中何人谁不怀忧。
令我白头。
胡地多飙风①,树木何修修②。
离家日趋远,衣带日趋缓。
心思不能言,肠中车轮转。

【题解】

这首诗见《古诗类苑》卷四十五。逯钦立先生以为:"此歌与前《悲歌》当为同篇残文。"

【注释】

① 飙(biāo):暴风。 ② 修修:即"萧萧",风声。《太平御览》卷二十五所引正作"萧萧"。

艳　　歌

今日乐上乐,相从步云衢①。
天公出美酒,河伯出鲤鱼②。
青龙前铺席,白虎持榼壶③。
南斗工鼓瑟,北斗吹笙竽④。
姮娥垂明珰,织女奉瑛琚⑤。
苍霞扬东讴,清风流西歈⑥。
垂露成帷幄,奔星扶轮舆⑦。

【题解】

这首诗见《古诗类苑》卷三十三,《太平御览》卷五百三十九引作"《古艳歌》"。这是一首游仙诗,诗中所说"青龙""白虎"均为星名。古人以这些星及"苍霞""清风"等皆为天上神明,幻想这些神为自己参加的宴会服务。这种幻想对南北朝及唐代诗人的游仙诗有较大影响。

【注释】

①云衢:云端的大道,指天上。 ②天公:老天爷。河伯:黄河之神。据说名"冯(píng)夷"。 ③青龙:天上的龙星,见前《陇西行》注③。白虎:星名。西方七宿(奎、娄、胃、昴、毕、觜、参)的合称。见《礼记·曲礼》上孔《疏》。榼(kē):古代酒器。 ④竽(yú):古代的吹奏乐器。 ⑤姮(héng)娥:即嫦娥。汉时避文帝"恒"字讳,改"姮"为"嫦",但《淮南子》中用"姮娥"本字。瑛:似玉的美石。琚(jū):古人佩带的美玉。 ⑥歈(yú):歌曲。 ⑦奔星:流星。

古咄唶歌

枣下何攒攒①,荣华各有时。
枣欲初赤时,人从四边来。
枣适今日赐,谁当仰视之②。

【题解】

这首诗见《文选》潘岳《笙赋》李善注。按《乐府诗集》卷六十一,曾提到"枣下何纂纂",当即此诗,应为《杂曲歌辞》。此诗当为慨叹世态炎凉之作。潘岳《笙赋》云:"枣下纂纂,朱实离离,宛其落矣,化为枯枝。"其后梁简文帝萧纲和隋王胄都作有《枣下何纂纂》,皆由此诗而来。咄嗟(duō jiè):叹息声。("咄"字古音为入声。)

【注释】

①攒(cuán)攒:聚集的样子。一作"纂(zuǎn)纂"。 ②适:正好。赐:尽。当:还会。这句说枣今天被采完,谁还会来抬头看它。

杂 歌 谣 辞

民为淮南厉王歌

一尺布,尚可缝。一斗粟,尚可舂。
兄弟二人不能相容。

【题解】

这首歌见《史记·淮南衡山列传》,《乐府诗集》卷八十四作为《杂歌谣辞》收入。淮南厉王刘长是汉高祖少子,文帝时因行为不法,谋反,被徙蜀郡,道不食,死。民歌之。

郑 白 渠 歌

田于何所,池阳谷口①。
郑国在前,白渠起后②。
举臿为云,决渠为雨③。
泾水一石,其泥数斗④。
且溉且粪,长我禾黍⑤。
衣食京师,亿万之口⑥。

【题解】

这首诗见《汉书·沟洫志》及《汉纪》卷十五,《乐府诗集》卷八十三作为《杂歌谣辞》收入。据《汉书》载,战国时韩国因秦强大,派一个叫郑国的人向秦王建议凿泾水以灌溉,想使秦暂缓伐韩。事情发觉后,郑国说我这计划不过延长韩几年寿命,却是秦万世之利。于是凿成此渠。至汉武帝时,"赵中大夫白公复奏穿渠。引泾水,首起谷口,尾入栎阳(今陕西临潼东北),注渭中,袤二百里,溉田四千五百馀顷,因名曰白渠,民得其饶",因作歌。

【注释】

①池阳:地名,在今陕西泾阳西。谷口:在泾水出谷处,西边是九嵕(zōng)山,当在今礼泉、泾阳二县之间。 ②郑国、白渠:见《题解》。 ③臿(chā):同"锸",铁锹。这两句下《汉纪》多"水流灶下,鱼跳入釜"二句,今从《汉书》及《乐府诗集》。 ④泥:肥沃的泥土。 ⑤粪:施肥。这两句说有了水渠,灌溉施肥,使庄稼成长。 ⑥京师:指长安。"亿万",《汉纪》作"百万"。

匈奴歌

亡我祁连山①,使我六畜不蕃息。
失我焉支山,使我妇女无颜色②。

【题解】

这首歌见《乐府诗集》卷八十四,属《杂歌谣辞》。《乐府诗集》谓原见《十道志》,逯钦立先生以为出《太平寰宇记》卷一百五十二引《西河旧事》。

【注释】

①祁连山:山名,在今甘肃南部,横亘河西走廊与青海交界处。汉武

帝派大将霍去病击匈奴，夺取这一带地方。 ②焉支山：山名，亦在今甘肃西部，或谓即祁连山。此句谓失焉支山后放牧困难，生活困苦而无好颜色。一说"焉支"即"胭脂"，可备一解。又《乐府诗集》"失我焉支山"在"亡我祁连山"前，今从逯钦立先生《先秦汉魏晋南北朝诗》。

成帝时童谣

燕燕尾涎涎①，张公子时相见②。
木门仓琅根③，燕飞来，啄皇孙④。
皇孙死，燕啄矢⑤。

【题解】

　　这首歌谣见《汉书·五行志》及《外戚传》，《乐府诗集》卷八十八作为《杂歌谣辞》收入。据云为讥刺成帝荒淫，时与富平侯张放出游而宠赵飞燕，赵飞燕杀害成帝诸姬所生子，故云"燕飞来，啄皇孙"，唐骆宾王《为徐敬业讨武曌檄》中"燕啄王孙，知汉祚之将尽"即用此典。

【注释】

　　①涎(tiàn)涎：羽毛有光泽的样子。一作"涎(yuàn)涎"，意义

同。　②张公子：指张放，张汤玄孙，袭爵富平侯。　③"木门"句："木门"指汉代的宫门。门上的铜环发青色，故称"仓琅根"。"仓琅"即青色。　④燕：指成帝皇后赵飞燕，飞燕为了巩固其地位，杀害汉成帝姬妾所生之子。　⑤矢：粪便。"啄矢"，言赵飞燕也不会有好下场。

成帝时歌谣

邪径败良田^①，谗口乱善人。
桂树华不实，黄爵巢其颠^②。
昔为人所羡，今为人所怜^③。

【题解】

这首诗见《汉书·五行志》，《乐府诗集》卷八十八作为《杂歌谣辞》收入。这是一首讥刺当时政治腐败的民谣。

【注释】

①邪径：同"斜径"，田间被人踩出的小路。因毁坏庄稼，故谓"败良田"。　②"桂树"句：桂树本有子，而言"华不实"，喻汉成帝无子。黄爵：同黄雀，喻依附成帝的宠臣。前人附会"五德终始"之说，以为"黄爵"指王莽自称得"土德"，色尚黄，恐不可信。　③"昔为"二句：指那

些宠臣虽能煊赫一时,最终必然遭祸。

鸡 鸣 歌

东方欲明星烂烂,汝南晨鸡登坛唤①。
曲终漏尽严具陈②,月没星稀天下旦。
千门万户递鱼钥③,宫中城上飞乌鹊。

【题解】

　　这首诗见《乐府诗集》卷八十三,属《杂歌谣辞》。《乐府诗集》引《晋太康地记》曰:"后汉固始、鲖阳、公安、细阳四县卫士习此曲,于阙下歌之,今《鸡鸣歌》是也。"清沈德潜《古诗源》以此入隋诗之末,误。

【注释】

　　①汝南:汉代郡名,在今河南东南部,后汉时治平舆(今平舆县北),地处洛阳东南。　②漏尽:古代用铜壶滴漏计时,"漏尽"指夜尽天明。严具陈:戒严的设施都陈列好,指皇帝将上朝。　③鱼钥:古代的钥匙铸成鱼形。

通博南歌

汉德广,开不宾①。
度博南②,越兰津③。
度兰仓,为他人④。

【题解】

这首歌见《后汉书·西南夷·哀牢夷传》,说是汉明帝时事,而《华阳国志·南中志》云:"孝武时通博南山,度兰沧水、渚溪,置巂唐、不韦二县。徙南越相吕嘉子孙宗族实之,因名'不韦',以彰其先人恶。行人歌之……"又《水经注·若水》亦有此说。余冠英先生认为此歌乃西汉武帝时民歌,其说是,但此歌见《后汉书》,姑置于此。

【注释】

① 不宾:不服的远方。　② 博南:山名,在今云南永平。　③ 兰津:即今澜沧江,在今云南西部。　④ 兰仓:即澜沧江。为他人:指地方僻远,难于久守。

城 中 谣

城中好高髻,四方高一尺。
城中好广眉,四方且半额。
城中好大袖,四方全匹帛。

【题解】

这首民谣见《后汉书·马援附马廖传》,乃章帝时马廖上疏引"长安语",则此歌当产生于西汉末,说的是京城对外地的影响,以此劝太后(明德马皇后)为百姓做表率。

顺帝末京都童谣

直如弦,死道边。曲如钩,反封侯。

【题解】

这首歌谣见《续汉书·五行志》,《乐府诗集》卷八十八作为《杂歌谣辞》收入。此歌讥刺了当时朝政混乱、是非颠倒的情形。

桓帝初天下童谣

小麦青青大麦枯,谁当获者妇与姑,
丈人何在西击胡①。
吏买马,君具车②。
请为诸君鼓咙胡③。

【题解】

这首歌谣见《续汉书·五行志》和《玉台新咏》,《乐府诗集》卷八十八作为《杂歌谣辞》收入。这是一首写东汉"羌乱"中人民苦于兵役及官吏贪暴,百姓敢怒不敢言的歌。

【注释】

①丈人:指丈夫,一本正作"丈夫"。胡:指羌族暴动。 ②君:南朝宋孝武帝以前,郡、县官对其属员都有君臣的关系。君当指郡守县令辈。上句"吏买马","君"收括愈多,故"具车"。 ③咙胡:即喉部,今人称喉为喉咙,即一音之转。"鼓咙胡"是咽住喉部,有话不要说,以免招祸。

桓帝初城上乌童谣

城上乌，尾毕逋①。
公为吏，子为徒②。
一徒死，百乘车③。
车班班，入河间④。
河间姹女工数钱⑤，以钱为室金为堂⑥。
石上慊慊舂黄粱⑦。
梁下有悬鼓，我欲击之丞卿怒⑧。

【题解】

　　这首歌谣见《续汉书·五行志》一，《乐府诗集》卷八十八作为《杂歌谣辞》收入。《续汉书》云"案此皆谓为政贪也"，显然是对的。但在下文中以为预言桓帝死、灵帝立等事，恐穿凿。刘昭注亦附会后来事件作解释，似不妥。或此谣实产生于灵帝时，追叙桓帝时事也。

【注释】

　　① 尾毕逋：形容鸟振动翅膀的声音。《史记·周本纪》："流为乌，其色赤，其声魄云。"《集解》："魄然，安定意也。"日本泷川资言《史记会注考

证》云:"魄然,状其声也。"钱锺书先生曰:"按:《后汉书·五行志》一载桓帝初童谣:'城上乌,尾毕逋',即'魄',与古乐府《两头纤纤》之'腷腷膊膊鸡初鸣'皆一音之转,状鸟之振羽拍翼声。"(《管锥编》第一册第253页) ②"公为吏"二句:指父为吏,子为士兵。 ③"一徒死"二句:《续汉书》释为东汉对羌作战,一人战死,又调发百辆战车出战。刘昭驳之云:"往徒一死,何用百乘?"余冠英先生认为"一徒"指梁冀,梁冀死后,许多人乘机成为新贵。但与下文"车班班"以下不大连贯。刘昭注认为"一徒"指桓帝,桓帝死后,朝廷派人去河间迎灵帝继位。但桓帝在位凡二十一年,此谣既为桓帝初,焉能预知桓帝死后事?亦可疑。姑存三说备考。 ④班班:车声。河间:地名,当时为诸侯王国。在今河北任丘、河间一带。 ⑤姹(chà):美。河间姹女:旧说指灵帝母董太后,她是河间人。工数钱:指董太后贪财。《后汉书·董皇后纪》说她"使灵帝卖官求货,自纳金钱,盈满堂室"。 ⑥金为堂:《续汉书·五行志》说董太后"好聚金以为堂也"。 ⑦嗛(qiàn)嗛:不满足。舂黄粱:《续汉书·五行志》说董太后叫人舂黄粱而食之也。 ⑧"梁下"二句:指朝廷设有谏鼓,进谏当先击鼓。但作者虽欲进谏,恐引起大官发怒,所以不敢击鼓。

时人为贡举语

举秀才,不知书。察孝廉,父别居①。
寒素清白浊如泥②,高第良将怯如鸡③。

【题解】

　　这首谣谚见《抱朴子·外篇·审举》,《乐府诗集》卷八十七作为《杂歌谣辞》收入,但仅有前四句。

【注释】

　　①"察孝廉"二句:古人以儿子不和父亲合居为不能奉养,视作"大不孝"。　②寒素清白:指行为清白的平民。　③高第:高门。怯如鸡:一本作"如黾"(měng,蛙);一本作"蝇"。今从《抱朴子》。

中编　无名氏古诗

古诗十九首

其　一

行行重行行，与君生别离①。
相去万馀里，各在天一涯。
道路阻且长，会面安可知。
胡马依北风②，越鸟巢南枝③。
相去日已远，衣带日已缓④。
浮云蔽白日，游子不顾反⑤。
思君令人老，岁月忽已晚。
弃捐勿复道，努力加餐饭。

【题解】

　　"古诗"之名大约始于南北朝时代。《文心雕龙·明诗》说："又古诗佳丽，或称枚叔（即枚乘），其《孤竹》一篇，则傅毅之词，比采而推，两汉之作乎？"可见这些诗的作者姓名和创作年代在当时已无可考。《诗品》也论到"古诗"，说陆机所拟的十二首（见《文选》，通行本《诗品》作"十四首"，恐误）；此外还有"'去者日以疏'四十五首"，那么锺嵘所见"古诗"有五十多首。现今所见"古诗"，以《文选》所录的十九首最为著名。这十九首，是萧统在当时的几十首中选出的代表作。这十九首诗相互间似未必有什么联系，但从文风看来，它们大约都产生于东汉。

东汉士人外出游学和谋生者很多，尤其是中叶以后，由于政治黑暗，战乱频繁，流离四方的人更多。此诗大约是一位远离家乡的游子思念故乡和妻子之辞。诗中"相去日已远，衣带日以缓"和"弃捐勿复道，努力加餐饭"等句，语虽平易，却益显感情的真挚。

【注释】

① 与君生别离：暗用屈原《九歌·少司命》"悲莫悲兮生别离"句意。王逸《楚辞章句》云："屈原思神略毕，忧愁复出，乃长叹曰：'人居世间，悲哀莫痛与妻子生别离。'" ② 胡马：指北方少数民族地区出产的马，留恋北方，故依北风。 ③ 越：同"粤"，粤地之鸟留恋南方故乡，所以巢于南枝，二句喻自己在外地思念家乡。 ④ 衣带日已缓：指因相思而日见消瘦，所以衣带渐松。 ⑤ 浮云蔽白日：喻奸邪当道，时局混乱，因此游子不得返乡。李白《登金陵凤凰台诗》"总为浮云能蔽日"句，即用此典。

其 二

青青河畔草，郁郁园中柳①。
盈盈楼上女②，皎皎当窗牖③。
娥娥红粉妆④，纤纤出素手。
昔为倡家女，今为荡子妇⑤。
荡子行不归，空床难独守。

【题解】

　　这是一首描写一位丈夫离家日久的女子独居空房的苦闷心情。诗人对这位女子是很同情的。此诗一大特点是诗中一连用了六句叠字，却显得自然流畅。晋代诗人陆机在《拟古诗》中有一首模拟此诗，也用了不少叠字，却不如原作之流畅。《文心雕龙·明诗》评"古诗"云："观其结体散文，直而不野，婉转附物，怊怅切情，实五言冠冕也。"此诗实当之无愧。此诗对后来作家颇有影响。梁萧绎的《荡妇秋思赋》，即从此诗得到启发。

【注释】

　　①郁郁：茂盛的样子。　②盈盈：形容女子仪态美好的样子。　③皎皎：光彩照人的样子。　④娥娥：女子美貌的样子。　⑤倡：同"娼"。荡子：离乡背井游荡于外的人。

其　　三

青青陵上柏①，磊磊礀中石②。
人生天地间，忽如远行客③。
斗酒相娱乐，聊厚不为薄④。
驱车策驽马，游戏宛与洛⑤。
洛中何郁郁⑥，冠带自相索⑦。
长衢罗夹巷⑧，王侯多第宅。
两宫遥相望⑨，双阙百馀尺⑩。
极宴娱心意，戚戚何所迫⑪。

【题解】

　　这首诗写一位从外地来到洛阳的士人目睹洛阳繁荣景象后的观感。他见到贵人们地位的煊赫，感叹自己无法致身高位，因此产生了人生短促，只想及时行乐的心情。这种心态在东汉的不少士人中有一定的代表性。

【注释】

　　①陵：大土山。　②磊磊：形容石头众多的样子。礀：同"涧"。　③忽如远行客：用"远行客"的来去匆匆，比喻人生之短促。"忽"是形容其快速。　④聊：姑且。酒以厚为好，古人认为薄酒不能忘忧。　⑤宛：古地

名,在今河南南阳市,这里是汉光武帝的故乡,在汉代是一个繁荣的都会。张衡曾作《南都赋》,写南阳之繁荣。洛:指东汉的都城洛阳。 ⑥郁郁:繁荣的样子。 ⑦冠带:官员所用的帽子和腰带。这里借指上层人物。索:求。这句写上层人物互相访问,来往频繁。 ⑧衢:大路。 ⑨两宫:指洛阳的南宫和北宫。南宫兴建于光武帝建武十四年(38);北宫兴建于明帝永平三年(60)。《文选》李善注引蔡质《汉官典职》曰:"南宫北宫,相去七里。" ⑩阙:宫门前面的望楼。 ⑪戚戚:忧愁的样子。这两句是说达官贵人们极尽享乐,却亦不免忧患缠身。暗示他们之间争权夺利,矛盾重重。

其　　四

今日良宴会,欢乐难具陈。
弹筝奋逸响①,新声妙入神。
令德唱高言②,识曲听其真③。
齐心同所愿④,含意俱未申⑤。
人生寄一世,奄忽若飙尘⑥。
何不策高足,先据要路津⑦。
无为守穷贱,轗轲长苦辛⑧。

【题解】

东汉许多士人来到洛阳,本意是为了求得一官半职。但这些人中能达到目的的毕竟是少数。这首诗写的是一个士人在参加一次聚会时的心情。诗中"齐心同所愿"句,李善《文选注》云:"'所愿',谓富贵也。"诗中"何不策高足,先据要路津"二句,颇为坦率,前人评此诗之长,正在其真实。后来诗人之作颇多佳作,但如此坦诚之作,殊不多见。

【注释】

①筝:弦乐器,本五弦,秦以后改为十二弦(唐以后为十三弦)。逸响:不同凡俗的音响。 ②令德:美善之德。这里指有美德的人。高言:高超美妙的言辞。这里指弹筝声所蕴含的意思。 ③识曲:借喻能理解曲中"高言"的知音者。真:确切的含义。 ④齐心同所愿:《文选》李善注云:"'所愿',谓富贵也。" ⑤申:阐明。 ⑥奄忽:急促。飙(biāo):一作"猋"。《尔雅·释天》"扶摇谓之猋",郭璞注:"暴风从下上。"飙尘:指暴风卷起的尘土,瞬间消散。 ⑦高足:李善注:"亦谓逸足也。"指好马。要路津:喻显要之地。清沈德潜《古诗源》卷四:"据要津乃诡词也。古人感愤,每有此种。" ⑧轗轲:同"坎坷"。

其 五

西北有高楼,上与浮云齐。
交疏结绮窗①,阿阁三重阶②。

上有弦歌声，音响一何悲。
谁能为此曲，无乃杞梁妻③。
清商随风发④，中曲正徘徊⑤。
一弹再三叹，慷慨有馀哀。
不惜歌者苦，但伤知音稀⑥。
愿为双鸣鹤，奋翅起高飞。

【题解】

这首诗也是士人感叹其怀才不遇的诗。《文选》李善注云："此篇明高才之人，仕官未达，知人者稀也。"清沈德潜评此诗云："'但伤知音稀'，与'识曲听其真'同意。"（《古诗源》卷四）不过上首显得真率，而此首则稍见含蓄。

【注释】

① 交疏：指横直相交的窗格子（窗棂）。这种窗棂还有雕花作装饰。《文选》张衡《西京赋》"交绮豁以疏寮"，薛综注："疏，刻穿之也。"绮：一种丝织品，《说文》："文缯也。" ② 阿阁：四面有檐的楼阁。三重阶：指殿前三重台阶。"阁"本建于台上，台有三重台阶。 ③ 杞梁妻：春秋时齐国大夫杞梁殖之妻。《孟子·告子下》："华周、杞梁之妻善哭其夫而变国俗。"《琴操》记杞梁妻作有《杞梁妻叹》的琴曲。 ④ 清商：古乐调名，

其曲调哀婉,《韩非子·十过》记春秋时晋平公问师旷说:"清商固最悲乎?" ⑤中曲正徘徊:形容乐声曲折萦回。 ⑥但伤知音稀:此句双关兼指识曲者少和了解诗人的知音稀少。

其 六

涉江采芙蓉①,兰泽多芳草②。
采之欲遗谁③,所思在远道。
还顾望旧乡,长路漫浩浩。
同心而离居④,忧伤以终老。

【题解】

东汉中叶以后,由于西北的羌族多次起兵反抗朝廷,而汉朝政治亦日益昏乱,中原士人特别是关中一带的人有不少为了逃避迫害或战乱,流向南方。此诗作者可能就是这种人物,当他在外见到芙蓉时,想采来送给远在家乡的妻子。因此引起了思乡及想念亲人的情绪。诗的语言质朴,而感情十分真挚。

【注释】

①芙蓉:花名。有木芙蓉与水芙蓉之分。水芙蓉即荷花。此处显然是

指荷花。　②兰泽：长有兰花的沼泽，喻其芳洁。　③遗（wèi）：赠送。
④同心而离居：同心的人指夫妇。这句是说夫妻分散，各在一方。

其　七

明月皎夜光，促织鸣东壁①。
玉衡指孟冬②，众星何历历③。
白露沾野草，时节忽复易。
秋蝉鸣树间，玄鸟逝安适④。
昔我同门友⑤，高举振六翮⑥。
不念携手好，弃我如遗迹⑦。
南箕北有斗⑧，牵牛不负轭⑨。
良无磐石固⑩，虚名复何益。

【题解】

　　古代士人外出求官，往往要依靠熟人互相举荐或提拔，因此很重视同一师门的学友关系。本诗作者大约有过一位"同门友"相处很好，但当他在仕途上高升以后，就忘却了昔日的友情，对作者颇为冷淡，引起了作者的怨愤。从诗中多用《诗经》等书的典故看来，也足以说明是失意的士人所作。

【注释】

① 促织：即蟋蟀。　② 玉衡：北斗七星中的第五星，它和第七星构成斗柄之状。古人测算季节往往因为地球绕日运行，从地上看诸恒星方位，每月相差三十度，视斗柄所指方向确定二十四节的时间。这诗写的"蟋蟀""白露"当为秋天景色，而诗中又云"玉衡指孟冬"，李善《文选注》云："然上云'促织'，下云'秋蝉'，明是汉之孟冬（阴历七月），非夏之孟冬（阴历十月）矣。"但汉代自武帝太初元年（前104）以后，就改用阴历，而且即使在太初改历前，七月仍为秋而非冬（参《汉书·高祖本纪》至《孝景本纪》可证）。所以后人多有新说。今人金克木先生认为古人根据斗柄观察恒星方位时，不同时辰要以斗柄三星中不同的星为准，因此也可以从不同的星所指方向去测定时辰。"玉衡指孟冬"是说斗柄在夜半应指西方，而此时已指北方，说明已过了夜半两三个时辰（见《国文月刊》63期，《古诗玉衡指孟冬试解》）。　③ 历历：清晰的样子。　④ 玄鸟：燕子。《诗经·商颂·玄鸟》"天命玄鸟，降而生商"。《毛传》："玄鸟，鳦也。"《尔雅·释鸟》："燕燕，鳦。"《礼记·月令》载，"仲秋之月"（八月）"玄鸟归"。　⑤ 同门友：出于同一师门的友人。　⑥ 六翮（hé）：鸟翎的茎叫"翮"。六翮指鸟翅的有力，古人以为鸿鹄所以能高飞，是因有六翮。这里借指"同门友"登上了高位。　⑦ 遗迹：语出《国语·楚语下》载斗且说，"（楚）灵（王）不顾于民，一国弃之，如遗迹焉"。　⑧ 南箕：指箕星，凡四星，在南天。这句是说南天箕星虽有箕之名，北斗星虽有"箕""斗"之名，但无实用。暗用《诗经·小雅·大东》句意："维南有箕，不可以簸扬；维北有斗，不可以挹酒浆。"　⑨ 牵牛：指天上的牵牛星。轭（è）：驾

车时搁在牛颈上的曲木。此句用《大东》"睆彼牵牛,不以服箱"典,亦喻徒有虚名。　⑩ 磐石:大石,古人常用以喻坚固。

其　　八

冉冉孤生竹①,结根泰山阿②。
与君为新婚,兔丝附女萝③。
兔丝生有时,夫妇会有宜④。
千里远结婚,悠悠隔山陂⑤。
思君令人老,轩车来何迟⑥。
伤彼蕙兰花,含英扬光辉⑦。
过时而不采,将随秋草萎。
君亮执高节⑧,贱妾亦何为⑨。

【题解】

　　这是写一个女子新婚之后丈夫又出门远行,她在家思念之辞。诗中多用比拟,颇为贴切,更富于感染力。此诗据《文心雕龙·明诗》说是东汉傅毅所作,但《文选》和《玉台新咏》都以为是无名氏古诗。

【注释】

①冉冉：柔弱下垂的样子。 ②阿（ē）：山的弯曲的地方。"结根泰山阿"是比喻柔弱的女子和丈夫结合，可得依靠。 ③兔丝：即菟丝。植物名，一种蔓草，茎细长，常缠绕于别的植物上。女萝：地衣类植物，即松萝，亦缠绕于其他植物上。这句是以菟丝和女萝喻夫妇的亲密。 ④夫妇会有宜：指夫妇的感情两相投合。 ⑤悠悠：形容路的漫长。陂：山坡。 ⑥轩车：有蓬盖的车。 ⑦英：花朵。 ⑧亮：诚信。高节：指信守誓约。 ⑨贱妾亦何为：指女子认为自己不必多说了。

其 九

庭中有奇树，绿叶发华滋①。
攀条折其荣②，将以遗所思③。
馨香盈怀袖，路远莫致之。
此物何足贡④，但感别经时⑤。

【题解】

这首诗和前面的"涉江采芙蓉"篇意相近，也是夫妇相思之辞。不过前首更像出门在外的男子想采芙蓉以赠在家的妻子；此首则像妻子欲采庭树之花以赠出门在外的丈夫。

【注释】

①华滋:"华"同"花",发华滋是说开着茂盛的花。 ②荣:指花朵。屈原《九章·橘颂》:"绿叶素荣,纷其可喜兮。" ③将以遗所思:暗用屈原《九歌·山鬼》"折芳馨兮遗所思"句意。 ④贡:《玉台新咏》作"贵"。清沈德潜《古诗源》卷四认为作"贡"字"谓献也,较有味"。 ⑤但感别经时:因庭中之树又一次开花,感到分别已久了。似为在家者的口吻。

其 十

迢迢牵牛星①,皎皎河汉女②。
纤纤擢素手③,札札弄机杼④。
终日不成章⑤,泣涕零如雨。
河汉清且浅,相去复几许⑥。
盈盈一水间⑦,脉脉不得语⑧。

【题解】

牵牛织女的民间故事起源甚早。《诗经·小雅·大东》中提到了牵牛星和织女星,虽还看不出后来流传的爱情故事,但也不能否定这故事在先秦已可能出现。以目前所知,至少西汉时此传说早已盛行。所以汉武帝时所凿的昆明池就有牵牛、织女的石像。班固《西都赋》说:"临乎昆明之池,左牵牛而右织女,似云汉之无涯。"这个故事本身就反映了一些民间夫妇因受到压迫而不能团聚的情况。本诗作者正是借这个故事来抒写自己远离家乡,不得与家人团聚之苦。

【注释】

①迢(tiáo)迢:遥远的样子。 ②皎皎:明亮,兼喻女子之光采照人。河汉:天上的银河。河汉女:指织女星。 ③擢:举,这里是形容挥动手去纺织。素手:形容手的洁白。 ④札札:形容织机的声音。机杼(zhù):织机上的梭子。 ⑤章:织物的纹理。这句是说织女因相思而无心纺织。语出《诗经·大东》:"跂彼织女,终日七襄;虽则七襄,不成报章。" ⑥几许:多少,这句承上文"河汉清且浅"而来,意谓牵牛、织女虽隔着银河,却相去未必甚远。 ⑦盈盈:形容银河"清且浅"的样子。 ⑧脉脉:同"眽眽",含情相视的样子。

其 十 一

回车驾言迈①,悠悠涉长道。
四顾何茫茫②,东风摇百草。
所遇无故物③,焉得不速老。
盛衰各有时,立身苦不早④。

人生非金石，岂能长寿考⑤。
奄忽随物化⑥，荣名以为宝⑦。

【题解】

这是一首感叹人生短促，表示要及时做一番事业的诗。作者一路所见事物已非旧时面目，感到物且如此，人又何能长久，因此表示要及早"立身"，要以"荣名"为宝，和屈原《离骚》所说"老冉冉其将至兮，恐修名之不立"是同一用意。《世说新语·文学》载，东晋王恭问他弟弟王爽说："古诗中何句为最？"他弟弟未及回答，他又说："'所遇无故物，焉得不速老'，此句最佳。"

【注释】

① 言：语助词，无义。《诗经·邶风·泉水》"驾言出游"，即驾车出游。迈：行。这句是说转过车来向前行驶。　② 茫茫：荒草满目，极望无际的样子。　③ 故物：过去曾见过的景物。　④ 立身：指建立自己的事业。　⑤ 考：老。《说文解字·老部》"老，考也"；"考，老也"。清段玉裁注："凡言寿考者，此字之本义也。"　⑥ 奄忽：见前"其四"注⑥。随物化：随万物而变化，代指死亡。《庄子·刻意》篇："圣人之生也天行，其死也物化。"按：贾谊《鵩鸟赋》："千变万化兮，未始有极。忽然为人兮，何足控抟。化为异物兮，又何足患？"即用此意。　⑦ 荣名：好的名声。

其 十 二

东城高且长,逶迤自相属①。
回风动地起②,秋草萋已绿③。
四时更变化,岁暮一何速。
晨风怀苦心④,蟋蟀伤局促⑤。
荡涤放情志⑥,何为自结束⑦。
燕赵多佳人⑧,美者颜如玉。
被服罗裳衣⑨,当户理清曲⑩。
音响一何悲,弦急知柱促⑪。
驰情整中带⑫,沉吟聊踯躅⑬。
思为双飞燕,衔泥巢君屋。

【题解】

由岁时的迅速推移,感到人生的短促,由此产生及时行乐的思想。此诗"晨风""蟋蟀"二句皆用《诗经》典故,而属对工整,已显文人诗的特色。诗中"燕赵多佳人"以下据清人沈德潜说:有的选本另作一首(见《古诗源》卷四)。但现存最早的总集《文选》和《玉台新咏》均未分二首,似不可从。又《文选》所载陆机《拟古诗》十二首中,有一首《拟东城一何高》,内容与本首类似,疑陆机所见此诗作"东城一何高"。

【注释】

① 逶迤（wēi yí）：曲折的样子。属（zhǔ）：连接。　② 回风：旋转的风。　③ 萋：通"凄"。绿：黄绿色。这句指秋日的草虽呈绿色,已显萎黄。④ 晨风：一作"鷐风",鸟名,一称"鹯"。《诗经·秦风·晨风》："鴥彼晨风,郁彼北林。未见君子,忧心钦钦。"苦心：即忧心。《毛诗序》："《晨风》,刺康公也。忘穆公之业,始弃其贤臣也。"　⑤ 蟋蟀：《诗经·唐风》篇名。《毛诗序》："《蟋蟀》,刺晋僖公也。俭不中礼,故作是诗以闵之,欲其及时以礼自虞乐也。"局促：指过于拘束。傅毅《舞赋》："哀《蟋蟀》之局促。"　⑥ 荡涤：洗涤,这里指消除各种忧虑。　⑦ 结束：拘束。⑧ 燕赵：战国时两个国名,燕地相当今河北北部及辽宁西部；赵地相当今河北中南部及山西一部分地区。后来常以"燕赵"代指今河北及京津一带。⑨ 被服：同"披服",即穿着。罗：绮一类丝织品。"被服罗裳衣",意谓燕赵的美女大抵服饰华丽。秦汉时代人多谓赵女善妆饰,如李斯说她们"佳冶窈窕"。　⑩ 理清曲：演奏"清商"等乐曲。据《汉书·地理志》,赵地女子多善弹琴瑟等乐器。　⑪ 弦急知柱促：柱是固定乐器弦丝的地方,演奏时扣弦近于柱,则音声急促。"弦急柱促"是弹奏者情绪激动的表现。⑫ 驰情：指诗人听到乐声心情驰骋起伏。中带：衣带。"整中带"是整顿仪容,以调整思绪。　⑬ 踟蹰：徘徊不忍离去。

其 十 三

驱车上东门①,遥望郭北墓②。

白杨何萧萧③,松柏夹广路④。
下有陈死人⑤,杳杳即长暮⑥。
潜寐黄泉下⑦,千载永不寤⑧。
浩浩阴阳移⑨,年命如朝露。
人生忽如寄,寿无金石固。
万岁更相送⑩,圣贤莫能度⑪。
服食求神仙,多为药所误⑫。
不如饮美酒,被服纨与素⑬。

【题解】

东汉建都洛阳(今洛阳市东),旧城东北有北邙(一作"芒")山,为许多达官们坟墓所在。此诗作者经过其地,感到死生无常,因此产生了人生短促,想及时行乐的思想。东汉中叶以后,政局混乱,士人们普遍感到没有出路,容易产生这些悲观的心情。

【注释】

①上东门:洛阳城门名。《洛阳伽蓝记·序》:"东面有三门,北头第一门,曰建春门。汉曰上东门。阮籍诗曰:'步出上东门'是也。"又李善《文选注》引《河南郡图经》:"东有三门,最北头曰上东门。"上东门距北邙山最近。 ②郭北墓:指北邙山一带的坟墓。 ③白杨:《文选》李善注引

《白虎通》曰:"庶人无坟,树以杨柳。"萧萧:风吹树木发出的声音。陶渊明《挽歌》"白杨亦萧萧"句即用此句诗意。　④ 松柏夹广路:《文选》李善注引仲长统《昌言》:"古之葬者,松柏梧桐,以识其坟也。"《世说新语·任诞》:"张湛好于斋前种松柏……时人谓张屋下陈尸。"　⑤ 陈死人:死去已久的人。　⑥ 杳杳:幽冥黑暗的样子。长暮:长夜,指死者不复见天日。　⑦ 潜寐:隐藏。黄泉下:指地下。　⑧ 寤:醒来。　⑨ 浩浩:漫长而无尽的样子。阴阳移:指节令的变化。《文选》李善注引《神农本草》:"春夏为阳,秋冬为阴。"　⑩ 万岁更相送:形容无穷的岁月不断更迭,新年送走旧年。　⑪ 度:过,这里指避免。　⑫ 服食:指服用当时一些"方士"所炼制的"不死之药",诡称可以得仙。服食这些药的人往往中毒而死,故云"多为药所误"。　⑬ 纨与素:两种丝织品的名字。"纨"是细绢;"素"是精白的绢。《文选》李善注引《范子》曰:"白纨素出齐。"这两句是说人生短促,当及时享乐。

其 十 四

去者日以疏,生者日以亲①。
出郭门直视②,但见丘与坟。
古墓犁为田,松柏摧为薪③。
白杨多悲风,萧萧愁杀人。
思还故里闾④,欲归道无因⑤。

【题解】

这也是一首见到古墓毁为耕地、坟上松柏被人砍伐而感到盛衰无常,世事多变的诗。作者可能也是一位由外地来到洛阳求官的士人,见此景象,深感仕途亦难常保,不如回乡,但这也只能有此想法,其实并无归家的理由。因为士人们如不能求得一官半职,亦难维持生计。

【注释】

① "去者":指死去的人。他们已死,无从交往,所以日以疏远。"生者":指新生的人,交往日多,因此"日以亲"。这两句是写世事的沧桑变化,感叹人生无常。 ② 郭门:城门,疑即指洛阳的上东门。 ③ 松柏摧为薪:古人坟上多种松柏,但随着岁月久远,坟墓无人照看,松柏也被人砍伐。 ④ 里闾:古人聚族而居,"里"是聚居的单位。《周礼·地官·遂人》:"五家为邻,五邻为里。""里"为二十五家所居。"闾"是这二十五家所居的里门。 ⑤ 无因:没有理由。指诗人虽有回乡之念,但不能因此一念,就真的回去。

其 十 五

生年不满百,常怀千岁忧。
昼短苦夜长,何不秉烛游①。

为乐当及时，何能待来兹②。
愚者爱惜费③，但为后世嗤④。
仙人王子乔⑤，难可与等期⑥。

【题解】

　　这首诗和前两首意思近似，也是感叹人生短促，表示要及时行乐的意思。这种心情在东汉至魏晋士人间颇为流行。此诗对后来文人亦有较大影响。唐李白《春夜宴桃李园序》"而浮生若梦，为欢几何？古人秉烛夜游，良有以也"等语，全用此诗之意。又此诗或为《相和歌辞·西门行》本辞，见《西门行》注。

【注释】

　　①秉：持，拿着。　②来兹：指来年，即将来。　③爱惜费：指爱惜钱财，不愿花费。　④嗤：讥笑。　⑤仙人王子乔：古代传说中的仙人。《文选》李善注引刘向《列仙传》云："王子乔者，太子晋也。道人浮丘公接以上嵩高山。"按：此语亦见《后汉书·方术·王乔传》李贤注。"王子晋"是春秋时周灵王的太子，见《国语·周语下》及《逸周书·太子晋》，后人传说他成了仙。　⑥难可与等期：指普通人难与仙人王子乔等量齐观。

其 十 六

凛凛岁云暮①,蝼蛄夕鸣悲②。
凉风率已厉③,游子寒无衣④。
锦衾遗洛浦⑤,同袍与我违⑥。
独宿累长夜,梦想见容辉⑦。
良人惟古欢⑧,枉驾惠前绥⑨。
愿得常巧笑⑩,携手同车归⑪。
既来不须臾⑫,又不处重闱⑬。
亮无晨风翼,焉能凌风飞⑭。
眄睐以适意⑮,引领遥相睎⑯。
徙倚怀感伤⑰,垂涕沾双扉⑱。

【题解】

　　这是一首妇女在家思念其外出的丈夫之诗。由于别离已久,相思益深,既担心丈夫在外"游子寒无衣",却又怀疑他"锦衾遗洛浦",另有新欢,终于见于梦中,梦见丈夫回家,但醒后更为感伤。这种题材在古代诗歌中常见,如乐府诗《饮马长城窟行》中的"远道不可思,宿昔梦见之"即为一例。但此诗更具体写到了梦中所见,尤为亲切动人。这首诗对后来诗人产生过很大影响。如南朝宋鲍照的《梦还乡》稍变此诗之意,写丈夫梦见还乡与妻子团聚,虽立意不同,而有些诗句,仍受此诗启发,如"慊款论久别,相将还绮帷"从本诗"既来不须臾,又不处重闱"化出,却各自符合梦者身份。杜甫的《梦李白》一诗,虽写朋友相思,而手法亦与此有类似处。如"君今在罗网,何以有羽翼"即从此诗"亮无晨风翼,焉能凌风飞"而来。

【注释】

①凛凛:寒冷的样子。 ②蝼蛄:一种昆虫,亦名"土狗子"或"蜥蜥蛄",雄的能鸣,雌的不能。这种虫对农作物有害。 ③率(shuài):大抵、大概。厉:猛。此句说凉风由此日益强烈。 ④游子寒无衣:因天气转冷,妇女思念出外的丈夫应添置寒衣。所以一些诗人所作《捣衣》诗往往写到思念出门在外的丈夫,如南朝宋谢惠连的《捣衣》云"纨素既已成,君子行不归",即其一例。 ⑤锦衾:锦缎制的被子。遗(wèi):赠。洛浦:洛水的边岸,指宓妃。古人传说洛水之神名曰宓妃。《史记·司马相如列传》索隐引如淳曰:"宓妃,伏羲女,溺死洛水。遂为洛水之神。"(《文选》李善注以为乃如淳《汉书音义》语)这里以洛神代指丈夫的新欢。 ⑥同袍:语出《诗经·秦风·无衣》:"与子同袍。"本指军中战友,此处喻共历艰辛之夫妇。违:分离。 ⑦容辉:容颜与光采。 ⑧良人:丈夫。《孟子·离娄下》赵岐注:"良人,夫也。"古欢:同"故欢",旧情。这句说梦见丈夫念旧情而来归。 ⑨枉驾:自谦之词,说丈夫屈尊前来。惠:惠顾。绥:车上供人登车的绳索。《礼记·昏义》载,古人结婚时,男

子执雁献给岳父后,"降,出御妇女,而婿授绥,御轮三周"。这句是说丈夫还和新婚时亲自把车绳授给自己时那样恩爱。　⑩ 巧笑:美好的笑容。《诗经·卫风·硕人》:"巧笑倩兮。"这句说希望自己能长保美貌。　⑪ 携手同车归:写夫妇亲密之状。《诗经·郑风·有女同车》:"有女同车,颜如舜华。"　⑫ 须臾:顷刻。"不须臾",形容时间之短。　⑬ 重闱:深闺。⑭ "亮无"二句:意思是说丈夫在远处,他没有晨风鸟的翅膀,怎能飞来?　⑮ 眄睐(miàn lài):斜着眼睛注视。　⑯ 睎(xī):望。　⑰ 徙倚:留恋徘徊。　⑱ 扉:门。这几句写醒后的感伤。

其 十 七

孟冬寒气至,北风何惨栗①。
愁多知夜长,仰观众星列②。
三五明月满③,四五詹兔缺④。
客从远方来,遗我一书札⑤。
上言长相思,下言久别离⑥。
置书怀袖中,三岁字不灭。
一心抱区区⑦,惧君不识察。

【题解】

　　这大约是思妇在漫长的冬夜里因思念出门在外的丈夫而失

眠，仰观星空，想起当年丈夫来信的内容，自矢忠诚，希望对方能了解。"置书怀袖中，三岁字不灭"二句，益见感情之真挚。

【注释】

①惨栗：形容北风的寒冷，使人发抖。　②"愁多"二句：写因愁而失眠，倍感夜长。这两句写忧思不寐与宋玉《九辩》"仰明月而太息兮，步列星而极明"是同一用意。　③三五：指阴历的十五日。　④詹：同"蟾"。詹兔：代指月亮。古人传说月中有蟾蜍和兔子。《淮南子·精神训》："日中有踆乌，而月中有蟾蜍。"屈原《天问》："夜光何德，死则又育。厥利维何，而顾菟在腹。""夜光"，指月亮。"菟"同"兔"。　⑤书札：信件。《文选》李善注："《说文》曰：'札，牒也。'"按："牒"指小的竹简。东汉纸张刚发明，人们写信仍用竹简，故能"置书怀袖中，三岁字不灭"。　⑥"上言"二句：按：此二句颇平易，但《长相思》乃《汉铙歌》曲名，又江淹《杂体诗三十首》有拟《古离别》一首，疑本诗借用二曲名。　⑦区区：《文选》李善注引《李陵答苏武书》的"区区之心"语，又引《广雅·释训》："区区，爱也。"二语意似有别，但在此处似皆可通。

其 十 八

客从远方来，遗我一端绮①。
相去万馀里，故人心尚尔②。

文彩双鸳鸯③，裁为合欢被④。
著以长相思⑤，缘以结不解⑥。
以胶投漆中，谁能别离此⑦。

【题解】

这也是思妇接到丈夫从远处托人带来的礼物后引起的思念。她将丈夫送来的丝织品裁为被子，以示感情的坚定不移。诗中以"长相思"指丝绵，以"结不解"象征二人感情的不可分，比喻巧妙，而且十分自然。

【注释】

①一端："端"是古代纺织品的长度。有几种不同的说法，据《小尔雅》和《左传·昭公二十六年》杜预注都说一端为二丈。 ②尚尔：还是这样，指丈夫没有变心。 ③文彩双鸳鸯：指送来的绮上绣有双鸳鸯的图像。 ④合欢被：夫妇共用的被子。这句说思妇将绮裁成了合欢被。 ⑤著：充塞。《仪礼·士丧礼》郑玄注："著，谓充之以絮也。"长相思：指丝绵。"绵"有缠绵之意，故以此象征长相思。 ⑥缘：饰边。指在被的四周密缝以不解之结，象征二人的感情不可分离。 ⑦"以胶"二句：《文选》李善注："《韩诗外传》：'子夏曰：实之与实，如胶与漆，君子不可不留意也。'"胶和漆都有很大的黏性，二者混在一起，自难分开，借此喻爱情之牢固。

其 十 九

明月何皎皎,照我罗床帏①。
忧愁不能寐,揽衣起徘徊②。
客行虽云乐,不如早旋归③。
出户独彷徨,愁思当告谁。
引领还入房,泪下沾裳衣。

【题解】

　　这是一首游子思乡之作。古人往往见月光而思念远在他乡的亲人。因为散处各地的人,抬头都能见月,所以见到月亮往往产生思乡及怀念亲人、朋友的情绪,历来诗词中这种例子很多。晋代陆机的《拟古诗十二首》中有一首模拟此诗,点出了"游宦会无成"的想法,似与此诗主旨相类。不过陆诗似加强了写景成分,其"照之有馀晖,揽之不盈手"二句,被明人何良俊赏为"有神助"(《四友斋丛说》卷二十四),与此诗各有千秋。

【注释】

　　①帏:帐子。罗床帏是罗作的帐子。　②揽:拉来,此处作取衣穿上。
③旋归:回乡。

上山采蘼芜

上山采蘼芜①,下山逢故夫。
长跪问故夫,新人复何如?
新人虽言好,未若故人姝②。
颜色类相似,手爪不相如③。
新人从门入,故人从阁去④。
新人工织缣⑤,故人工织素⑥。
织缣日一匹⑦,织素五丈馀⑧。
将缣来比素,新人不如故。

【题解】

　　此诗见《玉台新咏》。在过去的社会中,男尊女卑,丈夫往往嫌弃妻子,另觅新欢。然而他的新欢未必胜于故人。本诗中的男子也许是对自己的行为有所后悔,也可能他对"新人"又觉厌弃。此诗通过二人的对话,深刻反映了当时的一种社会现象。诗中纯用白描手法,近似乐府歌辞,可能原为民歌,经文人加工成现在的样子。

【注释】

　　① 蘼芜:芳草名,即芎䓖的苗。屈原《九歌·少司命》:"秋兰兮蘼芜,

罗生兮堂下。" ②姝：美好的样子。《诗经·邶风·静女》："静女其姝。"《毛传》云："姝，美色也。" ③"颜色"二句：这两句似谓"新人"的容貌与"故人"不相上下，但手巧不如。"手爪"指纺织的技巧。 ④阁（gé）：小门，旁门。一说"小闺谓之阁"（见《尔雅·释宫》），但这里和上句"从门入"对举，似以前说为胜。 ⑤缣（jiān）：细绢。《说文》："缣，并丝缯也。"《释名·释采帛》："缣，兼也，其丝细致，数兼于布绢也。细致，染缣为五色，细且致，不漏水也。" ⑥素：精白的绢，见前《驱车上东门》注⑬。 ⑦一匹：古代织物的长度以二丈为一端，二端为一匹，即四丈。 ⑧"织素"句：这句是说故人巧于新人，因为五丈馀显然多于一匹。

四坐且莫喧

四坐且莫喧①，愿听歌一言。
请说铜鑪器②，崔嵬象南山③。
上枝以松柏，下根据铜盘④。
雕文各异类，离娄自相联⑤。
谁能为此器，公输与鲁班⑥。
朱火然其中⑦，青烟飏其间⑧。
从风入君怀，四坐莫不叹⑨。
香风难久居，空令蕙草残⑩。

【题解】

此诗见《玉台新咏》,是一首咏薰香炉的诗。这种香炉大抵用青铜铸成,往往铸出山形,上面有树木、神仙的形象,亦称"博山炉",是一种精美的工艺品。古代诗人喜咏此物,如南朝宋鲍照《拟行路难》中有一首"洛阳名工铸为金博山",着力描写其雕镂之精,可以参看。此诗写香炉虽精,其香气不能持久,疑亦暗喻富贵之不能常保。又此诗起句"四坐且莫喧,愿听歌一言"的手法,在乐府诗中常见,如陆机《吴趋行》"楚妃且勿叹,齐娥且莫吟;四坐并清听,听我歌《吴趋》";谢灵运《会吟行》"六引缓清唱,三调伫繁音;列筵皆静寂,咸共聆会吟";鲍照《代东武吟》"主人且勿喧,贱子歌一言"。汉魏人有时把乐府古辞称作"古诗",如《孔雀东南飞》,原名《古诗为焦仲卿妻作》,且《史记·刺客列传》索隐引韦昭说,亦谓之"古诗"。因此本诗原来也可能是首乐府诗。

【注释】

①喧:喧哗,声张。 ②鑪:同"炉",铜鑪器:铜铸的薰香炉。 ③崔嵬:高峻。南山:本指陕西的终南山,此处可能是泛指。 ④"上枝"二句:写香炉上部铸成山形,上有松柏之状。底盘为铜盘,以盛火与燃烧的香料。 ⑤"雕文"二句:说香炉上铸有各不相同事物形态,像离娄那样眼力强的人可以看得很清楚它的妙处。离娄:人名,见《孟子·离娄上》

"离娄之明",赵岐注:"离娄,古之明目者也,盖黄帝时人。" ⑥公输:古代的巧人,一说名般。《孟子·离娄上》:"公输子之巧。"鲁班:传说中古代的巧匠,一说即公输般。 ⑦朱火:红色的火,即燃香之火。然:同"燃"。 ⑧飏:飘飏,指香烟飘向炉外。 ⑨"从风"二句:写香气随风飘向人怀中,四边的人无不叹其芳香。 ⑩蕙草:类似兰花的香草,燃之取香气。残:烧毁。这二句说香气既难持久,何必去焚烧这些蕙草呢?

悲与亲友别

悲与亲友别,气结不能言①。
赠子以自爱②,道远会见难。
人生无几时,颠沛在其间③。
念子弃我去,新心有所欢。
结志青云上,何时复来还④。

【题解】

此诗见《玉台新咏》。这是一首朋友送别的诗。作者的朋友要远离家乡到外地去。作者在临别之际,只有叮嘱友人要自己保重。这位友人大约是出门求官的,所以作者想像他会"结志青云上",富贵之后,也许会抛弃自己。这种情况在古代士人中确也数见不鲜。

【注释】

①气结：因悲伤而感到胸中郁塞。曹植《送应氏》（其一）："念我平常居，气结不能言。" ②"赠子"句：意谓临别无他可赠，只有请其保重。 ③颠沛：生活的磨难。这二句是说人生本来短促，又难免受困厄。 ④结志青云上：结志，犹言立志，青云上，指致身贵显。这两句是说友人此去决心谋求高位，未知何日才会重归故乡。

穆穆清风至

穆穆清风至①，吹我罗裳裾②。
青袍似春草③，长条随风舒④。
朝登津梁上⑤，褰裳望所思⑥。
安得抱柱信⑦，皎日以为期⑧。

【题解】

此诗见《玉台新咏》。这是一首女子思念其情人的诗。春天本是容易引起男女相思的时节。这位女子因为思念其情人，登上渡头了望，因为望不见情人的到来，又引起了疑虑。

【注释】

①穆穆：柔和的样子。《汉书·礼乐志》载《汉郊祀歌·天门》："月

穆穆以金波。"　②裾(jū)：衣襟，这里指衣裙的下部。　③"青袍"句：形容春装与青草同色，实即绿色。江淹《别赋》："春草碧色。"　④长条：形容裙裾在风中飘动。　⑤津梁：河边的渡头。（与下文"抱柱"典故呼应。）　⑥褰(qiān)：提起衣裳的样子。　⑦安得：哪能有。抱柱信：用《史记·苏秦列传》中尾生典故。据云苏秦对燕王说："信如尾生，与女子期于梁下，女子不来，水至不去，抱柱而死。"这里是写她担心情人无尾生的守信。　⑧皎日：明亮的太阳，此句意谓对日发誓。《诗经·王风·大车》："谓予不信，有如皦日。"

兰若生春阳

兰若生春阳①，涉冬犹盛滋②。
愿言追昔爱③，情款感四时④。
美人在云端，天路隔无期⑤。
夜光照玄阴⑥，长叹恋所思。
谁谓我无忧，积念发狂痴⑦。

【题解】

此诗见《玉台新咏》，说是枚乘《杂诗》九首之一。《文心雕龙·明诗》称"古诗佳丽，或称枚叔"，大抵古人以这些无名氏之作，都归诸枚乘、傅毅等人名下。《文选》张衡《西京赋》

李善注引此诗"美人在云端"二句则称之为"枚乘乐府诗",可见也有人以此诗为乐府。陆机《拟古诗十二首》中亦有拟此首之作。这是一首情诗,作者似很久以来就恋着一个女子,但相距遥远,无从会见,相思到要发狂的程度。

【注释】

① 兰若:两种芳草名。兰指兰花(一说古人所谓"兰",乃菊科植物,与今天的兰花不同);若指杜若,亦名山姜,屈原《九歌·湘君》:"采芳洲兮杜若。"春阳:即"阳春",指春天温暖的气候。《诗经·豳风·七月》:"春日载阳。" ② 涉:经过。盛滋:滋生繁盛。这两句喻爱情的经久不衰。 ③ 愿言:即愿,"言"是语助辞。追:追寻。 ④ 情款:感情深厚。《梁书·文学·陆云公传》载张缵《与陆襄、陆晏子书》述张与陆云公"将离之际,弥见情款",语盖本此。这句写自己四时中无日不思念对方。 ⑤ "美人"二句:美人,指所思念的人。云端、天路是比喻其所处遥远,故相会无期。 ⑥ 夜光:月亮,已见前。玄阴:严寒的冬夜。晋曹摅《思友人诗》"情随玄阴滞",即本此句。 ⑦ "积念"句:意谓思念之情日增,会导致自己精神失常。

橘柚垂华实

橘柚垂华实①,乃在深山侧②。

闻君好我甘，窃独自雕饰③。
委身玉盘中，历年冀见食④。
芳菲不相投⑤，青黄忽改色⑥。
人倘欲我知，因君为羽翼⑦。

【题解】

此诗在钟嵘《诗品》中已论及，《艺文类聚》及《文选》李善注均曾称引，但《文选》和《玉台新咏》均未收入。现在所录文本见《古诗类苑》。这首诗托为"橘柚"的口吻，怨人把自己从"深山侧"取向"玉盘中"，而未加食用。这纯是比兴手法，大约是一位士人被当路者闻名招致，却不加任用。因此士人表示不满，愿加举荐，另就他处。钟嵘盛赞此诗与《客从远方来》为"惊绝"；清沈德潜评曰："区区之诚，冀达高远。通首托物寄兴，不露正意，弥见其高。"（《古诗源》卷四）

【注释】

①垂：形容橘子和柚子结实下垂的样子。华实：华美的果实。②"乃在"句：借橘、柚多生于山区来比拟士人本生长民间。 ③雕饰：指砥砺才能和品行。这句是暗喻士人闻当路者求才，而努力自勉，以求被任用。 ④冀：希望。 ⑤芳菲：香气。不相投：不合人的爱好。暗喻当

路者与士人意气不相合。 ⑥青黄忽改色：指橘柚的颜色由青变黄，不再如前，暗喻士人不被任用而年龄渐老。 ⑦"人傥"二句：借喻自己如有人赏识，愿意借此为羽翼，一展抱负。

十五从军征

　　十五从军征，八十始得归。
　　道逢乡里人，家中有阿谁①？
　　遥看是君家，松柏冢累累②。
　　兔从狗窦入③，雉从梁上飞④。
　　中庭生旅谷⑤，井上生旅葵⑥。
　　舂谷持作饭，采葵持作羹。
　　羹饭一时熟，不知饴阿谁⑦？
　　出门东向看，泪落沾我衣。

【题解】

　　此诗见《乐府诗集》，属《梁鼓角横吹曲·紫骝马歌辞》。据《古今乐录》云"'十五从军征'以下是古诗"。可能是梁代乐官取古诗文辞谱成"鼓角横吹曲"的曲调歌唱。所以此诗与《紫骝马歌辞》的其他歌辞风格很不一样。这首诗写的是征战不息，丁壮被迫从军，至老方归，而家中的人在战乱中均已死去，落得孤身一人,十分悲恸。杜甫的《无家别》显然受到此诗影响。

【注释】

①阿(ā)谁:即"谁","阿"乃发语辞。 ②累累:形容坟墓之众多。 ③窦:洞。狗窦是专供狗出入而开的墙洞。 ④雉:野鸡。这两句写屋中无人,所以野生的雉、兔等动物都公然在此出入。 ⑤中庭:庭中。旅谷:野生的谷子。 ⑥葵:一种蔬菜,子名冬葵子,可入药。陆机有《园葵诗》、鲍照有《园葵赋》都咏此菜。 ⑦饴:同"贻",送给。

新树兰蕙葩

新树兰蕙葩①,杂用杜蘅草②。
终朝采其华,日暮不盈抱③。
采之欲遗谁?所思在远道。
馨香易销歇,繁华会枯槁。
怅望何所言,临风送怀抱④。

【题解】

此诗见《古诗类苑》。诗的主旨是说兰、蕙等芳草虽然芳香美好,但易于枯萎,感叹人世一切美好的事物都不可能常盛不衰。作者显然也是一位士人,诗中不少话似都从古代作品中受到启发。如首句"新树兰蕙葩",即取屈原《离骚》中"余既滋兰之九畹兮,又树蕙之百亩"句意;"杂用杜蘅草"亦学《离骚》"杂杜蘅与芳芷"句。"终朝"二句,似取《诗经》中"采采卷耳,不盈顷筐"(《周南·卷耳》);"终朝采绿,不盈一匊"(《小雅·采绿》)等句意。从全诗看来,其主旨可能略近《离骚》,有以芳草比喻美德的用意。

【注释】

①树:种植。葩:花。 ②杜蘅:芳草名。屈原《九歌·湘夫人》:"缭之兮杜衡。" ③终朝:整天。不盈抱:没有满抱,喻其稀少。 ④"临风"句:指诗人临风感叹其心中的郁结。此诗用两个"抱"字为韵,古诗不甚拘泥。

《文选》所载"李陵《与苏武诗》"

其 一

良时不再至①,离别在须臾②。
屏营衢路侧③,执手野踟蹰④。

仰视浮云驰，奄忽互相逾⑤。
风波一失所，各在天一隅⑥。
长当从此别，且复立斯须⑦。
欲因晨风发，送子以贱躯⑧。

【题解】

　　李陵和苏武这两个历史人物的事迹，见《汉书·李广苏建传》。他们两人的处境和友谊得到了后人广泛的同情。因此产生了种种传说。久而久之，人们便把后来产生的一些无名氏古诗附会到他们身上去。尤其是西晋末年以后，少数民族入据中原，南北分裂，这些诗更为人们所盛传。尽管南北朝时有的人对此产生过怀疑。如宋颜延之在《庭诰》中说："逮李陵众作，总杂不类，元是假托，非尽陵制。"梁刘勰在《文心雕龙·明诗》中也提到相传为李陵、班婕妤（指班婕妤《怨诗》）见疑于后代。但多数人对这些诗还是相信的。不过到唐宋以后，就有人再次提出怀疑，说是出于六朝人伪托。现在看来，这些诗大约和《古诗十九首》等作品一样，诗风高古，不像六朝人所作，大抵为东汉无名氏之作，只是被人附会到李陵、苏武身上，并非有意作伪。诗的内容亦与苏武、李陵事未必有关。现在姑仍用"苏李诗"旧名，把它们作为无名氏古诗选录。

　　此诗见于《文选》。从诗的内容看来，当为朋友相送之诗，但不一定与苏李事迹有关。大抵东汉中叶以后,朝政混乱,战争频繁,士人们流离四方,朋友离别之事是常有的。如果不硬去联系苏李故事,仍可看出是一组感情真挚的好诗,正如颜延之所说:"有足悲者。"

【注释】

①良时:好时光。这里指相聚的时间。 ②须臾:片刻。 ③屏营:彷徨。《国语·吴语》载伍子胥谏吴王夫差时讲到楚灵王"屏营彷徨于山林之中"。衢路:四通八达的大道。 ④踟蹰:犹豫不进的样子。 ⑤奄忽:倏忽。逾:超过。这两句写浮云互相追逐,瞬息变化。 ⑥风波:指世事变化。隅:角落。这两句说二人遭世变而分散,各处一方。 ⑦斯须:也是片刻之意。《孟子·告子上》:"斯须之敬在乡人。" ⑧晨风:此处似当作早晨之风解。这两句是说自己想乘风以为友人送行。

其 二

嘉会难再遇,三载为千秋①。
临河濯长缨②,念子怅悠悠③。
远望悲风至,对酒不能酬④。
行人怀往路⑤,何以慰我愁。
独有盈觞酒⑥,与子结绸缪⑦。

【题解】

这首诗与上首用意相似,也是朋友间送别之诗。大抵好友相别,自然有种种悲伤的离情,亦不必定指为苏武和李陵之事。但前人怀疑"苏李诗"为伪作,曾根据此诗中"独有盈觞酒"一句中的"盈"字乃汉惠帝的名字,汉人当讳此。不过此说似未必很有力。因为扬雄《解嘲》有"为盈为实"之句,亦不避"盈"字。

【注释】

① 嘉会:美好的聚会。三载为千秋:"千秋",指千年。此句化用《诗经·王风·采葛》"一日不见,如三秋兮"、《郑风·子衿》"一日不见,如三月兮"句意。　② 濯:洗涤。长缨:帽带。按唐柳宗元《衡阳与梦得分路赠别》:"今朝不用临河别,垂泪千行便濯缨",即用此句之意。　③ 怅:恨。悠悠:长久而繁复的样子。　④ 酬:举杯相劝。　⑤ 怀:思念。往路:前去的道路。　⑥ 觞:一种酒器。　⑦ 绸缪:缠绵。《诗经·唐风·绸缪》毛传:"缠绵之貌也。"

其　三

携手上河梁①,游子暮何之②?
徘徊蹊路侧③,恨恨不得辞④。

行人难久留，各言长相思。
安知非日月，弦望会有时⑤。
努力崇明德⑥，皓首以为期⑦。

【题解】

　　这首诗虽亦为朋友送别之诗，但立意与上两首不很一样，带有宽慰及勉励的意思，读来更觉情意深厚。萧统在《文选序》中讲到汉代的诗歌，曾提到"降将著'河梁'之篇"，显然指的是此首。此诗历来传诵，"携手河梁"成了写离别时常用的典故。

【注释】

　　① 河梁：河上的小桥。　② 何之：即何处去。"暮"指日暮，本是应归家的时候，而"游子"却在此时出发赶路，益显匆促，亦更增愁思。③ 蹊（xī）：小路。《荀子·劝学》："则礼正其经纬，蹊径也。"《史记·李将军列传》："桃李不言，下自成蹊。"　④ 悢（liàng）悢：悲愤。《文选》李善注："《广雅》曰：'悢悢，恨也。'"　⑤ 日月：这里是偏义复词，说"日月"，其实仅就月亮而言。弦：指月亮呈半圆状的时候。望：指阴历十五左右，月亮呈正圆形。这句用月的圆缺比拟人的聚散，和苏轼《水调歌头》中"月有阴晴圆缺"句意同。　⑥ 崇明德：指发扬光辉的德行。⑦ 皓首：白首，老年。

《文选》所载"苏武诗"

其 一

骨肉缘枝叶①,结交亦相因②。
四海皆兄弟③,谁为行路人。
况我连枝树④,与子同一身。
昔为鸳与鸯,今为参与辰⑤。
昔者常相近,邈若胡与秦⑥。
唯念当离别,恩情日以新。
鹿鸣思野草,可以喻嘉宾⑦。
我有一樽酒,欲以赠远人。
愿子留斟酌,叙此平生亲⑧。

【题解】

《文选》所录"苏武诗"凡四首,这些诗大约和前面所录"李陵诗"同时产生。但起初人们似并未把它们分成李陵或苏武之作,而一律归之李陵。所以颜延之《庭诰》和《文心雕龙·明诗》都只提李陵;《诗品》虽讲到"子卿《双凫》",而所评作家则亦只李陵一人。后来《文选》和《玉台新咏》才选录了"苏武诗"。

这首诗写朋友交谊的深厚,一旦分离,极感悲伤,唯有以樽酒相劝，以寄其相亲之情。诗中"四海为兄弟"一句虽出自《论语》，而历来诗人写友谊之诗，亦多化用其意。

【注释】

①骨肉：指兄弟之亲。枝叶：用树木枝叶本属同根。喻兄弟之同气连枝。 ②结交：指朋友。因：依，谓朋友亦互相依靠。 ③"四海"句：语出《论语·颜渊》载，子夏（卜商）对司马牛说："四海之内，皆兄弟也，君子何患乎无兄弟也。"陶渊明《杂诗》其一"落地为兄弟，何必骨肉亲"即同此意。 ④连枝树：即"连理木"，指不同根而树枝相连的树木。喻二人交谊之深厚。 ⑤鸳与鸯：《诗经·小雅·鸳鸯》郑笺："言其止则相偶，飞则为双。"后人多借以喻夫妇恩爱，此处则以喻朋友交谊之深。参、辰：两颗星的名字。二星此升彼落，从不同时出现于天空。《文选》李善注云："《尚书大传》曰：'《书》之论事，离离若参辰之错行。'《法言》曰：'吾不睹参辰之相比也。'宋衷曰：'辰，龙星也；参，虎星也。我不见龙虎俱见。'"傅玄《苦相篇》"一绝逾参辰"，与此同意。辰亦名商星，故杜甫《赠卫八处士》"人生不相见，动如参与商"，亦同此意。 ⑥邈（miǎo）：远。胡：古人对北方少数民族的称呼。秦：代指中国。古代匈奴和西域人称中国为秦。《汉书·西域传》载，匈奴人在西域缚马足置城下，说："秦人，我勾若马。""胡与秦"亦远隔之意。傅玄《苦相篇》："昔为形与影，今为胡与秦。"即用此意。 ⑦"鹿鸣"二句：化用《诗经·小雅·鹿鸣》典故。《毛诗·鹿鸣序》："鹿得苹，呦呦然鸣而相呼，恳

诚发乎中，以兴嘉乐宾客，当有恳诚相招呼以成礼也。" ⑧平生亲：平生亲密的友谊。

其 二

黄鹄一远别，千里顾徘徊①。
胡马失其群，思心常依依②。
何况双飞龙，羽翼临当乖③。
幸有弦歌曲，可以喻中怀④。
请为《游子吟》⑤，泠泠一何悲⑥。
丝竹厉清声⑦，慷慨有馀哀。
长歌正激烈，中心怆以摧⑧。
欲展清商曲，念子不能归。
俯仰内伤心⑨，泪下不可挥⑩。
愿为双黄鹄，送子俱远飞。

【题解】

这是一首送别朋友的诗。前六句是写出行者对故乡和朋友的依恋之情。"幸有弦歌曲"以下写作者想以弦歌来宽慰出行者，但歌声悲哀，作者自己也难以抑制内心的忧伤。结句谓作者愿随友人远行，以表示难于分离。此诗感情十分深厚，但显然不像是讲苏武、李陵之事。因为苏武归汉,是李陵去送他,而此诗却题"苏武诗",而且苏武是出行,李陵送行,苏武更不可能有"愿为双黄鹄,送子俱远飞"之语。

【注释】

① 黄鹄:鸟名,即天鹅,古人往往以其能远飞来比喻人之远行或有远大理想。"千里"句是说黄鹄将远飞千里,尚徘徊顾望旧处。 ② 依依:喻胡马之留恋马群。 ③ 双飞龙:古代传说中的龙是能飞的。《周易·乾·九五》:"飞龙在天。"乖:分离。 ④ 喻中怀:抒发内心的情绪。 ⑤《游子吟》:曲调名。《文选》李善注引《琴操》曰:"《楚引》者,楚游子龙丘高出游三年,思归故乡,望楚而长叹,故曰《楚引》。" ⑥ 泠(líng)泠:声音清越。 ⑦ 丝:指弦乐器如琴瑟。竹:指管乐器如笙箫。厉:发声清烈。 ⑧ 怆以摧:悲怆得摧人心肝。 ⑨ 俛仰:同"俯仰"。内伤心:内心伤痛。 ⑩ "泪下"句:形容泪下不断,挥之不尽。

其　三

结发为夫妻①,恩爱两不疑。
欢娱在今夕,嬿婉及良时②。
征夫怀往路,起视夜何其③。
参辰皆已没④,去去从此辞。

行役在战场,相见未有期。
握手一长叹,泪为生别滋⑤。
努力爱春华⑥,莫忘欢乐时。
生当复来归,死当长相思。

【题解】

　　此诗亦见《玉台新咏》,是一首征夫和他妻子分别的诗。征夫在天明时就得出发,自料此去未有归期,情绪十分伤悲。此诗对后来诗人颇有影响。杜甫《新婚别》在手法上显然从此诗获得启发。颜延之《秋胡诗》中"存为久离别,没为长不归"即从此诗"生当复来归,死当长相思"变化而来。

【注释】

　　① 结发:指刚成年。《文选》李善注:"结发,始成人也,谓男年二十,女年十五时,取笄冠为义也。"　② 嬿婉:欢爱、友好。《诗经·邶风·新台》:"嬿婉之求。"曹植《送应氏》(其二):"愿得展嬿婉。"　③ 夜何其:夜已过多久。"其"是语辞,无义。《诗经·小雅·庭燎》:"夜如何其。"　④ 参辰:这里代指星。参辰皆没,是说星都已不见,指天将亮。　⑤ 滋:这里指流得多。　⑥ 春华:青春。《文选》李善注:"春华,喻少时也。"

其 四

烛烛晨明月①,馥馥我兰芳②。
芳馨良夜发,随风闻我堂。
征夫怀远路,游子恋故乡。
寒冬十二月,晨起践严霜。
俯观江汉流③,仰视浮云翔。
良友远离别,各在天一方。
山海隔中州④,相去悠且长。
嘉会难两遇,欢乐殊未央⑤。
愿君崇令德,随时爱景光⑥。

【题解】

此诗似是一位南方士人送别其出征北边的友人的诗。所以诗中提到了"江汉",又称"山海隔中州"。从诗的行文来看,显与苏李事迹不合。作者似亦无意模仿苏李口吻,可见绝非作伪。事实上东汉时屡与匈奴、鲜卑及羌人作战,自然要调发各地丁壮从军。因此似作为送别征夫之作较好。

【注释】

①烛烛:明亮的样子。 ②馥(fù)馥:香气浓郁的样子。 ③江

汉：当指长江与汉水。　④海：古人称湖泊亦曰"海"。"山海"指山川湖泊，皆路中险阻。中州：中原。　⑤未央：未尽。《诗经·小雅·庭燎》："夜如何其，夜未央。"　⑥景光：时光，光阴。

《古文苑》所录"苏李诗"

有鸟西南飞

有鸟西南飞，熠熠似苍鹰①。
朝发天北隅②，暮闻日南陵③。
欲寄一言去，托之笺彩缯④。
因风附轻翼，以遗心蕴蒸⑤。
鸟辞路悠长，羽翼不能胜⑥。
意欲从鸟逝，驽马不可乘。

【题解】

所谓的"苏李诗"，其实都是无名氏古诗。这些诗究竟有多少首，已无可考。其中一部分被《文选》《玉台新咏》所收，其他部分有的被《古文苑》所录，还有一些诗已残缺，见于各种类书称引。过去有些人，把《文选》所录七首称为苏李诗，而把《古文苑》所录称"拟苏李诗"（如沈德潜《古诗源》），未必妥当。因为《古文苑》虽成书较晚，而所收作品，不一定后出。如"双凫俱北飞"一首，钟嵘和庾信都已提到：钟嵘《诗品序》有"子卿双凫"语，而庾信《哀江南赋》则用"李陵之'双凫'永去"，对"苏武之一雁空飞"。"苏武一雁"用《汉书》本传以雁传书的汉朝典故。"双凫"当即"双凫俱北飞"典。因为当时人本以这些诗为"苏李诗"，不具体分别何者为苏，何者为李。

这首诗写诗人思念远在南方的友人之情，想托飞鸟传书，而飞鸟也觉路远不可能飞到。诗人想自己去，又因马弱而不能行，意极惆怅。诗中提到了"日南"地名，按：汉日南郡，属交州，在今两广之南及越南一带。逯钦立先生《汉诗别录》（见《汉魏六朝文学论集》）中指出东汉后期不少士人避乱至交州，所谓"苏李诗"，"其中显有避乱交州之行人别辞"（第19页），此说最为精当。

【注释】

①熠（yì）熠：鲜明的样子。 ②隅：角落，靠边的地方。 ③日南：汉代郡名，约当于今广西南部及越南部分地方。"闻"，一作"宿"。 ④笺彩缯：以彩缯（丝织品）作笺（书信）以问候远方友人。 ⑤蕴蒸：郁积，这里指作者长久以来积蓄的思念之情。 ⑥胜：胜任。这句说鸟推辞说路太远，自己的翅膀不能飞到。

烁烁三星列

烁烁三星列①，拳拳月初生②。
寒凉应节至，蟋蟀夜悲鸣。
晨风动乔木，枝叶日夜零③。
游子暮思归，塞耳不能听。
远望正萧条，百里无人声。
豺狼鸣后园，虎豹步前庭。
远处天一隅④，苦困独零丁⑤。
亲人随风散，历历如流星⑥。
三萍离不结⑦，思心独屏营⑧。
愿得萱草枝⑨，以解饥渴情。

【题解】

东汉中后期由于羌族暴动及种种原因，广大地区遭到频繁的战乱，许多人向外地流亡，甚至到了遥远的南方。这首诗的作者大约就是逃难而远适他乡的人。他饱受了骨肉离散之苦，在所居之地也是满目荒凉，无法排解其忧怨。

【注释】

① 烁（shuò）烁：光亮的样子。三星：《诗经·唐风·绸缪》："绸缪

束薪,三星在天。"三星"指参宿三星,一说指心宿三星。 ②拳拳:"拳"有弯曲之意,初生月成钩形。"拳拳"当如今言"弯弯"。 ③零:飘落。"晨风"二句:形容早晨的风吹来,树木枝叶不断零落。 ④"远处"句:意谓自己处在遥远的天涯。 ⑤零丁:孤苦的样子。 ⑥"历历"句:言亲人消散,倏如流星,但记忆仍很分明。 ⑦"三萍"句:言自己和亲人们分离,各自无依靠,不得团聚。 ⑧屏营:彷徨惶恐的样子。见前李陵《与苏武诗》其一注③。 ⑨萱草:草名,一作"谖草"。古人以为它可以忘忧。《诗经·卫风·伯兮》:"焉得谖草,言树之背。"

寂寂君子坐

寂寂君子坐①,奕奕合众芳②。
温声何穆穆③,因风动馨香。
清言振东序④,良时著西庠⑤。
乃令丝竹音,列席无高唱⑥。
悲意何慷慨,清歌正激扬。
长哀发华屋,四坐莫不伤⑦。

【题解】

这首诗似较费解。"寂寂君子坐"等六句,似写经师在向学生讲学,而后半部则为写音乐的感人,与前半似不很衔接。按:东汉"经师"往往不甚拘守礼制,如《后汉书·马融传》称马融

"达生任性,不拘儒者之节。居宇器眼,多存侈饰。常坐高堂,施绛纱帐,前授生徒,后列女乐……"这样的儒者未必仅马融一人。此诗所写恐即指这种人。

【注释】

①寂寂:安静的样子。 ②奕(yì)奕:美好的样子。合众芳:比喻聚集贤才。屈原《离骚》:"哀众芳之芜秽。" ③穆穆:温和庄严。这句形容君子对弟子们的教诲。 ④序:学校。《孟子·滕文公上》:"设为庠序学校以教之……殷曰序,周曰庠。" ⑤著:显明,著称。庠(xiáng):学校,见前注。 ⑥"列席"句:言四坐之人无复高声。 ⑦华屋:华美之屋,详题解。"长哀"二句是说学生们听到悲歌,莫不感伤。

晨风鸣北林

晨风鸣北林,熠耀东南飞①。
愿言所相思,日暮不垂帷②。
明月照高楼,想见馀光辉③。
玄鸟夜过庭④,仿佛能复飞⑤。
褰裳路踟蹰,彷徨不能归⑥。
浮云日千里,安知我心悲⑦。
思得琼树枝⑧,以解长渴饥。

【题解】

　　这首诗提到"所相思","明月照高楼"诸语,虽亦未必不可用于朋友,但更像是一首男女相思之诗,恐不必与苏李事牵合。清沈德潜评此诗云:"拟诗非不高古,然乞和宛之音,去苏李已远"(《古诗源》卷四),恐未必中肯,因为此诗未必拟《文选》中苏李之作,至于风格有不同,那是篇首不同之故,不能说是拟之而未能近。

【注释】

　　① 熠燿(yào):鲜明的样子。一作"熠熠"。此二句写晨风鸟东南飞,与前"晨风动乔木"句"晨风"意思不同。　② 不垂帷:不降下帷帐,幻想使自己可望见她。　③ "明月"二句:指见明月而想见所相思的人。④ 玄鸟:燕子,详前注。　⑤ 此句言见燕子飞过而幻觉自己也能飞起来去找相思的人。　⑥ "褰裳"二句:意为自己提起衣服想去找所思者,但又踌躇不进,又不愿归去。　⑦ "浮云"二句:言浮云在天下飘行,每日千里之远,它哪能知道我的悲伤。　⑧ 琼树枝:传说中昆仑山上的神树,食其花可以长生。司马相如《大人赋》:"咀嚼芝英兮叽琼华。"张揖注:"叽,食也。琼树生昆仑西流沙滨,大三百围,高万仞。华,蕊也,食之长生。"按:此与屈原《九章·涉江》"登昆仑兮食玉英"同意。

陟彼南山隅

陟彼南山隅，送子淇水阳①。
尔行西南游，我独东北翔。
辕马顾悲鸣，五步一彷徨②。
双凫相背飞，相远日已长③。
远望云中路，想见来圭璋④。
万里遥相思，何益心独伤。
随时爱景曜⑤，愿言莫相忘。

【题解】

　　这也是一首思念朋友的诗，作者回忆起当时分手的情况，连马也为之悲鸣彷徨，不忍分别。后面几句为鼓励双方的话。此诗感情颇深挚，但和李陵、苏武故事显然无关。因苏、李皆关中人物，相送不可能远在今豫北的"淇水阳"。且二人分手后，似一个北行，一个南行，并非居者为行者送别。

【注释】

　　① 南山：似泛指南边的山，不必指终南山。淇水：河流名，在今河南淇县附近。此处大约用《诗经·卫风·竹竿》："籊籊竹竿，以钓于淇；岂

不尔思,远莫致之"典故。阳:水的北岸。 ②辕马:已驾辕的马。五步一彷徨:形容不忍离去。 ③双凫:以鸟比喻人。这两句说朋友分至各地,离别已久。 ④圭璋:玉器名,古人借此以喻盛德。《诗经·大雅·卷阿》:"如圭如璋。"《礼记·聘义》:"圭璋特达,德也。"晋郭璞《游仙诗》:"圭璋虽特达。"这里指作者盼望友人以盛德立名。 ⑤景曜:日光,借指光阴。

锺子歌南音

锺子歌南音①,仲尼叹归欤②。
戎马悲边鸣,游子恋故庐。
阳鸟归飞云③,蛟龙乐潜居④。
人生一世间,贵与愿同俱。
身无四凶罪⑤,何为天一隅。
与其若筋力,必欲荣薄躯。
不如及清时,策名于天衢。

【题解】

这是一首久客他乡的游子思念故乡,欲归而不得的怨苦之辞。作者当为一位背乡离井的士人,所以诗中多用"经书"中的典故,可见其熟习典籍。

【注释】

① 锺子：指春秋时楚人锺仪。《左传·成公九年》载，晋悼公视察军府，见到一个带着南方式冠帽的俘虏。悼公叫他弹琴，他弹奏了南方的音调，因为他本楚人。 ② 仲尼：孔子的字。叹归欤：据《论语·公冶长》载，孔子在陈国时，曾有"归欤，归欤"之叹。 ③ 阳鸟：鸟名，一名"阳鸦"，似鹳而小。 ④ 蛟龙乐潜居：谓蛟龙性喜潜藏。《周易·乾·初九》："潜龙弗用。" ⑤ 四凶：《尚书·舜典》："流共工于幽州，放驩兜于崇山，窜三苗于三危，殛鲧于羽山，四罪而天下咸服。"《左传·文公十八年》以浑敦、穷奇、梼杌、饕餮为四凶。二说皆可通。

童童孤生柳

童童孤生柳①，寄根河水泥。
连翩游客子②，于冬服凉衣。
去家千里馀，一身常渴饥。
寒夜立清庭，仰瞻天汉湄③。
寒风吹我骨，严霜切我肌。
忧心常惨戚，晨风为我悲。
瑶光游何速④，行愿支何迟⑤。
仰视云间星，忽若割长帷⑥。
低头还自怜，盛年行已衰。
依依恋明世，怆怆难久怀⑦。

【题解】

　　这诗写的是一个游宦的士人远离家乡,在外求官不成,饱受饥寒之苦,在寒夜里仰望星空,哀叹自己的处境。作者似是一位有抱负的人物,诗中"依依恋明世"之句,似乎对朝廷还抱有幻想。

【注释】

　　①童童:山无草木的样子。这里喻树叶凋零的样子,喻人的憔悴。②连翩:接连不断。这里指不断地出来游宦的人。　③天汉:指银河。湄(méi):水边。　④瑶光:北斗七星中第七星之名。《淮南子·本经》:"瑶光者,资粮万物者也。"　⑤支何迟:逯钦立先生以为当作"夫何迟"。指志愿迟迟不得实现。　⑥割长帷:指帷幕被割,比喻忽然醒悟自己的抱负无法实现。　⑦怆怆:悲愤的样子。

双凫俱北飞

双凫俱北飞①,一凫独南翔。
子当留斯馆②,我当归故乡。
一别如胡秦,会见何讵央③。
怆恨切中怀,不觉泪沾裳。
愿子长努力,言笑莫相忘。

【题解】

在现存的所谓"苏李诗"中,恐怕要算此首最像苏李的口吻,因为苏武、李陵先后由汉去匈奴,而后来苏武归汉,李陵留北。这和本诗前四句合。所以钟嵘《诗品》特地举出"子卿双凫"作为古诗警句的代表。至于庾信以"双凫"归李陵,恐系误用。不过,两人同到北方而其中一人南归的事,未必仅限二人。所以不必视为真出苏李之手。

【注释】

① 凫:野鸭。 ② 馆:招待宾客的处所。 ③ 讵央:岂有穷尽。这句是说再相会的日子已难预期。

采葵莫伤根

采葵莫伤根,伤根葵不生。
结交莫羞贫①,羞贫友不成。

【题解】

此诗见《艺文类聚》。欺贫爱富这种丑恶的现象,在私有制产生以后,就不断地出现。此诗对这种现象进行了讽刺,诗风质朴,明白如话,既似民歌,又可以看作是砭世的格言。此诗可以和赵壹《刺世嫉邪赋》及晋曹摅《感旧诗》并读。

【注释】

①羞贫:以贫为羞,即轻视穷人,不屑与交。

青青陵中草

青青陵中草,倾叶晞朝日①。
阳春布惠泽②,枝叶可缆结③。
草木为恩感,况人含气血④。

【题解】

此诗原见《太平御览》,是借草之向阳讥刺人的背弃恩义。这种丑恶的社会现象也是常见的。

【注释】

①晞朝日:对着初升太阳的光气。 ②阳春:和煦的春光。布惠泽:指春气使万物成长,即施恩泽于万物。 ③缆结:一作"揽结",言草叶长高可以揽结。 ④含气血:指人有生命和知识。

古 绝 句

其 一

藁砧今何在^①,山上复有山。
何当大刀头^②,破镜飞上天。

【题解】

  这四首短诗原见《玉台新咏》。四诗似乎并无关联,并非组诗。逯钦立先生在《先秦汉魏晋南北朝诗》卷十二中说:"逯按:六朝人有断句体,尚无绝句名目,四首盖后人附入《玉台》者。"(第342页)逯先生的话是有道理的,不过《玉台新咏》中各诗主名,往往经后人改动。如梁武帝称谥号,而徐陵奉萧纲命编《玉台》时,梁武帝尚健在;又全书作者称名,而徐陵独称字。因此"古绝句"三字疑后人所加,而四首诗未必非徐陵所录。

  这首诗类似诗谜,据许𫖮《彦周诗话》,"藁砧"代指斧,是"夫"的谐音;"山上复有山"是"出"字;"何当大刀头"指环,是"还"的谐音。"破镜飞上天"指月半当回来。此诗对后人颇有影响,往往以藁砧代指夫。

【注释】

①藁砧：古代杀人，置受刑者于砧上，铺上干草（藁）以吸血，然后以斧斩杀。故以"藁砧"代指斧，作"夫"之谐音。　②大刀头：古代大刀头上有"环"，故以"环"作"还"的谐音。

其　二

日暮秋云阴，江水清且深。
何用通音信，莲花玳瑁簪①。

【题解】

这是一首情诗，作者想用"莲花玳瑁簪"向她爱人通音信。

【注释】

①玳瑁（dài mào）：一种海龟名，壳可做装饰品。"莲花玳瑁簪"是莲花状的玳瑁簪。

其　三

菟丝从长风①，根茎无断绝。
无情尚不离②，有情安可别。

【题解】

这是用菟丝草被风吹起而根茎不断,比喻二人感情之不能分离。

【注释】

①菟丝:即兔丝,见前《古诗十九首》其八注③。 ②无情:指菟丝,言草木无情。

其　　四

南山一树桂,上有双鸳鸯。
千年长交颈,欢庆不相忘。

【题解】

这是一首情诗,以"双鸳鸯"喻夫妻永不分离。

古两头纤纤诗

两头纤纤月初坐①,半白半黑眼中睛②。
腷腷膊膊鸡初鸣③,磊磊落落向曙星④。

【题解】

此诗见《艺文类聚》。它似是一首民间儿歌。值得注意的是此诗属七言,不少学者认为七言的兴起不会迟于五言,甚至更早,此诗当亦汉时产物。现在看来,像汉初的《安世房中歌》和《郊祀歌》中都有不少七言句,汉代的《急就章》亦有不少七言。尤其是汉魏七言诗皆每句押韵,此诗亦然。

【注释】

①两头纤纤:形容初生的月亮两头尖细。 ②睛:眼珠。半白半黑,形容眼球中眼珠黑色,其馀部分为白色。 ③腷(bì)腷膊(bó)膊:状声之词,形容鸡鸣叫时拍动翅膀。南朝齐王融《奉和纤纤诗》:"腷腷膊膊乌迷瞙。" ④磊磊落落:形容星的众多。

刺巴郡太守诗

狗吠何喧喧,有吏来在门。
披衣出门应,府记欲得钱①。
语穷乞请期②,吏怒反见尤③。
旋步顾家中,家中无可与④。
思往从邻贷,邻人已言匮⑤。
钱钱何难得,令我独憔悴⑥。

【题解】

　　这首诗见《华阳国志·巴志》。据云东汉桓帝时有个叫李盛的人任巴郡太守,"贪财重赋",当地人作歌讽刺他。这种题材在六朝以后的诗词中较常见,在汉代则较少。此诗质朴,可能本为民歌。

【注释】

　　①府记:官府的文书。　②语穷乞请期:指户主自称穷困,请求宽限日期。　③尤:责怪。　④与:给予。　⑤匮:空乏。　⑥憔悴:困苦。《孟子·公孙丑上》:"民之憔悴于虐政。"

下编　文人诗歌

刘　邦

刘邦（前247—前195）：即汉高祖，字季，沛丰邑中阳里（今江苏丰县境）人。初为泗上亭长。秦二世元年（前209）九月起兵反秦，入咸阳灭秦被封汉王。后出兵平关中，击败项羽。于公元前202年称帝，建立汉朝。在位十二年。

大　风　歌

大风起兮云飞扬，
威加海内兮归故乡，
安得猛士兮守四方。

【题解】

此诗见《史记·高祖本记》。刘邦于十二年十月击破英布军后，回长安时经过沛郡，"悉召故人父老子弟纵酒，发沛中儿得百二十人，教之歌。酒酣，高祖击筑，自为歌诗曰：'大风……'"

云云。刘邦为楚人，此歌亦楚歌体。南朝宋鲍照《代挽歌》"彭韩及廉蔺，畴昔已成灰；壮士皆死尽，馀人安在哉"，似对刘邦有讽刺意。清沈德潜云"时帝春秋高，韩、彭已诛，而孝惠仁弱，人心未定，思猛士其有悔心乎"（《古诗源》卷二），可能受了鲍诗影响。

鸿 鹄 歌

鸿鹄高飞，一举千里。羽翮已就①，横绝四海②。
横绝四海，当可奈何。虽有矰缴③，尚安所施。

【题解】

此诗见《史记·留侯世家》。据说刘邦晚年想废太子刘盈（惠帝）而立宠姬戚夫人子赵王如意。后来留侯张良为太子出主意，迎著名隐士"商山四皓"来为太子的宾客。刘邦见了认为太子羽翼已成，不可改变。为此，戚夫人哭泣，刘邦对她说"为我楚舞，我为若楚歌"，就作了此歌。

【注释】

①羽翮：鸟的翅膀。就，这里指长成。　②横绝：飞越。这句说飞越

四海之内，喻惠帝的影响已遍及天下。　③ 矰（zēng）：古代射鸟用的一种拴着丝绳的箭。缴（zhuó）：系在箭上的绳。《孟子·告子上》："一心以为有鸿鹄将至，思援弓缴而射之。"

项　　籍

项籍（前232—前202），字羽，下相（今江苏宿迁西）人，战国时楚将项燕孙，秦末起兵于吴（今江苏苏州），以善战闻名，秦亡后自号"西楚霸王"，一度主宰天下。与汉高祖争天下，战败，自刎于乌江（今安徽和县附近）。

垓　下　歌

力拔山兮气盖世，时不利兮骓不逝①。
骓不逝兮可奈何，虞兮虞兮奈若何②。

【题解】

此诗见《史记·项羽本纪》。据云：项羽在垓（gāi）下（地名，在今安徽灵璧东南）为刘邦围困，兵少食尽，自知无法脱身，乃夜起作歌与美人虞姬告别，作此歌。据《史记》张守节《正义》引《楚汉春秋》载，虞姬和之云："汉兵已略地，四方楚歌声。大王意气尽,贱妾何聊生。"此歌不见《史记》,沈德潜云:"虞姬和歌竟似唐绝句矣,故不录。"(《古诗源》卷二)此说只从文体着眼,未必是定论。但历来选本皆不取虞姬和诗,今姑录此,以供参考。

【注释】

① 骓(zhuī):青白杂色的马。《史记·项羽本纪》:记项羽有"骏马名骓"。　② 奈若何:与"可奈何"皆计穷力尽之辞,沈德潜评二语"呜咽缠绵"(同前)。

戚 夫 人

戚夫人,汉高祖姬妾。《史记·吕太后本纪》:"及高祖为汉王,得定陶戚姬,爱幸,生赵隐王如意。"刘邦欲立如意废太子刘盈。刘邦死后,吕后执政,把戚夫人施酷刑虐杀。

春 歌

子为王,母为虏①,终日舂薄暮②,常与死为伍③。
相离三千里④,当谁使告女⑤。

【题解】

此诗见《汉书·外戚传》。刘邦死后,吕后为皇太后,囚戚夫人,罚她舂谷。当时她儿子如意为赵王,戚夫人舂谷时唱这歌,被吕后听到了,说"你想靠你儿子吗"?便把如意召来,用毒酒药死,又把戚夫人虐杀。

【注释】

① 子为王:指赵王如意。虏:囚犯。 ② 终日舂薄暮:指一天舂谷到晚。 ③ 常与死为伍:指天天有死的危险。 ④ 相离三千里:指如意远在赵国,距长安遥远。 ⑤ 女:即"汝"字。

刘 章

刘章(?—前176)汉高祖子齐悼惠王刘肥之子,吕后二年(前186)入长安充宿卫,封朱虚侯。吕太后死,他和周勃、陈平诛吕氏。文帝前二年(前178)封城阳王,二年卒。

耕 田 歌

深耕穊种①,立苗欲疏②。
非其种者,鉏而去之③。

【题解】

此诗见《史记·齐悼惠王世家》,据云:吕后时有一次在宫中宴饮。刘章对吕后说"请为太后言《耕田歌》"。吕后答应了,他就唱了这首歌。这歌虽然说的是种田,其实是发泄对吕氏的不满,因为当时吕氏掌权,刘氏得不到职位。

【注释】

① 概(jì):稠密。 ② 立苗欲疏:指插秧时株距要疏些。 ③ 非其种者:指不是五谷的野草。鉏:同"锄"。这两句暗喻吕氏不是刘家之种,要锄而去之。

刘　　彻

刘彻(前156—前87),即汉武帝,景帝子。景帝后元三年(前141)死,刘彻继立,在位五十四年。刘彻在国内兴礼乐,举贤良文学,罢黜百家,独尊儒术;对外击败匈奴,通西域,对中国的统一起了促进作用,但军费庞大,加重了人民的负担,使种种矛盾尖锐起来。刘彻好辞赋,喜音乐,对汉代文学的发展有一定推动作用。

秋 风 辞

秋风起兮白云飞,草木黄落兮雁南归。
兰有秀兮菊有芳①,携佳人兮不能忘。
泛楼舡兮济汾河②,横中流兮扬素波③。
箫鼓鸣兮发棹歌④,欢乐极兮哀情多,
少壮几时兮奈老何。

【题解】

此诗见《文选》,据诗前面的序文说:"上(指汉武帝)行幸河东(郡名,今山西西南部),祠后土(地神),顾视帝京欣然,中流与群臣讌饮,上欢甚,乃自作《秋风辞》曰……"按:《汉书·武帝纪》,汉武帝曾多次去河东祭祀后土,此诗不知作于哪一次。历来评论家往往认为后二句有自悔之意,据此则当作于晚年。从诗的口吻看,其感叹人生易老的情绪确也似晚年之作。

【注释】

①秀:植物吐穗开花。 ②舡(chuán):船。今为"船"的异体字。有些选本径作"船"字。汾河:河流名。原出山西灵武西南管涔(cén)山,

西南流至河津市西南入黄河。　③横：横渡。素波：白色波浪。　④櫂（zhào）：一种划船工具，似桨，亦借指船。"櫂歌"即划船者所唱的歌。

瓠子歌

其　一

瓠子决兮将奈何①，皓皓旰旰兮闾殚为河②。
殚为河兮地不得宁，功无已时兮吾山平③。
吾山平兮巨野溢④，鱼沸郁兮柏冬日⑤。
延道弛兮离常流⑥，蛟龙骋兮方远游⑦。
归旧川兮神哉沛⑧，不封禅兮安知外⑨。
为我谓河伯兮何不仁⑩，泛滥不止兮愁吾人。
啮桑浮兮淮泗满⑪，久不反兮水维缓⑫。

【题解】

《瓠子歌》凡二首，见《史记·河渠书》。据《史记》言："今天子元光之中，而河决于瓠子，东南注巨野，通于淮泗。"检《汉书·武帝纪》元光三年（前132）五月，"河水决濮阳，氾郡十六。发卒十万救决河"。其后二十余年，汉武帝举行"封禅"仪式，路经其地，作《瓠子歌》二首。据此则这两诗作于元封元年（前110）。据《史记·河渠书》载，当时刘彻亲自到决口处,"令群臣从官自将军已下皆负薪填决河"。在黄河决口时,丞相田蚡认为河决为天事,非人力所能阻,所以长期不加治理。刘彻亲自见到现场,决心治水,故言"不封禅兮安知外"。

【注释】

①瓠子:地名,在濮阳南。按:汉濮阳在黄河北岸,则其地当在今河南濮阳附近。 ②皓(hào)皓旰(gàn)旰:水盛大无边的样子。闾:民居。殚(dān):尽。 ③吾山:山名,晋徐广认为即今山东东阿的鱼山(当时黄河在东阿之北)。吾山平:水涨到与吾山齐,一说伐山取土填河,连山也挖平了。二说都可通。 ④巨野:湖泊名。在今山东巨野北。当时让河水流入巨野泽,使巨野泽的水也溢出来了。 ⑤沸郁:同"怫郁",忧闷不乐的样子。柏:同"迫"。这句说巨野泽中流入黄河浊水,使鱼亦不得安生,迫近冬日,更为困苦。 ⑥延道:据徐广说,"延"一作"正"。弛,毁坏。这句是说河的正道已毁坏,所以水不按正常的路线流淌。 ⑦骋:驰骋。这句说连蛟龙亦不得安宁而远逃。 ⑧神哉沛:神的福佑深广。这句说水能回复旧道,是神的庇佑。 ⑨封禅:古代帝王登泰山祭天,以告成功的仪式。刘彻曾举行过封禅大典。这句是说刘彻自己不出行封禅,岂知外边的灾情如此严重。 ⑩河伯:黄河之神。《汉书·沟洫志》作"河公",意思相同。 ⑪啮桑:地名,在今江苏沛县西南。淮泗:淮河和泗水。当时黄河水从巨野泽流进淮河和泗水。这句说啮桑已被水淹,淮泗亦已满。 ⑫"久不"句:这句说水久不返正道,希望其流得缓些。

其 二

河汤汤兮激潺湲①,北渡污兮浚流难②。
搴长茭兮沉美玉③,河伯许兮薪不属④。
薪不属兮卫人罪⑤,烧萧条兮噫乎何以御水⑥。
颓林竹兮楗石菑⑦,宣房塞兮万福来⑧。

【题解】

　　这首诗是讲刘彻在发动吏民堵塞决口中遇到的困难以及在施工中采取的方法。在堵塞决口成功以后,曾在一个时期内对黄河水患起到了控制作用,所以刘彻也颇自以为功,而期望由此获得神的福佑。

【注释】

　　① 汤(shāng)汤:水流大而急的样子。潺湲(chán yuán):水流的样子。二字通常作流得缓慢解,而这里则作迅急解释。《汉书·沟洫志》颜师古注:"潺湲,激流也。" ② 污:即"汙"(yū)字,通"纡",指水流迂曲。《左传·成公十四年》:"婉而成章,尽而不汙。"按:《汉书》作"回",亦迂回之义。 ③ 搴(qiān):拔取,砍取。长茭(jiāo):竹子编成的缆绳,用它从低处提土石供用。一说是草,又一说为竹木竿。 ④ 属

(zhǔ)：连续。这里指供应不上。　⑤卫：指今河南省东北部卫辉、淇县及濮阳一带，春秋时为卫国。"罪"，见下注。　⑥"烧萧条兮"句：按：《史记·河渠书》云："是时东郡（汉郡名，在濮阳一带）烧草，以故薪柴少，而下淇园之竹，以为楗。""烧萧条"：指卫人烧草，使田野萧条，在治水时薪柴不够，所以说"何以御水"，这就是上句所谓"卫人罪"。　⑦颓（tuí）：同"颓"，这里指砍倒。"颓林竹"：指砍伐淇园的竹子。楗（jiàn）：柱子。这里作树立解。菑（zī）：树木立着枯死叫"菑"。石菑：指石柱。当时治河的办法是先在水中立柱，再填以土石。　⑧宣房：《汉书》作"宣防"，据《史记》载，刘彻堵塞黄河决口处以后，在这地方筑"宣房宫"。

李延年

李延年（？—前90），中山（今河北省定州市一带）人。《汉书·佞幸传》说他"身及父母兄弟皆故倡也。延年坐法腐刑"，在皇帝养狗的地方服役。因善歌舞为汉武帝所宠，他唱了这个歌后，汉武帝问："世上真有这美人吗？"于是平阳公主推荐李延年妹，汉武帝一见，立为夫人，有宠。李延年官至协律都尉。征和三年（前90）因李广利降匈奴事被杀。

歌

北方有佳人①，绝世而独立②。

一顾倾人城,再顾倾人国③。
宁不知倾城与倾国④,佳人难再得。

【题解】

这首歌名为歌颂美人,实即推荐其妹。此歌对后世作家影响甚大。"倾城倾国"已成为后人形容美女常用的词。白居易《长恨歌》"汉皇重色思倾国"虽喻唐玄宗,而用的就是这个典故。

【注释】

① "北方":指中山,在长安之北。 ② 绝世:超越世俗,言其美貌独越群女。 ③ "一顾"二句:言美女一顾盼,即使一城之人倾倒,再顾则使举国之人倾倒。 ④ 宁:这里作"岂"解释。

韦 孟

韦孟,彭城(今江苏徐州一带)人,宣帝时丞相韦贤五世祖。汉初楚元王刘交傅,至元王孙戊荒淫不道,韦孟作诗讽谏,刘戊不听,遂去位,居邹(今山东邹城市),作《在邹诗》。《汉书·韦贤传》谓:"或曰其子孙好事,述先人之志而作是诗也。"

讽 谏 诗

肃肃我祖①,国自豕韦②。黼衣朱绂③,四牡龙旂④。
彤弓斯征⑤,抚宁遐荒⑥,总齐群邦,以翼大商⑦。
迭彼大彭⑧,勋绩惟光⑨。至于有周,历世会同⑩。
王赧听谮⑪,寔绝我邦⑫。我邦既绝,厥政斯逸⑬。
赏罚之行,非繇王室⑭。庶尹群后⑮,靡扶靡卫⑯。
五服崩离⑰,宗周以队⑱。我祖斯微,迁于彭城⑲。
在予小子,勤诶厥生⑳。阢此嫚秦㉑,耒耜以耕㉒。
悠悠嫚秦,上天不宁㉓,乃眷南顾㉔,授汉于京。
於赫有汉㉕,四方是征,靡适不怀㉖,万国逌平㉗。
乃命厥弟,建侯于楚㉘,俾我小臣,惟傅是辅。
兢兢元王㉙,恭俭净壹㉚。惠此黎民,纳彼辅弼㉛。
飨国渐世㉜,垂烈于后。乃及夷王,克奉厥绪㉝。
咨命不永㉞,唯王统祀㉟。左右陪臣,此惟皇士㊱。
如何我王,不是守保㊲,不惟履冰㊳,以继祖考㊴。
邦事是废,逸游是娱,犬马繇繇㊵,是放是驱。
务彼鸟兽,忽此稼苗,烝民以匮㊶,我王以媮㊷。
所弘非德㊸,所亲非俊,唯囿是恢㊹,唯谀是信。
睮睮谄夫㊺,咢咢黄发㊻,如何我王,曾不是察㊼。
既藐下臣,追欲从逸㊽,嫚彼显祖,轻兹削黜㊾。
嗟嗟我王,汉之睦亲㊿。曾不夙夜㉕¹,以休令闻㉕²。

穆穆天子㊽,临尔下土㊾,明明群司,执宪靡顾㊿。
正遐繇近㊶,殆其怙兹㊷,嗟嗟我王,曷不此思㊸。
非思非鉴,嗣其罔则㊹。弥弥其失㊺,岌岌其国㊻。
致冰匪霜㊼,致队靡嫚㊽,瞻惟我王,昔靡不练㊾。
兴国救颠,孰违悔过㊿。追思黄发,秦缪以霸㊿。
岁月其徂㊿,年其逮耇㊿。於昔君子㊿,庶显于后㊿。
我王如何,曾不斯览。黄发不近,胡不时监㊿。

【题解】

据《汉书·韦贤传》,韦孟作楚王傅,历元王交、夷王郢至王戊凡三代。楚王刘戊行为放纵,据说他在为文帝母薄太后服丧期间私奸宫人,被削东海郡。他不服,又与吴王濞等合谋造反,兵败自杀。这时韦孟已经辞官离开楚王,去邹地居住。所以诗中并未讲到七国谋反之事,只是谏刘戊的好声色狗马、不关心民事和不亲近正人。此诗以古朴见长。清沈德潜认为此诗"拙重",去"变雅"(《诗经》中《大雅》《小雅》的怨刺诗)未远(《古诗源》卷二)。

【注释】

① 肃肃:处事庄敬的样子。《尔雅·释训》:"肃肃,敬也。"又云:"肃

肃,恭也。" ②豕韦:商代的诸侯国。《左传·襄公二十四年》载,晋士匄称其祖先,"在商为豕韦氏"。此处称"国自豕韦"指韦氏以祖先封国为姓。 ③黼(fǔ)衣:古代诸侯礼服上绣有黑白相间的斧形花纹,叫黼衣。朱绂(fú):古代系印章或佩玉用的丝带,亦诸侯的服饰。 ④四牡:四匹公马驾的车,古代贵族的车制。龙旂:古代王侯的仪卫有画着交龙的旗帜,以显示其身份。 ⑤彤弓:红色的弓。古代天子赏赐建有大功的诸侯以"彤弓",见《尚书·文侯之命》《诗经·小雅·彤弓》及《左传·僖公二十八年》。据《白虎通·号》云"大彭、豕韦,霸于殷者也",与夏之昆吾,周之齐桓、晋文合称五霸,故云"彤弓斯征",即得专征伐。 ⑥遐荒:遥远的地方。"抚宁遐荒"即指豕韦氏的霸业。 ⑦翼:辅佐。 ⑧迭:互。大彭:商时诸侯。颜师古注:"自言豕韦氏与大彭互为伯于殷商也。" ⑨勋绩惟光:指功勋广大。"光"通"广"。《荀子·劝学》:"天贵其明,地贵其光。" ⑩会同:诸侯相会。《论语·先进》:"宗庙会同,非诸侯而何?" ⑪王赧(nǎn):周朝最后一个王,姓姬名延,公元前314年至前251年在位,为秦所灭。譖:谗言。颜师古《汉书注》引应劭曰:"王赧,周末王,听谗受譖,绝豕韦氏也。" ⑫寔:"实"的异体字。 ⑬厥政:指周朝的政治。逸:《汉书注》引臣瓒说:"逸,放也。管仲曰:'令而不行曰放。'" ⑭繇:同"由"。这两句说赏罚之权,由不得周朝王室。 ⑮庶尹:众多的官员。《尚书·皋陶谟》:"庶尹惟谐。"群后:各诸侯。 ⑯靡:没有。这句说周朝众官、诸侯都没人去扶助和保卫周王。 ⑰五服:古代把天下分为"五服":天子的辖区叫"甸服",外边叫"侯服","侯服"外叫"宾服","宾服"以外为蛮夷之地,叫"要服",比"要服"

更远的为戎狄之区,叫"荒服"。见《国语·周语上》。 ⑱宗周:周王朝。《诗经·小雅·正月》:"赫赫宗周,褒姒灭之。"队:同"坠",倾覆。 ⑲蹇:古"迁"字。 ⑳诶(xī):叹词。厥生:同"厥性",《诗经·大雅·绵》:"文王蹶厥生",指文王改变了虞、芮二君的本性。这句说自己经常感叹自己的本性。 ㉑阤:同"陁",灾难。嫚(màn):轻侮。这句说自己遭到秦代轻侮士人之灾。 ㉒耒:犁柄。耜:犁铧。这句说自己拿着农具去耕地。 ㉓悠悠:漫长。上天不宁:上天因秦政暴虐而不安。 ㉔乃眷南顾:此句化用《诗经·大雅·皇矣》"乃眷西顾"句意,指上帝回头看着南方。因汉高祖起于丰沛,在咸阳之南,故曰"南顾"。颜师古注:"言以秦之京邑,授与汉也。" ㉕於(wū):称叹之辞。赫:光明。 ㉖适:往。这句是说汉兵所到,没有一处的人不来归附,即《孟子·梁惠王下》"东面而征西夷怨"之意。 ㉗迪:"攸"的古体字。这句说万国因此得以平定。 ㉘厥弟:指楚元王刘交,他是汉高祖的"同母少弟"。"建侯于楚":指封为楚王。"建侯"用《周易·屯·卦辞》"利建侯"典。 ㉙兢(jīng)兢:小心谨慎的样子。 ㉚净壹:《文选》作"静一",指静守一道。 ㉛黎民:百姓。"纳彼辅弼":听从辅佐之臣的劝谏。 ㉜飨:同"享"。渐世:没世。指直到去世。按:楚元王在位二十七年卒。 ㉝夷王:指刘郢。厥绪:指元王的遗业和馀风。 ㉞咨:叹息。不永:不长。按夷王立凡四年而卒。 ㉟"唯王"句:指刘戊继位,奉楚元王的祭祀。 ㊱皇士:颜师古释为"正士";李善释为"美士"。这两句说楚王身边的官员多为正直的人,应听从他们的劝告。 ㊲守保:指守住楚王的祖业。 ㊳不惟:不去思考。履冰:比喻小心谨慎。《诗经·小雅·小旻》:"战战兢兢,如临深渊,如履薄冰。" ㊴考:已死的父亲称考。这句指继承父祖之业。 ㊵繇繇:同"悠悠",行走的样子。这句说刘戊整日放狗驱马,不务正事。 ㊶烝民:百姓。"烝"是众的意思。《诗经·大雅·烝民》:"天生烝民。"匮:穷乏。 ㊷媮:同"愉",乐也。这句说刘戊反以为乐。 ㊸弘:大的意思。这句说刘戊看重的都是不合道德的事。 ㊹恢:大。这句说刘戊只顾扩大其园囿。 ㊺瞻(yú)瞻:自媚的样子。谄夫:专事奉承别人的人。 ㊻咢(è)咢:同"谔谔",正直不阿的样子。黄发:年老头发由黑变白,由白变黄,言年纪大。《尚书·秦誓》:"尚猷询兹黄发。" ㊼曾(céng):曾经。曾不是察:不曾考虑这个。 ㊽追:追求。从:同"纵"。 ㊾显祖:古人对祖先的美称。《尚书·文侯之命》:"汝克绍乃显祖。"削黜:削去爵土,黜去王位。指朝廷对诸侯王的惩罚。 ㊿睦亲:近亲。 ㋕夙夜:"夙"指"夙兴",早起;"夜"指"夜寐",意谓起早睡晚,勤于修德。 ㋖休:美好。令闻:好的名声。 ㋗穆穆:庄严的。 ㋘临:监督。 ㋙宪:法律。 ㋚"正遐"句:谓治理远处先从近处开始,即治天下先治皇室亲戚。 ㋛殆:大约。怙:依仗。这句说刘戊大约依仗自己是皇亲。 ㋜曷:何以。 ㋝嗣:后嗣。罔则:无所取法。 ㋞弥弥:稍稍地。失:过失。 ㋟岌(jí)岌:危险的样子。 ㋠致冰匪霜:这句实为反问句。语出《周易·坤·初六》:"履霜,坚冰至。"《象传》:"'履霜坚冰',阴始凝也。驯致其道,至'坚冰'也。"意谓见了霜就知道坚冰的日子快来了。比喻见小过不改,岂不会积累至大罪。 ㋡致队靡嫚:"队"同"坠",意谓难道招致颠覆不是由于轻慢。 ㋢练:阅历。这句说过去的先例你刘戊无不知道。 ㋣"孰违"句:意谓人谁能有过而不改悔。 ⑥⑥秦缪:即春秋时秦穆公,姓嬴,名任好。他不听蹇叔的劝告,出兵攻郑,被晋国打败。他悔过作《秦誓》,思念"黄发"(见前注㊻)。 ⑥⑦徂:过去。 ⑥⑧耇(gǒu):老。这句说一直到老。 ⑥⑨於(wū):叹辞。 ⑦⑩庶;近。这句说近乎能显名于后世。 ⑦①时:是,此。监:引以为鉴。

在 邹 诗

微微小子,既耇且陋①。岂不牵位,秽我王朝②。
王朝肃清,唯俊之庭③。顾瞻余躬,惧秽此征④。
我之退征,请于天子。天子我恤⑤,矜我发齿⑥。
赫赫天子,明悊且仁⑦。悬车之义⑧,以洎小臣⑨。
嗟我小子,岂不怀土。庶我王寤⑩,越迁于鲁⑪。
既去祢祖⑫,惟怀惟顾。祁祁我徒⑬,戴负盈路⑭。
爰戾于邹⑮,鬋茅作堂⑯。我徒我环,筑室于墙⑰。
我既蹇逝,心存我旧,梦我渎上⑱,立于王朝。
其梦如何,梦争王室⑲。其争如何,梦王我弼⑳。
寤其外邦,叹其喟然㉑。念我祖考,泣涕其涟㉒。
微微老夫,咨既迁绝㉓。洋洋仲尼㉔,视我遗烈㉕。
济济邹鲁㉖,礼义唯恭,诵习弦歌,于异他邦㉗。
我唯鄙耇,心其好而㉘。我徒侃尔㉙,乐亦在而。

【题解】

这首诗是韦孟在辞官迁邹以后所作。他本是彭城人，又长期在楚王那里做事，对家乡和楚王自然不能无所留恋。但到了邹鲁礼乐之乡，看到当地礼乐之兴盛，感怀孔子之遗教，使他和他的弟子都乐意留下。

【注释】

① 微微：渺小的样子。这两句说我小子很渺小既老且鄙陋。　② 牵位：留恋官位。秽我王朝：意谓恐沾污楚王之朝。　③ "王朝"二句：意谓只有使王朝严肃清静，才能成为俊杰聚集之庭。　④ "顾瞻"二句：意谓考虑到自己的鄙陋，怕沾污王朝所以出行。　⑤ 恤（xù）：怜悯。　⑥ 矜：哀怜。发齿：人老则发白齿落，这里代指年老。　⑦ 悊："哲"的假借字，聪明的意思。　⑧ "悬车"句：这句是说年逾七十，应辞官家居，不再用车。《白虎通·致仕》："臣年七十悬车致仕……"　⑨ 洎（jì）：到。　⑩ 寤：觉悟。　⑪ 越：发语词，无义。鲁：指汉代的鲁国，在今山东曲阜一带，当时邹地属鲁国（见《汉书·地理志》）。　⑫ 祢（mí）：近庙，如诸侯的父庙叫"祢"。祢祖：父祖的祠堂、坟墓。　⑬ 祁祁：众多的样子。徒：生徒。　⑭ "戴负"句：指韦孟的弟子们背着行囊跟他迁徙。　⑮ 爰：语助词。戻：到。邹：地名，指今山东邹城市。　⑯ 鬋（jiǎn）：除掉。　⑰ 筑室于墙：指门徒们在韦孟墙外建屋。　⑱ 渎上：韦孟在彭城时居彭城东里，地名"渎上"。　⑲ 梦争王室：梦到因王室之事而争论。　⑳ 弼：

违反。这句指刘戊不同意韦孟的话。　㉑"寤其"二句：意谓醒来知道身在外地，因而喟然叹息。　㉒涟：泪流不止。　㉓咨：叹。迁绝：迁徙外地，与旧居隔绝。　㉔洋洋：美好盛大的样子。仲尼：孔子的字。　㉕视：同"示"。指宣示我以遗训。　㉖"济济"句：谓邹鲁之地人才众多。　㉗"于异"句：谓与其他地方不同。　㉘而：语助词。　㉙侃尔：和乐的样子。

李　陵

李陵（？—前74）字少卿，陇西成纪（今甘肃秦安）人，名将李广之孙。汉武帝天汉二年（前99）率步兵五千人出征匈奴，屡破敌兵，以众寡不敌而败，遂降，留居匈奴中。汉朝杀其老母妻子，遂决心不回汉。李陵与苏武是朋友，交情颇深。但历来所传"苏李诗"非李陵所作，乃无名氏古诗，后人附会为李陵作。又《文选》有其《答苏武书》亦出后人拟托。只有这首诗见《汉书》，当无可疑。

别　歌

径万里兮度沙幕①，为君将兮奋匈奴②。
路穷绝兮矢刃摧，士众灭兮名已隤③。
老母已死，虽欲报恩将安归④。

【题解】

这首歌见《汉书·李广苏建传》，是苏武还汉时李陵置酒为他祝贺及送别时，起舞作歌。当时汉朝听信公孙敖等人误传消息，诛杀了李陵的母亲、弟弟和妻子，因此李陵已决心不回汉。但苏武回去时，他对苏武说自己的投降本想找机会报答汉朝，现在已无法做到。此歌原来并无题目，今姑用沈德潜《古诗源》所加"别歌"之名。

【注释】

①度：越过。沙幕：同"沙漠"。　②奋：奋勇。这句说身为汉朝的将领奋勇与匈奴作战。　③隤（tuí）：坠毁。　④"老母"二句：这两句说自己老母已死，无法报恩，也无从回汉了。

刘　细　君

刘细君，汉江都王刘建女，武帝元封（前110—前105）中，汉武帝以她为公主，嫁乌孙王昆莫，昆莫年老，把她嫁给孙子岑陬，后卒于乌孙。

悲　愁　歌

吾家嫁我兮天一方，远托异国兮乌孙王①。

穹庐为室兮旃为墙②,以肉为食兮酪为浆。
居常土思兮心内伤,愿为黄鹄兮还故乡。

【题解】

此歌见《汉书·西域传下》,据云刘细君作为公主嫁乌孙昆莫后,昆莫年老,言语不通,她悲愁而作此歌。此歌原来亦无标题,姑从沈德潜《古诗源》所加"悲愁歌"之名。

【注释】

①乌孙:汉代西域少数民族所建国名,约在今新疆伊犁河流域。
②旃:同"毡"。

杨　　恽

杨恽(?—前56)字子幼。华阴(今属陕西)人,司马迁外孙。霍光子霍禹作乱,他事先知道并告发,以功封平通侯,官至光禄勋。后坐事被免官削爵,因此心怀怨望,友人孙会宗作书劝诫,他答书中有怨言,因此被下狱腰斩。所作《报孙会宗书》见《汉书》及《文选》。

歌　诗

田彼南山，芜秽不治。种一顷豆①，落而为萁②。
人生行乐耳，须富贵何时③。

【题解】

这首诗亦被朝廷作为怨谤的罪证之一。据颜师古《汉书注》引晏说以为，"南山"是山，指君主；"芜秽不治"指朝政秽乱；"一顷豆"指百官；"落而为萁"指自己被弃。这种解说未免过于穿凿，但从诗的情调看来，作者有牢骚则为事实。

【注释】

①一顷：一百亩。　②萁（qí）：豆茎。　③须富贵何时：何苦要求富贵呢。

韦　玄　成

韦玄成（？—前36）字少翁，鲁国邹（今山东邹城）人，宣帝时丞相韦贤子，袭爵扶阳侯，历官河南太守、未央卫尉、太常等，以杨恽事被免，削爵为关内侯。后拜淮阳中尉，元帝时官至丞相。有诗二首，皆见《汉书·韦贤传》。

自 劾 诗

赫矣我祖①，侯于豕韦②，赐命建伯③，有殷以绥④。
厥绩既昭，车服有常⑤。朝宗商邑⑥，四牡翔翔⑦。
德之令显⑧，庆流于裔⑨，宗周至汉，群后历世⑩。
肃肃楚傅⑪，辅翼元、夷，厥驷有庸⑫，惟慎惟祇⑬。
嗣王孔佚⑭，越迁于邹。五世圹僚⑮，至我节侯⑯。
惟我节侯，显德遐闻⑰，左右昭、宣⑱，五品以训⑲。
既耇致位⑳，惟懿惟奂㉑。厥赐祁祁㉒，百金洎馆㉓。
国彼扶阳㉔，在京之东，惟帝是留，政谋是从㉕。
绎绎六辔㉖，是列是理，威仪济济，朝享天子。
天子穆穆，是宗是师㉗，四方遐尔㉘，观国之辉㉙。
茅土之继㉚，在我俊兄㉛，惟我俊兄，是让是形㉜。
於休厥德㉝，於赫有声㉞。致我小子，越留于京。
惟我小子，不肃会同㉟，婧彼车服㊱，黜此附庸㊲。
赫赫显爵，自我队之㊳；微微附庸，自我招之。
谁能忍愧，寄之我颜㊴；谁将遐征，从之夷蛮㊵。
於赫三事㊶，匪俊匪作㊷，於蔑小子㊸，终焉其度㊹。
谁谓华高㊺，企其齐而㊻；谁谓德难，厉其庶而。
嗟我小子，于贰其尤㊼，队彼令声，申此择辞㊽。
四方群后，我监我视㊾，威仪车服，唯肃是履㊿。

【题解】

　　这首诗见《汉书·韦贤传》，是韦玄成遭杨恽事失官削爵后所作。此诗在手法上与前面韦孟之作有些相似。据《汉书》说韦孟诗可能是子孙所作，因此是"韦孟诗"仿此诗还是此诗仿韦孟诗很难断定。但从诗的行文看来，韦孟二首似更古拙，而此诗末段颇有有意模仿《诗经》的痕迹。

【注释】

　　①"赫矣"句：赞叹其祖先的显赫高贵。　②侯：封为诸侯。《诗经·鲁颂·閟宫》："乃命鲁公，俾侯于东。"　③伯：同"霸"。这句说商王赐命豕韦氏为霸。　④绥：安。　⑤"厥绩"二句：意谓豕韦既建立显著功勋，车服自应按常例晋升。　⑥朝宗商邑：指豕韦氏去朝见商王。　⑦翔翔：安适的样子。　⑧令：善。显：光明。　⑨庆：吉庆。《周易·坤·文言》："积善之家，必有馀庆。"裔（yì）：子孙。　⑩"群后"句：意谓历世皆有官职。　⑪楚傅：指韦孟。　⑫厥驷：他所乘四匹马驾的车。庸：常，正常的礼制。　⑬祇（zhī）：恭敬。　⑭嗣王：指楚王刘戊。孔：甚。佚：淫佚。　⑮圹：空旷。僚：官职。这句说从韦孟以后五世没有官职。　⑯节侯：指韦贤，他封扶阳侯，死谥节侯。　⑰显德：盛德。遐闻：闻于远方。　⑱左右：辅助。昭：指汉昭帝刘弗陵，公元前86—前74在位。宣：指汉宣帝刘询，公元前73—前49年在位。这句指韦贤曾授昭帝《诗经》，后又在宣帝时为丞相。　⑲五品：指"五常"，即父、母、兄、弟、子。

训：治理。　⑳致位：即致仕，告老。　㉑懿：美好。奂（huàn）：盛。　㉒祁祁：颜注："行来貌"，即陆续地送来。　㉓洎：及。馆：指韦贤在长安的寓所。　㉔国彼扶阳：封侯国于扶阳。扶阳：地名，属沛郡，在今江苏沛县一带。　㉕"惟帝"二句：意谓皇帝把韦贤留在京城，听从他对政事的意见。　㉖绎绎：形容驾马驾得安稳的样子。六辔（pèi）：六根马缰绳，古代官员驾四马，本八根缰绳，其中有两根不用，系在轼前，故称"六辔"。《诗经·秦风·小戎》："六辔在手。"　㉗是宗是师：指天子尊崇韦贤，以他为师。　㉘遐尔：同"遐迩"。　㉙辉（huī）：光辉。此句出自《周易·观·六四》："观国之光，利用宾于王。"　㉚茅土：指封国。古代诸国受封土邑，要向天子贡上祭祀时用以漉酒的茅草，故称"茅土"。这句说继承韦贤的侯爵。　㉛俊：才德过人。俊兄：指韦玄成兄韦弘。韦弘为太常丞，烦剧多罪过，父令其免职。韦弘为让爵不自免。及韦贤卒，人们强使韦玄成袭爵（见《汉书·韦贤传》），故下句言其让。　㉜形：明显。这句说韦弘让爵之事人所共见。　㉝於（wū）休："於"叹辞，休，美好。　㉞赫：显著。有声：有声名。《诗经·大雅》有《文王有声》篇。　㉟不肃会同：在诸侯集会时不恭敬（"会同"见前韦孟《谏诗》注⑩）。　㊱媠：同"惰"，懈怠。这句意谓自己在车服制度上不谨慎，违反了规定。　㊲附庸：指关内侯。关内侯比列侯为低。这句说自己犯了罪，削去扶阳侯爵，降为关内侯。　㊳"赫赫"二句：自怨之辞，谓显赫的侯爵，在我手里丢了（"队"同"坠"，见前）。　㊴"谁能"二句：这两句自称已无法忍此耻辱，谁能忍此辱，就把自己的脸皮寄在他身上。　㊵"谁将"二句：这句说自己无脸见人，只能到夷蛮之地去。　㊶三事：三公之位（汉代以丞相、太尉、御史大夫为"三公",后来官名有更改)。"於赫","於",叹词,赫,显赫。 ㊷"匪俊"句:谓不是才德出众者不能作。 ㊸蔑:微小。 ㊹终焉:终当。度(duó):思量。这句说我终究想争取当上三公。 ㊺华:华山,在今陕西华阴市南。 ㊻企:期望。而:语助词。 ㊼于贰其尤:再次犯过失。"贰":贰过,再次犯过失。尤:过失。 ㊽择辞:可择之辞,指善言。 ㊾"我监"句:指以我为监戒。 ㊿履:履行。这句说只有实行恭敬之道,才可无过失。

戒子孙诗

於肃君子,既令厥德①。仪服此恭②,棣棣其则③。
咨余小子,既德靡逮④,曾是车服,荒嫚以队⑤。
明明天子,俊德烈烈⑥,不遂我遗⑦,恤我九列⑧。
我既兹恤,惟夙惟夜⑨,畏忌是申,供事靡惰⑩。
天子我监,登我三事⑪。顾我伤队,爵复我旧⑫。
我既登此,望我旧阶⑬,先后兹度⑭,涟涟孔怀⑮。
司直御事⑯,我熙我盛⑰;群公百僚,我嘉我庆。
于异卿士,非同我心⑱。三事惟蹙,莫我肯矜⑲。
赫赫三事,力虽此毕⑳,非我所度,退其罔日㉑。
昔我之队,畏不此居㉒,今我度兹,戚戚其惧㉓。
嗟我后人,命其靡常,靖享尔位㉔,瞻仰靡荒㉕。
慎尔会同,戒尔车服,无媠尔仪,以保尔域㉖。

尔无我视，不慎不整㉗；我之此复，惟禄之幸㉘。
於戏后人㉙，惟肃惟栗㉚。无忝显祖㉛，以蕃汉室㉜。

【题解】

　　这是韦玄成在被任为丞相并复封扶阳侯以后为告诫其子孙而作。他由于早年曾遭罢官免爵，所以心里一直很担心再犯过失，谆谆告诫他的子孙们，做人处事要小心谨慎，遵守法度。他的出发点显然是愿子孙们长享富贵，但汉朝的大臣封侯者，其子孙大抵骄奢淫逸，不得善终，所以此诗还是有一定意义的。

【注释】

　　① 令：善。这两句说君子应该处事敬慎，使其德行善良。　② 仪服：威仪和服饰都要做到恭敬。　③ 棣棣：娴习的样子。《诗经·邶风·柏舟》："威仪棣棣。"这句指应取法娴习威仪的人。　④ 既德靡逮：既然德行上没有做到。　⑤ "曾是"二句：言即因车服方面荒慢不敬，使我失去侯爵。　⑥ 俊德：盛大的德行。烈烈：光明的样子。　⑦ 不遂我遗：不从此遗弃我。　⑧ 恤：怜悯。九列：九卿。指元帝刘奭（前48—前33在位）即位，任韦玄成为少府。　⑨ 惟夙惟夜：指早起晚睡，勤于职事。　⑩ 申：指自我约束。　⑪ 登我三事：指任韦玄成为御史大夫，又任丞相。　⑫ 爵复我旧：指重封扶阳侯。　⑬ 望我旧阶：看我旧的官爵。　⑭ 先后：指其父韦

贤。度：颜注引臣瓒说"案古文'宅''度'同"。这句说我先父曾居此官（指丞相）。 ⑮孔怀：深深怀念其先父。 ⑯司直：指丞相司直，官名，丞相的属官。御事：职掌事务的人。 ⑰熙：兴。这句说帮我兴盛，即助我做好政事。 ⑱"于异"二句：说众官来祝贺我，其用心与我不同，不是该贺，而是该帮助我。 ⑲囏：古"艰"字。这两句说三公很艰难，却无人同情。 ⑳力虽此毕：意谓我虽用尽了力。 ㉑退其罔日：指自己被黜退已没有几天。 ㉒"昔我"二句：是说我从前失去官爵时惟恐不居此官。 ㉓戚戚：忧虑的样子。 ㉔靖：谋。享：当。这句说要想到怎样去适应自己的地位。 ㉕"瞻仰"句：看着祖先业绩不敢怠荒。 ㉖域：指侯爵封地。 ㉗"尔无"二句：你们不要给我看到不谨慎不整齐的行为。 ㉘惟禄之幸：指自己所得禄位是天幸。 ㉙於戏：读作"呜呼"。 ㉚肃：敬。栗：指小心谨慎，战战慄慄。 ㉛无忝：不要玷污。显祖：美好的祖先。 ㉜蕃：同"藩"。这句是告诫子孙作汉朝的屏藩，保护汉室。

息 夫 躬

息夫躬（？—前1）字子微，河内河阳（今河南孟县西）人，哀帝初年被召待诏，后升为光禄大夫左曹给事中，封宜陵侯。因卷入外戚傅宴与宠臣董贤争权事，被系狱，死。（按：逯钦立《先秦汉魏晋南北朝诗》第116页谓息夫躬以建平二年系狱死，恐非。据《汉书·息夫躬传》，息夫躬系狱之年有日蚀，而《哀帝纪》元寿元年、二年并有日蚀。

又《哀帝纪》，息夫躬封侯在建平四年，则系狱卒之年当为元寿二年而非建平二年。）

绝 命 辞

玄云泱郁①，将安归兮。鹰隼横厉，鸾俳佪兮②。
赠若浮淼③，动则机兮④。丛棘栈栈⑤，曷可栖兮。
发忠忘身，自绕罔兮⑥。冤颈折翼⑦，庸得往兮⑧。
涕泣流兮萑兰⑨，心结愲兮伤肝⑩。
虹蜺曜兮日微⑪，孽杳冥兮未开⑫。
痛入天兮鸣呼⑬，冤际绝兮谁语⑭。
仰天光兮自列，招上帝兮我察。
秋风为我唫⑮，浮云为我阴。
嗟若是兮欲何留⑯，抚神龙兮揽其须⑰。
游旷迥兮反亡期⑱，雄失据兮世我思⑲。

【题解】

　　这首诗见于《汉书·息夫躬传》，据《汉书》说，此诗作于息夫躬刚为待诏之时，但后来应验了。根据《汉书》本传，息夫躬其人似亦非正直之士。不过汉哀帝在位年数短促，且与后来执政的王莽政见相反，所以人们对哀帝任用的人物，稍有好评。当然，息夫躬卷入傅宴、董贤之争，恐亦不足称道。

【注释】

①泱郁：形容玄云浓密的样子。　②隼（sǔn）：一种凶猛的鸟。厉：飞行迅速。俳佪：同"徘徊"，形容失去安身之所。　③矰：一种带绳的箭，用以射鸟。猋（biāo）：即飙，疾风。　④机：指发射。　⑤找找：一作"栈栈"，众多的样子。　⑥自绕罔兮：罔通网。这句以鸟自喻，说自投于谗人之网。　⑦冤：屈。这句承上句，谓如鸟之屈颈折翼。　⑧庸得往兮：意谓何用得去。　⑨㴋兰：同"汍澜"，流泪不止的样子。晋欧阳建《临终诗》："挥笔涕汍澜。"　⑩结㐫（gū）：紊乱。　⑪"虹蜺"句：颜师古注引张晏曰："虹蜺，邪阴之气，而有照曜，以蔽日月。云谗言流行，忠良浸微也。"　⑫孽：邪气。杳冥：昏暗。　⑬呼：号呼。　⑭"冤际"句：意谓蒙冤而被君主隔绝，向谁申诉。　⑮唫：同"吟"。　⑯"嗟若是"句：谓遭遇如此变故何用留在人世。　⑰摅：同"揽"，拿着。　⑱旷迥：空阔遥远的地方。反：同"返"。　⑲"雄失据"句：颜师古注认为"雄"指君主；"据"指尊位。意谓君主失去尊位，才会想到我。

班　婕　妤

班婕妤（约前48—前6），名不详，楼烦人（今山西朔州）人。婕妤（jiē yú）是汉代宫中女官名。成帝初入宫，颇受宠。后宠衰，自求供养太后于长信宫。作《自悼赋》，见《汉书·外戚传》。成帝死后，她充奉园陵，卒葬园中。《文选》和《玉台新咏》皆载其《怨歌行》一首，但自六朝时已有人疑为别人所作。有人认为是三国魏伶人作,亦有学者主张乃班婕妤自作。

怨　歌　行

新裂齐纨素①,鲜洁如霜雪。
裁为合欢扇②,团团似明月③。
出入君怀袖,动摇微风发。
常恐秋节至,凉风夺炎热。
弃捐箧笥中④,恩情中道绝。

【题解】

　　这首诗属《相和歌辞·楚调曲》,《文选》中列入"乐府"一类。逯钦立先生认为可能为魏伶人作,可备一说。但此诗与班婕妤身世确颇相似。江淹《杂体诗三十首》中就有一首《班婕妤·咏扇》(见卷三十)。可见历来都归入班婕妤名下。现在看来此诗似难定为她的作品,姑置于此。

【注释】

　　① 纨素:丝织品名。"纨"是细绢,亦即"素"。(《说文》:"纨,素也。")

古时的纨以齐地所产为好,故称"齐纨素"。 ②合欢扇:有合欢图形的扇。 ③团团:形容圆形。一作"团圆"。 ④箧(qiè):箱子。笥(sì):盛衣物的竹器。

马　援

马援(前13—49)字文渊,扶风茂陵(今陕西西安北)人。早年为郡督邮,王莽败后,先到凉州避乱,后归光武帝,为太中大夫、陇西太守等官,平先零羌,后率军平五溪蛮,卒于军。

武　溪　深

滔滔五溪一何深①,鸟飞不度兽不敢临②。
嗟哉五溪多毒淫③。

【题解】

"武溪"为武陵五溪之一,"武"一作"潕"。此诗见《古今注》中,乃马援晚年南征"五溪蛮"时所作。在这次战争中,马援部下士兵多染疫病死,马援亦死于军中。据说他作此诗时,有个门生叫爰寄生,善吹笛,马援作此诗和之。

【注释】

①五溪：地名，在今湖南辰溪一带。"五溪"为雄溪、樠溪、酉溪、潕溪和辰溪，都是少数民族"五溪蛮"所居。 ②"鸟飞"句：指五溪地区暑热，且有疫气，故鸟兽也不敢过。 ③多毒淫：指疫气流行。

白狼王唐菆

白狼王唐菆（zōu），东汉时西南少数民族首领，据《后汉书·西南夷传》，这些少数民族号"莋（zuó）都夷"，分为白狼、槃木、唐菆等百馀国。其地约当今四川西南，在西昌西南川滇边界一带。白狼王唐菆生平不详，只知道他在明帝永平（58—75）年间曾到洛阳朝见汉帝并献诗三首。

远夷乐德歌诗

大汉是治，与天合意①。吏译平端，不从我来②。
闻风向化，所见奇异。多赐缯布，甘美酒食。
昌乐肉飞，屈申悉备③。蛮夷贫薄，无所报嗣。
愿主长寿，子孙昌炽。

【题解】

这三首诗都见《后汉书·南蛮西南夷列传》,每首诗一句之下都附有用汉字所记少数民族语音的原音,说明这三首诗系当时汉人译文。原文初见《东观汉记》,可确信为当时文字。这些诗从整体上看,文从字顺,但有个别句子颇费解。

【注释】

①"大汉"二句:这两句说汉朝的统治适合天意。 ②"吏译"二句:这两句不好解,疑指当地从事翻译者没有随来。 ③"昌乐"二句:不详,待考。可能是讲汉朝送给他们的礼物或招待的物品。

远夷慕德歌诗

蛮夷所处,日入之部①。慕义向化,归日出主②。
圣德深恩,与人富厚③。冬多霜雪,夏多和雨④。
寒温时适,部人多有⑤。涉危历险,不远万里。
去俗归德,心归慈母。

【题解】

这首诗似专讲汉帝恩德,有些内容恐是汉人用董仲舒的"天人感应"思想加于少数民族。如"冬多霜雪"四句,就是说天子"有德",使阴阳调和,连少数民族地区也风调雨顺。

【注释】

① 日入之部:日入于西边,"莋都"地处长安、洛阳之西。 ② 日出主:因汉朝都城在东,故以"日出主"称汉帝。 ③ 与人富厚:指汉帝有德,风调雨顺,使西南少数民族也富了起来。 ④ "冬多"二句:指四季节令正常,使农牧业得以丰收。 ⑤ 部人多有:指部落中人口增长。

远夷怀德歌

荒服之外①,土地墝埆②。食肉衣皮,不见盐谷。
吏译传风,大汉安乐。携负归仁③,触冒险陕④。
高山岐峻⑤,缘崖磻石⑥。木薄发家⑦,百宿到洛。
父子同赐,怀抱匹帛。传告种人,长愿臣仆。

【题解】

此首述少数民族地区生活条件之艰苦及来到洛阳的道路艰险。

【注释】

①荒服：离帝王都城遥远之地，详见前。　②垆埆（qiāo què）：土地贫瘠。　③携负：指扶老携幼。　④陕（qià）：狭隘。　⑤岐：指路多歧途。　⑥磻：同"磐"，大石。　⑦木薄：不详。

梁　鸿

梁鸿　字伯鸾，扶风平陵（今陕西咸阳西北）人，生卒年不详。东汉初曾受业太学，后在上林苑中牧豕，误失火延烧他舍，尽以豕偿之，不足，以身为佣。后归乡里。娶孟光为妻，耕织霸陵山中，后东出关，作《五噫歌》，遂居齐鲁之间，有顷，适吴，卒葬吴，妻子归乡里。

五 噫 歌

陟彼北芒兮①，噫！
顾览帝京兮，噫！
宫室崔嵬兮②，噫！
人之劬劳兮③，噫！
辽辽未央兮④，噫！

【题解】

这首诗见于《后汉书·逸民·梁鸿传》,乃梁鸿从关中去"齐鲁之间"时路过洛阳所作。本传云"肃宗(章帝)闻而非之,求鸿不得",则当作于章帝年间(76—88)。当时东汉的政局还算承平,梁鸿已看出百姓的劳苦。这首诗虽短,对后世却有较大影响。李白《经乱离后天恩流夜郎忆旧游书怀赠江夏韦太守良宰》中"儿戏不足道,五噫出西京"二句,即用此诗典故。

【注释】

①北芒:同"北邙",即洛阳城北的北邙山(见前)。 ②崔嵬:高的样子。 ③劬(qú):劳累。 ④辽辽:漫长。未央:无尽。

适 吴 诗

逝旧邦兮遐征,将遥集兮东南①。
心惙怛兮伤悴②,志菲菲兮升降③。
欲乘策兮纵迈,疾吾俗兮作谗④。
竞举枉兮措直⑤,咸先佞兮唌唌⑥。
固靡愆兮独建⑦,冀异州兮尚贤⑧。
聊逍摇兮遨嬉⑨,缵仲尼兮周流⑩。

觊云睹兮我悦，遂舍车兮即浮⑪。
过季札兮延陵⑫，求鲁连兮海隅⑬。
虽不察兮光貌⑭，幸神灵兮与休⑮。
惟季春兮华阜⑯，麦含含兮方秀⑰。
哀茂时兮逾迈⑱，愍芳香兮日臭⑲。
悼吾心兮不获，长委结兮焉究⑳。
口嚣嚣兮余讪㉑，嗟恓恓兮谁留㉒。

【题解】

此诗亦见《后汉书·逸民·梁鸿传》，写作年代当晚于《五噫歌》。从这首诗看来，梁鸿也并非不想做一番事业，他远适吴地，也想访求理解他的人。但在那里，也只能"为人赁舂"，但他的志节则颇受人敬重。

【注释】

①集：本指鸟停在树上，这里用引申义，指人停留。此句是说自己要远去吴地居住。吴在今江苏苏州一带，故称东南。 ②惙（chuò）：忧愁。怛（dá）：悲苦。 ③菲菲：形容心情上下不定的样子。 ④"欲乘"二句：意谓自己想驾车疾驶（比喻干一番业绩），但恨世俗的谗言流行。 ⑤"举枉""措直"：提拔不正直的人，忽视正直的人。语出《论语·为

政》:"举直错诸枉,则民服;举枉错诸直,则民不服。"(按:"错",《后汉书》李贤注引作"措"。) ⑥唌(yán)唌:李贤注:"逸言捷急之貌。" ⑦慙:同"惭"。独建:独立,指行为与众不同。 ⑧冀:希望。异州:指吴。尚贤:崇尚贤人,《墨子》有《尚贤》篇。 ⑨逍摇:同"逍遥"。遨(áo):游玩。 ⑩缵(zuǎn):继承。这句说继承孔子周游列国的事。 ⑪浮:指船。 ⑫季札:春秋时吴国的公子,他的几个哥哥都想让国给他,他不受,被视为高洁的贤士。延陵:地名,季札的封地。在今江苏常州。 ⑬鲁连:即鲁仲连,战国时齐国的高士,《战国策·赵策》载其却秦存赵故事,历来传为美谈。他是齐人,故称"海隅"。 ⑭光貌:光采的仪容。 ⑮幸神灵兮与休:希望与季札、鲁仲连的神灵同有美德。 ⑯华阜:开花茂盛。 ⑰含含:包而未露的样子。 ⑱茂时:万物盛长之时。逾迈:远行。 ⑲臭:败坏。 ⑳究:穷尽。 ㉑口嚣嚣兮余讪:指众口纷杂地诽谤自己。 ㉒恇(kuāng)恇:恐惧的样子。

班　　固

班固(32—92)字孟坚,扶风安陵(今陕西咸阳东北)人,东汉史学家、文学家。父班彪曾续司马迁《史记》,未竟卒。班固继作,有人告其私作国史,下京兆狱。弟超上书明帝,帝令上其书。遂召固为著作郎,兰台令史,受诏作《汉书》。班固又为辞赋大家,所作《两都赋》《幽通赋》皆名篇。和帝时,大将军窦宪征匈奴,以固为中护军,作《封燕然山铭》。

窦宪诛死,被连累下狱,死狱中,著《汉书》《白虎通义》,又有集十七卷,后人辑有《班兰台集》。

咏 史

三王德弥薄①,惟后用肉刑②。
太仓令有罪③,就逮长安城。
自恨身无子,困急独茕茕④。
小女痛父言,死者不复生。
上书诣北阙⑤,阙下歌《鸡鸣》⑥。
忧心摧折裂,《晨风》激扬声⑦。
圣汉孝文帝⑧,恻然感至诚。
百男何愦愦⑨,不如一缇萦⑩。

【题解】

此诗见《文选》王元长《永明九年策秀才文》李注及《史记·扁鹊仓公列传》正义。诗中说到的太仓令为西汉吕后至文帝时人,是位医学家,因犯罪当逮捕至长安,其女缇萦(tí yíng)向皇帝上书,感悟汉文帝,为之除肉刑。此诗文辞质朴,锺嵘评云:"孟坚才疏,而老于掌故。观其《咏史》,有感叹之词。"(《诗品·下品》)

【注释】

①三王：指夏、商、周三代。 ②"惟后"句：意谓三王之后，有了肉刑。按：此语或指周穆王时的《吕刑》，始定五刑。 ③太仓令：即"仓公"，齐临淄（今属山东）人，姓淳于名意，事迹见《史记·仓公列传》。 ④茕（qióng）茕：孤苦的样子。 ⑤北阙：指皇帝的宫殿。"阙"是宫门前的望楼。宫殿坐北朝南，故称"北阙"。 ⑥《鸡鸣》：《文选》李善注用《诗经·齐风·鸡鸣》释此句，说是"冀夫人及君早起而视朝"的意思，似不甚妥切。按：《相和歌辞·相和曲》有"刑法非有贷，柔协正乱名"之句，疑用此意。 ⑦《晨风》：指《诗经·秦风·晨风》，用其"忧心钦钦""忧心靡乐"之意。 ⑧圣汉孝文帝：指汉文帝，姓刘名恒，高祖刘邦子，公元前179年至前157年在位。他在位时躬行节俭、与民休息，在汉代号贤君。 ⑨愦愦：糊涂的样子。《文选注》作"愤愤"，今从《史记正义》。 ⑩缇萦：仓公淳于意之女，事见《题解》。

傅　毅

傅毅（？—90？）字武仲，扶风茂陵（今陕西西安北）人，明帝时习章句，章帝建初（76—83）为兰台令史，历任车骑将军马防及大将军窦宪司马，卒。《隋书·经籍志》著录其集二卷，今佚。其作品以《文选》所录《舞赋》为最有名。

迪 志 诗

咨尔庶士①，迨时斯勖②。日月逾迈，岂云旋复③。
哀我经营，旅力靡及④。在兹弱冠，靡所庶立⑤。
於赫我祖，显于殷国⑥。二迹阿衡⑦，克光其则⑧。
武丁兴商⑨，伊宗皇士⑩。爰作股肱，万邦是纪⑪。
奕世载德，迄我显考⑫。保膺淑懿⑬，缵修其道。
汉之中叶，俊乂式序⑭。秩彼殷宗，光此勋绪⑮。
伊余小子，秽陋靡逮。惧我世烈，自兹以坠⑯。
谁能革浊，清我濯溉⑰。谁能昭暗，启我童昧⑱。
先人有训，我讯我诰。训我嘉务，诲我博学。
爰率朋友，寻此旧则。契阔夙夜⑲，庶不懈忒⑳。
秩秩大猷，纪纲庶式㉑。匪勤匪昭，匪壹匪测㉒。
农夫不怠，越有黍稷㉓。谁能云作，考之居息㉔。
二事败业，多疾我力㉕。如彼遵衢，则罔所极㉖，
二志靡成，聿劳我心㉗。如彼兼听，则溷于音㉘。
於戏君子，无恒自逸。徂年如流，鲜兹暇日。
行迈屡税，胡能有迄㉙。密勿朝夕㉚，聿同始卒㉛。

【题解】

此诗见《后汉书·文苑·傅毅传》。据《后汉书》，知此诗

是永平（58—75）间作于平陵，当为傅毅青年时代所作（据陆侃如先生推测，傅毅享年约五十余）。此诗乃自勉之辞，其手法与韦孟及韦玄成之作略相似，可能受过韦孟等影响。

【注释】

①咨：嗟叹声：庶士，众多士人。 ②迨（dài）：及。勖（xù）：同"勗"，勉励。 ③"日月"二句：指时间的流失，是不会回来的。 ④经营：指经营仁义之道。旅力：李贤注以为"陈力"，即发挥出的力量。《尚书·秦誓》"旅力既愆"；《诗经·小雅·北山》"旅力方刚"。 ⑤弱冠：古人年二十叫"弱冠"。《礼记·曲礼上》："二十曰弱冠"。靡所庶立：没有什么可略以立身之才德。 ⑥我祖：指商代名臣傅说，相武丁，使殷代复兴。 ⑦阿衡：指商汤的辅佐伊尹。"二迹阿衡"：指傅说的功迹实同第二个伊尹。 ⑧克光其则：能光大伊尹之遗则。 ⑨武丁：商代中兴之主，号为"高宗"，曾伐鬼方。 ⑩伊宗皇士：惟尊美士（指傅说）。 ⑪万邦是纪：为万方之纲纪。 ⑫奕世载德：世代有德行。《国语·周语上》："奕世载德。"迄：到。显考，父死曰"考"，显考：美善的父亲。 ⑬膺：当。淑：善，懿：美。这句颂其能保其善美之德。 ⑭俊乂：有才德的杰出人才，指傅介子，北地人，官至平乐监，出使西域，平楼兰，以功封义阳侯。事见《汉书》本传。 ⑮"秩彼"二句：是说汉代继殷高宗用傅说之事，用其后人傅介子。 ⑯"惧我"二句：言自己怕毁了累世的功业。 ⑰"谁能革浊"二句：谓谁能帮我洗濯去污浊而得以清洁。 ⑱昭暗：使

愚暗的人明白。童昧：谓愚蒙。 ⑲契阔：劳苦。《文选》陆机《吴王郎中时从梁陈作诗》："契阔逾三年。"又谢朓《拜中军记室辞随王笺》："契阔戎旃。" ⑳忒：过失。 ㉑秩秩：美也。大猷：大道。庶：众。式：法。 ㉒"匪勤"二句：是说不勤勉，不能明白大道；不专一，不能深入理解。 ㉓"农夫"二句：语出《尚书·盘庚》："若农服田力穑乃亦有秋。" ㉔"谁能"二句：意谓谁能有所作为必成于勤劳，居息闲暇的人不能有成功。 ㉕"二事"二句：意谓做事不专一，则多浪费其力。 ㉖遵衢：行进于大路上。这两句说像行道而不专一，则走不到目的地。 ㉗"二志"二句：有了二志的人，没有成就，空劳心思。聿：语助词。 ㉘"如彼"二句：意谓同时听两种声音，则相混而听不清。 ㉙税：放下车驾不走。迄：到达。 ㉚密勿：努力勤勉。 ㉛始卒：终始。这句说要始终如一。

张　　衡

张衡（78—139）字平子，南阳西鄂（今河南南召）人。少善属文，游学关中，至洛阳。和帝时，举孝廉，不行。安帝时拜郎中，为太史令，顺帝时为河间相，视事三年，上书辞官。卒。张衡精天文、历算，作浑天仪、地动仪。又善文学，其《二京赋》《归田赋》《思玄赋》皆有名。《隋书·经籍志》著录其集十一卷。明张溥辑有《张河间集》。

同 声 歌

邂逅承际会①，得充君后房②。
情好新交接③，恐慄若探汤④。
不才勉自竭，贱妾职所当⑤。
绸缪主中馈⑥，奉礼助蒸尝⑦。
思为苑蒻席⑧，在下蔽匡床⑨。
愿为罗衾帱⑩，在上卫风霜。
洒扫清枕席，鞮芬以狄香⑪。
重户结金扃，高下华镫光⑫。
衣解巾粉御⑬，列图陈枕张⑭。
素女为我师⑮，仪态盈万方⑯。
众夫所希见，天老教轩皇⑰。
乐莫斯夜乐，没齿焉可忘⑱。

【题解】

这首诗见《玉台新咏》，亦见《乐府诗集》，作为《杂曲歌辞》收入。《同声歌》的名字当取《周易·乾·文言》："同声相应，同气相求"之意。写的是男女新婚相爱的情绪。全诗以一个女子的口吻但求恩爱永不相忘。前人解释此诗，有的认为是以男女喻君臣，自可备一说，但亦未必符合原意。

【注释】

① 邂逅（xiè hòu）：相遇。际会：机遇。这句是说有机会遇到了对方。② 后房：内宅。古人住宅的后房乃妇女居住之处。　③ "情好"句：指自己与丈夫的感情亲近相接。　④ 恐慄：谨慎恐惧。探汤：用手伸入沸水，形容恐惧。《论语·季氏》："见不善如探汤。"　⑤ "不才"二句：是说自己虽"不才"，理应尽其职。　⑥ 绸缪：感情缠绵，形容深厚。中馈：指妇女主管家中饮食之事。《周易·家人·六二》："无攸遂，在中馈。"　⑦ 蒸尝：本指秋冬二季祭祀，引申为祭祀。　⑧ 苑蒻（ruò）：柔软的蒲草。　⑨ 匡床：床铺。　⑩ 帱（chóu）：帐子。　⑪ 鞮（dī）：皮制鞋子。狄香：一种从外国来的香料。这句说用外来的香料薰皮制成的鞋子。　⑫ 华镫：同"华灯"。这句说华灯之光高下可以随意。　⑬ 御：进用。这句说解衣后用巾和搽粉。　⑭ 列图：用汉元帝叫画工画宫女容貌典。　⑮ 素女：传说中的神女。　⑯ "仪态"句：指妇女姿态之美。　⑰ 天老：传说中黄帝的臣子。轩皇：轩辕氏，即黄帝。　⑱ 没齿：人老则齿落。这句说至老死不能忘记。

四愁诗 并序

张衡不乐久处机密①，阳嘉中②，出为河间相③。时国王骄奢，不遵法度④，又多豪右并兼之家⑤。衡下车，治威严，能内察属县⑥，奸滑行巧劫⑦，皆密知名⑧，下吏收捕⑨，尽服擒。诸豪侠游客⑩，悉惶惧逃出境⑪，郡中大治⑫，争讼息，狱无系囚⑬。时天下渐弊⑭，郁郁不得志，为《四愁诗》。屈原以美人

为君子,以珍宝为仁义,以水深雪雰为小人⑮,思以道术相报,贻于时君⑯,而惧谗邪不得以通,其辞曰:

一思曰:

我所思兮在太山,欲往从之梁父艰⑰,

侧身东望涕沾翰⑱。

美人赠我金错刀⑲,何以报之英琼瑶⑳。

路远莫致倚逍遥㉑,何为怀忧心烦劳。

二思曰:

我所思兮在桂林㉒,欲往从之湘水深㉓,

侧身南望涕沾襟。

美人赠我金琅玕㉔,何以报之双玉盘。

路远莫致倚惆怅,何为怀忧心烦伤。

三思曰:

我所思兮在汉阳㉕,欲往从之陇阪长㉖,

侧身西望涕沾裳。

美人赠我貂襜褕㉗,何以报之明月珠。

路远莫致倚踟蹰,何为怀忧心烦纡⑱。

四思曰:

我所思兮在雁门㉙,欲往从之雪纷纷,

侧身北望涕沾巾。

美人赠我锦绣段㉚,何以报之青玉案㉛。

路远莫致倚增叹,何为怀忧心烦惋㉜。

【题解】

这四首诗作于东汉顺帝时,当时东汉政局已衰,张衡心怀忧虑,正如序中所说是取法屈原以"美人"喻君子,实即托男女以喻君臣的意思,清沈德潜评论说:"心烦纡郁,低徊情深,《风》《骚》之变格也。少陵(杜甫)《七歌》原于此,而不袭其迹,最善夺胎。"(《古诗源》卷二)

【注释】

① 机密:张衡在顺帝时迁侍中,"帝引在帷幄、讽议左右,尝问衡天下所疾恶者"(《后汉书》本传),因为宦官所忌,共谗之,乃求出为河间相。　② 阳嘉:汉顺帝年号(132—135)。但据《后汉书·张衡传》,他出为河间相在"永和初"(136)。　③ 河间相:河间本汉代郡名,此时作为河间王封国,故称"河间国",其地在今河北河间一带。当时诸侯王不管政务,政事由"相"来治理,故相当于郡太守。　④ 国王:指河间惠王刘政。史称其"傲很不奉法宪"。　⑤ 豪右:豪门及有势力的家族。并兼:指强占和并兼土地的人。　⑥ 下车:指到任。属县:指河间国所辖诸县。　⑦ 奸滑:同"奸猾",指强梁奸恶之徒。行巧劫:用狡猾手段行劫,使官府难于破案。　⑧ 皆密知名:都秘密地察知这些人的姓名。　⑨ 下吏收捕:下令吏人去逮捕归案。　⑩ 豪侠游客:豪强、游侠及不务正业的人。　⑪ 境:指河间国的境域。　⑫ "郡中"句:当时河间国相当于一个郡,故称"郡中大治"。　⑬ 系囚:被系于狱中的囚犯。　⑭ 天下渐弊:指汉朝政局日渐

败坏。 ⑮ 雰（fēn）：雪盛的样子。 ⑯ 贻：赠。时君：当时的君主，指顺帝刘保。 ⑰ 太山：指汉太山郡，在今山东泰安一带。梁父：山名，泰山下的小山。 ⑱ 翰：笔。 ⑲ 金错刀：以黄金为饰的刀。 ⑳ 英琼瑶：美玉名。《诗经·卫风·木瓜》"报之以琼瑶"，又《齐风·著》"尚之以琼英乎而"。 ㉑ 逍遥：这里作徘徊之意。《世说新语·方正》："韩康伯病，拄杖前庭逍遥。" ㉒ 桂林：秦代郡名，在今广西桂平、贵港一带。 ㉓ 湘水：即今湘江，发源广西，流入湖南，至湘阴入洞庭湖。 ㉔ 金琅玕（láng gān）：用金装饰的琅玕。琅玕是一种似玉的美石。 ㉕ 汉阳：东汉郡名，即西汉天水郡，在今甘肃甘谷一带。 ㉖ 陇阪：陇山的山阪，在今陕西陇县境。 ㉗ 貂襜褕（chān yú）：貂皮做的直襟衣服。 ㉘ 烦纡：烦闷。 ㉙ 雁门：汉代郡名，在今山西代县、朔县一带。 ㉚ 段：古"缎"字。 ㉛ 青玉案："案"是古代一种盛食品的盘，有足。"青玉案"指用青玉制成。 ㉜ 烦惋（wàn）：骇恨。

怨　诗

秋兰，咏嘉美人也。嘉而不获用，故作是诗也。
猗猗秋兰①，植彼中阿②。有馥其芳，有黄其葩③。
虽曰幽深，厥美弥嘉。之子之远④，我劳如何。

【题解】

这首诗见《太平御览》，原诗似分为若干章，逯钦立先生所辑佚句有两处,各二句,见《文选》王粲《赠士孙文始诗》注。据此则这里所选并非全诗,但意思完整,恐为一章。《文心雕龙·明诗》云"张衡《怨篇》,清曲可味",即指此诗。张衡在东汉为一重要作家,这一章虽非全篇,却可以见出他四言诗的特点。

【注释】

① 猗猗:茂盛的样子。《诗经·卫风·淇奥》:"瞻彼淇奥,绿竹猗猗。"
② 中阿:"阿"指山的弯曲处,"中阿",同"阿中",即山的弯曲部之中。
③ 葩(pā):花。 ④ 之子:这个人。

朱 穆

朱穆(100—163)字公叔,南阳宛(今河南南阳)人,生活于汉顺帝至桓帝间,所作散文《绝交论》颇有名,见《后汉书》本传。《隋书·经籍志》谓"梁有《朱穆集》二卷,录一卷,亡"。今唯存《崇厚论》《绝交论》二文。此诗见《后汉书》注引《文士传》。

与刘伯宗绝交诗

北山有鸱①,不絜其翼②。飞不正向,寝不定息。

饥则木揽③,饱则泥伏。饕餮贪污④,臭腐是食⑤。
填肠满嗉⑥,嗜欲无极。长鸣呼凤,谓凤无德。
凤之所趣⑦,与子异域。永从此诀,各自努力。

【题解】

此诗见《后汉书·朱晖附朱穆传》李贤注引《文士传》。据《文士传》引《与刘伯宗绝交书》云:"昔我为丰令,足下不遭母忧乎?亲解缞绖,来入丰寺。"据此当为丰(今江苏丰县)人。又据《绝交书》,刘伯宗为二千石后,朱穆仍为郎,刘"乃反因计吏以谒相与",朱认为刘当他是"部民"。故作诗与之绝交。据《文士传》,朱穆《绝交论》即因此而作。

【注释】

①鸱(chī):猫头鹰。 ②絜:整齐。 ③木揽:指登木捉小鸟为食。 ④饕餮(tāo tiè):贪吃。 ⑤臭腐是食:这句暗用《庄子·秋水》典。《庄子》载:"鸱得腐鼠,鹓𪃟(凤的一种)过之,仰而视之曰'嚇'!"故下文言"长鸣呼凤"。按:此典颇为文人乐用。唐李商隐《安定城楼》诗:"不知腐鼠成滋味,猜意鹓雏意未休",亦此意。 ⑥嗉(sù):鸟类喉下的嗉囊。 ⑦趣:志趣。

郦 炎

郦炎(150—177)字文胜,范阳(今河北定兴南)人。炎有文才,解音律,言论给捷。灵帝时,州郡辟命皆不就。后得风病,遭母忧,病甚发动,妻始产而惊死。妻家讼之,系狱,炎病不能理对,死狱中。《隋书·经籍志》谓梁有"《郦炎集》二卷,录二卷,亡"。今仅存文五篇,诗二首。

见 志 诗

其 一

大道夷且长,窘路狭且促①。
修翼无卑栖,远趾不步局②。
舒吾陵霄羽,奋此千里足③。
超迈绝尘驱,倏忽谁能逐。
贤愚岂常类,禀性在清浊④。
富贵有人籍,贫贱无人录⑤。
通塞苟由己,志士不相卜⑥。
陈平敖里社⑦,韩信钓河曲⑧。
终居天下宰,食此万钟禄⑨。
德音流千载,功名重山岳。

【题解】

这两首诗皆见《后汉书·文苑·郦炎传》。《后汉书》这篇传很简略,因此我们对他的生平所知甚少。但从这两首诗看来,他确是一个有抱负的人,所以本传说他"有志气",死后名儒卢植为他作诔赞。但他生活在灵帝时代,朝政混乱,他明知出仕难以有为,所以拒绝辟命,说明他多少也有些狂士的气质。

【注释】

① 夷:平坦。促:短。 ② 修翼:长翅。远趾:能走长途的脚。这两句用鸟兽作比喻,鸟翅膀长大,能高飞,就不会栖宿于低处;兽足力强,不停于近处,比喻有才能的人能建立大功业。 ③ 陵霄:飞上云层。羽:指鸟翅。千里足:指骏马的脚。这两句是说自己有雄心壮志。 ④ 禀性:指人的禀赋。清浊:指人禀性清者其志高洁,禀性浊者,其志卑下。 ⑤ 籍:本指簿籍,登录其姓名。这里指有人知道,使之登仕籍。录:录用。指无人引荐。 ⑥ 通:仕官通达。塞:命运不通亨,仕途无望。这两句说仕途通达与否如何决定于自己,志士们就不用卜其前程了。意谓"通塞"不依本人意志转移。 ⑦ "陈平"句:陈平(?—前178),阳武(今河南原武)人,汉高祖谋士,吕后时为丞相,封曲逆侯。《史记·陈丞相世家》:"里中社,平为宰,分肉食甚均。父老曰:'善,陈孺子之为宰。'平曰:'嗟乎,使平得宰天下,亦如是肉矣!'""敖"同"傲"。 ⑧ "韩信"句:韩信(?—前197),淮阴(今属江苏)人,汉高祖功臣,为汉大将,

定天下，功最多，封楚王，高祖疑其反，执之，赦为淮阴侯，其后又与陈狶谋反，为吕后所杀。《史记·淮阴侯列传》载，韩信早年贫困，钓于城下，饥，有漂母可怜他，给他饭吃。这句和上句都是说有大才能的人未得志时，亦困于贫穷。　⑨钟：古代量器名，六斛四斗为一钟。"万钟"是极高的俸禄。

其　二

灵芝生河洲①，动摇因洪波。
兰荣一何晚②，严霜瘁其柯③。
哀哉二芳草，不植太山阿。
文质道所贵，遭时用有嘉④。
绛灌临衡宰，谓谊崇浮华⑤。
贤才抑不用，远投荆南沙⑥。
抱玉乘龙骥，不逢乐与和⑦。
安得孔仲尼，为世陈四科⑧。

【题解】

这首诗和上首一样，亦自述其襟怀之作。他认为士人出仕，要看托身之所，如果所处之处不当，不但做不成事业，还会招来灾难。这显然是有感于汉末政局而发。锺嵘《诗品》把郦炎列入"下品",但评曰:"文胜托咏'灵芝',怀寄不浅。"可见对他的志节还是较肯定的。

【注释】

①灵芝:草名,古人以为是吉祥之物。洲:河中小块陆地。 ②荣:开花。 ③瘁(cuì):病。柯:枝干。 ④文质:文即文采,质即德行和治政的才干。古人往往以二者并提,如孔子说:"质胜文则野,文胜质则史。文质彬彬,然后君子。"(《论语·雍也》)此诗"文质道所贵"即用此意。遭时:遇到时机。嘉:美善。 ⑤绛:指汉代的大臣周勃(?—前169),沛(今江苏沛县)人,高祖功臣,惠帝时为太尉,文帝时为右丞相。史称其"不好文学"。灌:指灌婴(?—176),睢阳(今河南商丘)人,汉高祖功臣,文帝时官至太尉,代周勃为丞相。谊:贾谊(前200—前168),洛阳人,著名思想家、文学家,汉文帝时上疏建议改革一系列制度。周勃、灌婴执政,不同意,因此贾谊的主张不得实行。 ⑥荆南沙:指贾谊之谋不被接受,他本人亦被调任长沙王王太傅。荆南沙指长沙(今属湖南)。 ⑦"抱玉"二句:"抱玉"用《韩非子·和氏》典,据说楚国有个叫卞和的人,发现了一块美玉,献给楚王,楚王不懂,以为欺诳,命人斩断了他的脚,后来的楚王剖石得玉,即有名的"和氏璧"。龙骥:千里马。用《楚辞·九章·怀沙》"伯乐既没,骥焉程兮"典。"伯乐"是古代善于相马的人,《庄子》《列子》和《战国策》都曾提到。此二句中"乐"即指伯乐,"和"指卞和。 ⑧四科:指德行、言语、政事和文学。

《论语·先进》:"子曰:从我于陈、蔡者,皆不及门也。德行:颜渊、闵子骞、冉伯牛、仲弓;言语:宰我、子贡;政事:冉有、季路;文学:子游、子夏。"

秦 嘉

秦嘉,字士会,陇西(今甘肃陇西、渭源一带)人,生卒年不详,约生活于东汉顺帝、桓帝时代(126—167)。在郡任职,将入京,以车迎妻徐淑同行,徐因病不能去,两人作诗赠答。秦官至黄门郎后病卒。

述 婚 诗

群祥既集,二族交欢。敬兹新姻,六礼不愆①。
羔雁既备,玉帛戋戋②。君子将事,威仪孔闲③。
猗兮容兮④,穆兮其言⑤。

【题解】

此诗见《初学记》,写婚礼之盛,反映了秦嘉对这婚姻的喜悦。

【注释】

①六礼:指古代婚礼时有个仪式:纳采、问名、纳吉、纳征、请期、亲迎,见《仪礼·士婚礼》贾疏。不愆:没有失误。 ②羔雁:羔指羊羔,古代士相见时礼物。雁亦相见礼物,亦用于婚礼,由女婿献给岳父。《礼记·婚义》:"婿执雁入,揖让升堂,再拜奠雁。"后来才并用羔雁作为订婚礼物。玉帛:亦婚礼所用币物。戋(jiān)戋:众多的样子。 ③将事:行事。孔:甚。闲:熟习。 ④猗:美盛的样子。容:容貌。 ⑤穆:恭敬和乐。

赠 妇 诗

暧暧白日,引曜西倾①。啾啾鸡雀,群飞赴楹②。
皎皎明月,煌煌列星。严霜凄怆,飞雪覆庭。
寂寂独居,寥寥空室。飘飘帷帐,荧荧华烛③。
尔不是居,帷帐焉施④。尔不是照,华烛何为。

【题解】

此诗见《玉台新咏》。在《玉台新咏》中,这种四言诗极少收入,所以能选录此诗,即因其感情的真挚。此诗大约作于秦嘉到达京城后想念徐淑而作,写的是在傍晚见到种种景物而引起的相思之情。

【注释】

①暧暧:日光昏暗的样子。曜:光亮。 ②楹:柱子。 ③荧荧:火光暗弱的样子。 ④焉施:设此何用。

赠 妇 诗 三首并序

秦嘉字士会,陇西人也。为郡上掾①。其妻徐淑,寝疾还家,不获面别。赠诗云尔。

其 一

人生譬朝露,居世多屯蹇②。
忧艰常早至,欢会常苦晚。
念当奉时役③,去尔日遥远。
遣车迎子还,空往复空返。
省书情凄怆④,临食不能饭。
独坐空房中,谁与相劝勉。
长夜不能眠,伏枕独展转⑤。
忧来如寻环⑥,匪席不可卷⑦。

【题解】

这三首诗见于《玉台新咏》。这是第一首,写秦嘉派车去迎接徐淑，徐淑有病不能同行，因此感到很难受，眠食俱废。此诗纯以真情动人，不假辞藻之力。钟嵘《诗品》把秦嘉和徐淑列入中品，以为"夫妻事既可伤，文亦凄怨"。沈德潜则云："词气和易，感人自深，然去西京浑厚之风远矣。"（《古诗源》卷三）

【注释】

①上掾（yuàn）："掾"是官代官府的属员。"上掾"指地位较高的属员。 ②屯（zhūn）：屯遭，困难的意思。蹇（jiǎn）：不顺利。《周易》有《屯》《蹇》二卦。 ③奉时役：应召赴当时的役使。 ④省（xǐng）：考察。 ⑤展转：指睡时翻身。 ⑥寻环：循环辗转。 ⑦"匪席"句：语出《诗经·邶风·柏舟》"我心匪席，不可卷也"，说自己的心情不可改变。

其 二

皇灵无私亲，为善荷天禄①。
伤我与尔身，少小罹茕独②。
既得结大义，欢乐若不足。
念当远离别，思念叙款曲③。
河广无舟梁，道近隔丘陆④。
临路怀惆怅，中驾正踯躅⑤。

浮云起高山,悲风激深谷。
良马不回鞍,轻车不转毂⑥。
针药可屡进,愁思难为数。
贞士笃终始,恩义不可属⑦。

【题解】

此诗写秦嘉知道徐淑不能和自己同行而又不能不上路时的心情,前半悲叹两人从小孤苦,结为夫妻后很相得,却又不得不分别。后半写临出发时的迟疑以及自誓为"贞士",永不变心。

【注释】

① 皇灵:皇天之灵。荷:蒙受。天禄:上天赐给的福佑。 ② 茕(qióng)独:孤苦。 ③ 款曲:内心的委曲。 ④ 梁:小桥。"河广"句:反用《诗经·卫风·河广》典故。《诗经》云:"谁谓河广,一苇杭之。"此处言无舟梁,则不能渡过。丘陆:山丘与高地,言道路虽近毕竟有阻隔。 ⑤ 中驾:正驾上马时。踟躅:停滞不进的样子。 ⑥ "良马"二句:这二句是通过车马来写人。马不回鞍是要启行,但人还在迟疑,故车轮尚未转动。毂(gǔ):车轮中心可插轴处,后引伸为车轮。 ⑦ "恩义"句:余冠英先生云:"'不可属',未详。疑当作'可不属'。'属'同'续'。这句话似说恩义岂可不继续呢。"(《汉魏六朝诗选》,人民文学出版社版,第12页)

其 三

肃肃仆夫征①，锵锵扬和铃②。
清晨当引迈③，束带待鸡鸣④。
顾看空室中，仿佛想姿形。
一别怀万恨，起坐为不宁。
何用叙我心，遗思致款诚。
宝钗可耀首，明镜可鉴形。
芳香去垢秽，素琴有清声。
诗人感《木瓜》，乃欲答瑶琼⑤。
愧彼赠我厚，惭此往物轻。
虽知未足报，贵用叙我情。

【题解】

此诗写秦嘉临行时因相思引起的焦虑不安，想通过赠送一些东西给徐淑，以表心意，但又想到这些礼物远不足与徐淑给自己的深情厚意相比。情调缠绵，深切感人。

【注释】

① 肃肃：迅速。《诗经·召南·小星》："肃肃宵征。" ② 锵锵：形容车马上所挂的铃声。 ③ 引迈：出发。 ④ 束带待鸡鸣：指整齐衣服等候

天明。陶渊明《丙辰岁八月中于下潠田舍获》"束带候鸣鸡"似即取此句意。　⑤"诗人"二句：用《诗经·卫风·木瓜》："投我以木桃，报之以琼瑶"典。

徐　淑

徐淑，东汉女诗人，秦嘉妻。秦嘉赴京师，徐病，未随行，作诗赠答，见秦嘉小传。后秦嘉死，徐淑自誓不嫁。《隋书·经籍志》载梁有《徐淑集》一卷，亡。

答　诗

妾身兮不令①，婴疾兮来归。
沉滞兮家门，历时兮不差②。
旷废兮侍觐③，情敬兮有违。
君今兮奉命，远适兮京师④。
悠悠兮离别，无因兮叙怀。
瞻望兮踊跃，伫立兮徘徊⑤。
思君兮感结⑥，梦想兮容辉。
君发兮引迈，去我兮日乖。
恨无兮羽翼，高飞兮相追。
长吟兮永叹，泪下兮沾衣。

【题解】

此诗见《玉台新咏》,似是徐淑见秦嘉赠诗后所作答诗。从诗体看来,每句用"兮"字,和成熟的五言诗不大一样,古今一些选本多未选录,或由此原因。锺嵘《诗品》云:"为五言者,不过数家,而妇人居二。徐淑叙别之作,亚于《团扇》(指班婕妤《怨歌行》)矣。"

【注释】

①不令:不祥,指命运不吉利。 ②差:同"瘥"(chài),病愈。 ③侍觐:指侍候丈夫。 ④京师:指东汉都城洛阳。 ⑤踊跃:跳,悲愤踊跳。伫(zhù):长时间站立。 ⑥感结:感伤而郁结于胸怀。

赵 壹

赵壹字元叔,汉阳西县(今甘肃天水)人,生卒年不详,约生活于桓帝、灵帝时代(147—189)。曾为司徒袁逢、河南尹羊陟所赏识。性狂傲,州辟征辟皆不就。《隋书·经籍志》谓梁有《赵壹集》二卷,亡。他作品以《刺世疾邪赋》为有名。

秦 客 诗

河清不可俟,人命不可延①。
顺风激靡草②,富贵者称贤。
文籍虽满腹,不如一囊钱。
伊优北堂上③,抗脏倚门边④。

【题解】

这首诗见《后汉书·文苑·赵壹传》,乃《刺世疾邪赋》末尾,附有"秦客"一诗,"鲁生"一歌,都是对当时现实的深刻讥刺。诗风质朴,独成一格。

【注释】

①"河清"二句:是谓黄河是难于变清的,人命短促,难可盼到。《左传·襄公八年》:"俟河之清,人寿几何。" ②"顺风"句:是说在风吹来时,草顺着倒向一边。语出《论语·颜渊》:"草上之风必偃。"这句是说上层人物都重富贵轻贫贱,形成风气,所以只要富贵的人便被看作贤人。 ③伊优:屈曲佞媚的样子。北堂:坐北朝南之堂。这句说会谄媚迎合的人,为达官所喜,引上北堂为客。 ④抗脏:正直清高,不肯迎合的人。倚门边:指不得进门,只能倚门而望。

鲁 生 歌

势家多所宜,欬唾自成珠①。
被褐怀金玉②,兰蕙化为刍③。
贤者虽独悟,所困在群愚④。
且各守尔分,勿复空驰驱。
哀哉复哀哉,此是命矣夫!

【题解】

这首诗亦见《后汉书·文苑·赵壹传》,赵壹是天水人,"秦客"当是自喻。此首"鲁生"乃东部人,与"秦客"相对,表示普天下都一个样子。《后汉书》李贤注云:"秦客、鲁生,皆寓言也。"

【注释】

①欬:同"咳"。这两句是说有权势的人言行无所不宜,即使咳嗽和唾沫也被人视为珠子。言人们对势家之奉迎。 ②褐(hè):粗布衣服,贫苦人所穿。金玉:喻才德。阮籍《咏怀诗》"被褐怀珠玉",即用此句意。 ③刍(chú):草。此句用屈原《离骚》"兰芷变而不芳兮,荃蕙化而为茅"典。 ④"贤者"二句:指贤者即使知道这种风气不好,却为"群愚"所困,无法改变。

蔡 邕

蔡邕（133—192）字伯喈，陈留圉（今河南杞县南）人。东汉学者、文学家。桓帝时，宦官专权，闻蔡邕善鼓琴，召入京。蔡邕行至偃师，称疾归，作《述行赋》。灵帝时，为司徒桥玄辟为掾，后授郎中，校书东观。熹平五年（174），迁议郎，书《熹平石经》，立于太学。为宦官所谮，下狱。遇赦归，不久又被谮，流亡至吴会。中平六年（190）被召入京，官至左中郎将。董卓死，蔡为之伤叹，为王允所杀。《隋书·经籍志》著录其集凡二十卷，今佚，明人辑有《蔡中郎集》。

饮马长城窟行

青青河边草，绵绵思远道。
远道不可思，夙昔梦见之①。
梦见在我傍，忽觉在他乡。
他乡各异县，辗转不可见。
枯桑知天风，海水知天寒②。
入门各自媚③，谁肯相为言。
客从远方来，遗我双鲤鱼④。
呼儿烹鲤鱼，中有尺素书⑤。

长跪读素书,书中竟何如。
上有加餐食,下有长相忆。

【题解】

《饮马长城窟行》属汉乐府《相和歌辞·瑟调曲》。这首诗既见于《文选》,亦见于《玉台新咏》;但《文选》以为是乐府古辞,而《玉台新咏》则以为蔡邕所作。萧统与徐陵年代相近,可见在梁代已有不同的说法。《文选》李善注曰:"郦善长《水经》曰:余至长城,其下往往有泉窟,可饮马。古诗《饮马长城窟行》信不虚也。然长城蒙恬所筑也。言征戍之客,至于长城而饮其马,妇思之,故为长城窟行。"按:李注述郦道元语,见《水经注·河水三》,与今本《水经注》文字有出入。《水经注》云:"自(白道)城北出有高阪,谓之白道岭,沿路唯土穴,出泉,挹之不穷。余每读《琴操》,见《琴慎相和雅歌录》云:'饮马长城窟。'及其跋涉斯途,远怀古事,始知信矣,非虚言也。"从《水经注》及李善的话来看,都不足说明此诗为蔡邕所作;而从诗的内容看,亦与泉水、饮马无关,疑非《饮马长城窟行》本辞,而是三国魏乐官取此首诗谱成《饮马长城窟行》曲调歌唱。至于是否蔡邕或他人所作,则疑莫能明,姑录于此。

【注释】

①凤昔:前夜。 ②"枯桑"二句:《文选》"五臣"李周翰注曰:"'知',谓岂知也。枯桑无枝叶,则不知天风;海水不凝冻则不知天寒。喻妇人在家不知夫之信息。虽有亲戚之家,皆入门而自爱,谁肯为访问而言者乎。" ③自媚:自爱。 ④双鲤鱼:一说"双鲤鱼"为传送信件时用来夹信的两块刻成鱼形的木板。按:鱼易腐坏,难于远道递送,疑此说有理。⑤素:生绢,古人用绢作书。

翠鸟诗

庭陬有若留①,绿叶含丹荣②。
翠鸟时来集③,振翼修形容。
回顾生碧色,动摇扬缥青④。
幸脱虞人机⑤,得亲君子庭。
驯心托君素⑥,雌雄保百龄。

【题解】

此诗见《广文选》《诗纪》等书,《艺文类聚》亦录其前六句。此诗当是以翠鸟自喻,可能是蔡邕遭谗逃亡,作此诗以赠收留他的人。翠鸟的羽毛可为装饰,颇名贵,大约是以此喻自己之才。唐张九龄《感遇诗》其四:"侧见双翠鸟,巢在三珠树；矫矫珍木巅，得无金丸惧"等句，用意不尽同，似亦取此比喻。

【注释】

① 陬（zōu）：角落。若留：即"石榴"，果树名。 ② 丹荣：红色的花。 ③ 翠鸟：鸟名。《说文解字》："翠，青羽雀也，出郁林。"（今广西一带）集：鸟停在树上。 ④ 缥（piǎo）：青白色。 ⑤ 虞人：掌管山泽狩猎的人。机：指捕鸟的机械。 ⑥ 君素：平素的心迹。

琴　　歌

练余心兮浸太清①，涤秽浊兮存正灵②。
和液畅兮神气宁③。
情志泊兮心亭亭④。
嗜欲息兮无由生，
踔宇宙而遗俗兮眇翩翩而远征⑤。

【题解】

这首歌见于《后汉书·蔡邕传》所载蔡邕的《释诲》一文中。《释诲》是一篇近于赋体的述志之作，文中假设华颠胡老和务世公子二人的谈话。"务世公子"主张仕途荣利,而华颠胡老则主张隐居守志。这首歌假托为"华颠胡老"所作,其思想接近道家,并且多少带有神仙方术的影响。

【注释】

①练:修练。太清:指天或太空。 ②正灵:指人的善良本性。 ③和液:《后汉书》李贤注:"和液谓和气灵液也。"古代讲究养生者要保护自己的和气和津液。 ④泊:淡泊。亭亭孤高独立的样子。 ⑤踔(chuō):超越。眇:远。翩翩:轻快地飞翔。

孔　融

孔融(153—208)字文举,鲁国(今山东曲阜)人,孔子二十世孙,幼颖悟,灵帝时以藏党人张俭闻名全国,光和间(178—183)为杨赐所辟,累迁至虎贲中郎将,出为北海相。献帝迁都许昌,征为将作大匠。以政见与曹操不合,屡有讥刺之言,曹操借故把他杀害。孔融为"建安七子"之一,著名的学者和文学家。《隋书·经籍志》著录其集十卷,明张溥辑有《孔少府集》,今人俞绍初先生《建安七子集》中又有所补正。

杂 诗

其 一

岩岩钟山首①,赫赫炎天路②。
高明曜云门③,远景灼寒素④。
昂昂累世士,结根在所固⑤。
吕望老匹夫,苟为因世故⑥。
管仲小囚臣,独能建功祚⑦。
人生有何常,但恐年岁暮。
幸托不肖躯,且当猛虎步。
安能苦一身,与世同举厝⑧。
由不慎小节,庸夫笑我度。
吕望尚不希,夷齐何足慕⑨。

【题解】

　　这两首《杂诗》,原见《古文苑》,题为孔融作。但《文选》李善注屡引其中诗句,作李陵诗。因此逯钦立先生《先秦汉魏晋南北朝诗》把它们归进无名氏古诗之列,认为在六朝时,这些诗本在《李陵集》中。逯先生的看法显然是有道理的。但历来所谓"苏李诗",本多属后人伪托,而本诗又长期以来被视为孔融诗,今姑仍班婕妤《怨歌行》、蔡邕《饮马长城窟行》之例,放在孔融诗之列。从此诗的口吻看来,似乎倒近于孔融。

【注释】

①岩岩:山高的样子。钟山:神话中北方的高山。《穆天子传》:"天子北升于舂山之上,望四野,曰:'是唯天下之高山。'"郭璞注:"舂音钟。"故亦名"舂山"。《太平御览》卷三八引《玄中记》:"北方有钟山焉,上有石首,如人首。"所谓"钟山首"即指此。 ②赫赫:显赫昌盛的样子。炎天路:指南方炎热之地。这两句以炎凉对比,暗喻当路者与在下位者处境之差别。 ③高明:指居高位的人。曜:光采照曜。云门:指天上。 ④远景:"景"同"影",指"高明"的人,其影子灼及寒素的人,喻贵人凌驾贫贱者。 ⑤"昂昂"二句:指那些"累世士"(世代居高位的人),地位极为巩固。 ⑥吕望:即周初的太公望,辅佐周文王、武王,灭殷建周。老匹夫:据云吕望遇文王前已年老,尚在渭水滨钓鱼,未有官职。因世故:因时势而建功业。 ⑦管仲:春秋时齐桓公的贤臣,辅佐桓公成为霸主,九合诸侯。祚:国家的福运。 ⑧厝:同"措"。 ⑨夷齐:殷周之际的隐士,不赞成周武王伐纣,不食周粟,饿死于首阳山。

其 二

远送新行客,岁暮乃来归。
入门望爱子,妻妾向人悲。

闻子不可见，日已潜光辉。
孤坟在西北，常念君来迟。
褰裳上墟丘①，但见蒿与薇。
白骨归黄泉，肌体乘尘飞。
生时不识父，死后知我谁。
孤魂游穷暮，飘飖安所依。
人生图嗣息②，尔死我念追。
俛仰内伤心，不觉泪沾衣。
人生自有命，但恨生日希③。

【题解】

此首亦见《古文苑》。逯钦立先生云："此伤子之诗，亦原属李集。《文镜秘府》引'或曰'云：'五言之作，《召南·行露》已有滥觞。汉武帝时屡见全什，非本李少卿也。少卿以伤子为宗，文体未备，意悲辞切，若偶中音响，《十九首》之流也。'据此，本篇与前诗一致，实俱出《李集》。"逯先生说是。今姑从习惯做法，列孔融名下。清沈德潜评此诗云："少陵（杜甫）《奉先咏怀》有'入门闻号咷，幼子饥已卒'句。觉此更深可哀。"（《古诗源》卷三）

【注释】

① 褰（qiān）裳：提起衣裳。墟丘：坟墓。 ②孠：古"嗣"字，见《玉篇》，余冠英先生《汉魏六朝诗选》、俞绍初先生《建安七子集》均径作"嗣"字。"孠息"：继嗣。 ③希：同"稀"。

临 终 诗

言多令事败，器漏苦不密①。
河溃蚁孔端，山坏由猿穴②。
涓涓江汉流，天窗通冥室③。
谗邪害公正，浮云翳白日。
靡辞无忠诚，华繁竟不实④。
人有两三心，安能合为一。
三人成市虎⑤，浸渍解胶漆。
生存多所虑，长寝万事毕⑥。

【题解】

此诗见于《古文苑》，乃建安十三年（208）为曹操收下狱杀害时所作。孔融忠于汉代，性耿直但志大而才疏。他开始时对曹操颇有好感，曾作六言诗三首，大加称颂。但后来对曹操的不少行为不满，曾发表一些言论加以非议和讥刺，为曹操所忌。

郗虑逆知曹操意志，奏免孔融官职。曹操因孔融名高，作书劝慰，并复以孔融为太中大夫。孔融仍不废其交游，对曹操亦未停止争论，曹操遂使路粹诬奏罪名，加以杀害。此诗"言多令事败"云云与嵇康《幽愤诗》之"惟此褊心，显明臧否"颇相似。

【注释】

①"器漏"句：用器物不密则漏喻人言多必败事。　②山坏由猿穴：按：一本"山"作"墙"，按猿穴无使山崩坏之理，疑作"墙"是。　③"涓涓"二句：意谓涓涓之水汇集而为江汉；天窗（小孔）可以使冥暗之室见到亮光。比喻自己的意见可以有助于朝廷政治。　④靡辞：华靡之辞。《后汉书·孔融传》载曹操《与孔融书》说到孔融与郗虑不和是"群小所构"，自称要破浮华交会之徒。孔融这里是以路粹诬奏之辞为"靡辞"。华：同"花"，花多而不结实，即华而不实。　⑤"三人"句：用《战国策·魏策》二载庞葱对魏王说："夫市之无虎明矣，然而三人言而成虎。"意思是众人的逸言终被听信。　⑥长寝：指死去。

辛　延　年

辛延年，东汉人，生平不详，可能是一位乐官。《北堂书钞》作"辛延寿"。

羽 林 郎

昔有霍家奴，姓冯名子都。
依倚将军势①，调笑酒家胡②。
胡姬年十五，春日独当垆③。
长裾连理带④，广袖合欢襦⑤。
头上蓝田玉⑥，耳后大秦珠⑦。
两鬟何窈窕⑧，一世良所无。
一鬟五百万，两鬟千万馀⑨。
不意金吾子⑩，娉婷过吾庐⑪。
银鞍何昱爚⑫，翠盖空踟蹰⑬。
就我求清酒，丝绳提玉壶⑭。
就我求珍肴，金盘脍鲤鱼⑮。
贻我青铜镜，结我红罗裾⑯。
不惜红罗裂，何论轻贱躯⑰。
男儿爱后妇，女子重前夫。
人生有新故，贵贱不相逾。
多谢金吾子，私爱徒区区⑱。

【题解】

此诗见《玉台新咏》，《乐府诗集》作为《杂曲歌辞》收入。

"羽林郎"指皇帝的禁卫军人。据《汉书·百官公卿表》颜师古注："羽林，宿卫之官。"本诗中所写的"冯子都"，在历史上实有其人，但似非羽林军官，而是西汉霍光的奴仆。《汉书·霍光传》云："初，光爱幸监奴冯子都，常与计事，及（光妻）显寡居，与子都乱。"颜师古注："监奴，谓奴之监知家务者也。"不过，冯子都是否曾去调戏酒家女，史无记载。此诗可能是作者借用"冯子都"之名对东汉一些贵戚权臣的家奴进行讽刺。诗所以用"羽林郎"之名及称冯子都为"金吾子"是因为当时这些官员经常在酒肆行乐，且有不法行为。此风至唐犹然。唐卢照邻《长安古意》："汉代金吾千骑来，翡翠屠苏鹦鹉杯"，即其一例。

【注释】

① 将军：指霍光官至大将军。　② 酒家胡：酒家中的胡女。古代有些人往往去掠少数民族人贩为奴婢。　③ 垆（lú）：旧时酒店里安放酒瓮的土台子。"当垆"即管给人斟酒。　④ 裾：衣襟。连理带：两条对称的带子，以此束紧衣襟。　⑤ 合欢襦（rú）：绣有合欢图纹的短衣。　⑥ 蓝田：地名，在今陕西省，出美玉。《长安志》："蓝田山在长安县东南三十里，其山产玉，亦名玉山。"　⑦ 大秦珠：大秦，西域国名，一说即古代的罗马帝国。汉人以为大秦出许多珍宝，故以大秦珠为贵重。　⑧ 鬟（huán）：古代妇女梳的发结。窈窕：美好的样子。　⑨ "一鬟"二句：北京大学中国文学史教研室编《两汉文学史参考资料》云："此用极度夸张的手法写胡姬之

美,言'仅仅这两个髻鬟就价值千万'。沈德潜说:'一鬟五百万二句,须知不是论鬟。'闻人倓说:'论价近俗,故就鬟言,不欲轻言胡姬也。'按:沈、闻说是。"(第538页) ⑩金吾子:金吾本为一种武器,汉代掌京城卫戍的官员本名中尉,后改名"执金吾"。"金吾子"是执金吾手下的士兵。冯子都是家奴,不得为"金吾子",这里可能是"胡姬"对他的尊敬称呼。⑪ 娉婷(pīng tíng):和颜悦色的样子。 ⑫昱爚(yù yuè):光采照人的样子。 ⑬翠盖:用翠鸟羽毛作装饰的车盖。踟蹰(chí chú):同"踟蹰",犹豫不进的样子。 ⑭丝绳提玉壶:指用丝绳穿着作提手的酒壶,用以注酒。 ⑮脍(kuài):把鱼肉切得很细。 ⑯贻:赠。这两句说"金吾子"送胡姬一面青铜镜,把它系在胡姬的红罗衣襟上,意在调笑。⑰"不惜"二句:这两句写胡姬坚拒其调戏,不惜撕裂红罗裾,亦不顾惜自身("轻贱躯")。 ⑱区区:微不足道的意思。

宋 子 侯

宋子侯,东汉人,生平不详。

董 娇 娆

洛阳城东路,桃李生路傍。
花花自相对,叶叶自相当。
春风东北起,花叶正低昂。

不知谁家子,提笼行采桑。
纤手折其枝,花落何飘扬①。
请谢彼姝子②,何为见损伤。
高秋八九月,白露变为霜。
终年会飘堕,安得久馨香。
秋时自零落,春月复芬芳。
何时盛年去,欢爱永相忘。
吾欲竟此曲,此曲愁人肠。
归来酌美酒,挟瑟上高堂。

【题解】

　　此诗见《玉台新咏》。《乐府诗集》收入"杂曲歌辞"。"董娇饶"为一个妇女的名字,一说为乐府旧题。"娇饶"(jiāo ráo):美好的样子,古诗中常用"董娇饶"之典指美女。如唐杜甫《春日戏题恼郝使君》诗:"细马时鸣金騕裹,佳人屡出董娇饶"即其一例。此诗借花以喻女子之遭薄命。北大文史教研室《两汉文学史参考资料》云:"疑'董娇饶'是著名歌姬。此诗感伤女子命不如花,或者是宋子侯为她所作的自伤之词。"(第540页)

【注释】

① 飘扬：指花瓣飘落。　② 姝（shū）：美好的。

蔡　琰

蔡琰字文姬，陈留圉（今河南杞县南）人，蔡邕之女。博学有才辩，又明音律，初适河东卫仲道，夫死无子，归陈留家居。献帝兴平（194—195）间被董卓部下胡骑所获，居南匈奴左贤王部十二年，有二子。建安间，曹操以与蔡邕有旧，用金璧赎归，重嫁陈留董祀。后董祀有罪下狱，蔡琰亲见曹操求免之。曹操因问蔡邕藏书，琰答本四千许卷，遭乱散亡，今所诵忆，才四百馀篇。遂缮写进之，文无遗误。《隋书·经籍志》著录梁有"后汉《董祀妻蔡文姬集》一卷，亡"。今传其诗三首，《悲愤诗》二首，见《后汉书·列女·董祀妻传》；又有《胡笳十八拍》一首，见《乐府诗集》及宋朱熹《楚辞后语》，其文体不类汉魏间人手笔。历来学者多认为系后人伪托。今不取。

悲　愤　诗

其　一

汉季失权柄，董卓乱天常①。

志欲图篡弑,先害诸贤良②。
逼迫迁旧邦③,拥主以自强④。
海内兴义师,欲共讨不祥⑤。
卓众来东下,金甲耀日光⑥。
平土人脆弱⑦,来兵皆胡羌⑧。
猎野围城邑,所向悉破亡。
斩截无孑遗⑨,尸骸相撑拒⑩。
马边悬男头,马后载妇女。
长驱西入关⑪,迥路险且阻⑫。
还顾邈冥冥⑬,肝脾为烂腐⑭。
所略有万计,不得令屯聚⑮。
或有骨肉俱⑯,欲言不敢语。
失意机微间,辄言毙降虏⑰。
要当以亭刃⑱,我曹不活汝⑲。
岂复惜性命,不堪其詈骂⑳。
或便加棰杖,毒痛参并下㉑。
旦则号泣行,夜则悲吟坐。
欲死不能得,欲生无一可。
彼苍者何辜,乃遭此厄祸㉒。
边荒与华异,人俗少义理㉓。
处所多霜雪,胡风春夏起㉔。
翩翩吹我衣,肃肃入我耳㉕。

感时念父母,哀叹无穷已[26]。
有客从外来,闻之常欢喜。
迎问其消息,辄复非乡里。
邂逅徼时愿[27],骨肉来迎己[28]。
己得自解免,当复弃儿子[29]。
天属缀人心,念别无会期[30]。
存亡永乖隔,不忍与之辞[31]。
儿前抱我颈,问母欲何之。
"人言母当去,岂复有还时。
阿母常仁恻,今何更不慈[32]。
我尚未成人,奈何不顾思。"
见此崩五内,恍惚生狂痴[33]。
号泣手抚摩,当发复回疑。
兼有同时辈,相送告离别。
慕我独得归,哀叫声摧裂[34]。
马为立踟蹰,车为不转辙[35]。
观者皆歔欷,行路亦呜咽[36]。
去去割情恋,遄征日遐迈[37]。
悠悠三千里,何时复交会[38]。
念我出腹子,匈臆为摧败[39]。
既至家人尽,又复无中外[40]。
城郭为山林,庭宇生荆艾[41]。

白骨不知谁,从横莫覆盖。
出门无人声,豺狼号且吠。
茕茕对孤景㊷,怛咤糜肝肺㊸。
登高远眺望,魂神忽飞逝。
奄若寿命尽,旁人相宽大。
为复强视息㊹,虽生何聊赖㊺。
托命于新人,竭力自勖厉㊻。
流离成鄙贱,常恐复捐废。
人生几何时,怀忧终年岁。

【题解】

此诗见《后汉书·列女·董祀妻传》,称蔡琰"后感伤乱离,追怀悲愤,作诗二章",即此首与骚体一首(称"其二章")。这两首《悲愤诗》,近代学者有不同意见,有的认为此首为真,骚体为伪;有人则相反,以此首为伪而骚体是真。其实二诗同见范晔《后汉书》,范晔上距建安不过二百年左右,再说其书有《东观汉记》及多家《后汉书》为依据,未可轻疑。至于有人认为蔡邕闻董卓死而哀叹,遂谓此诗不当斥董卓。此说实不足成立。因为蔡邕的发叹,可能是由于私人的交谊,至于董卓的行为,当然是人人都会斥责的。从艺术上说,此诗自胜于骚体,但同一作家的作品,艺术上有高下亦常有之事,不足说明真伪问题。清沈德潜评此诗云："激昂酸楚，读去如惊蓬坐振，沙砾自飞。在东汉人中，力量最大。"又谓其感人处"由情真，亦由情深也。"(《古诗源》卷三)

【注释】

①董卓：董卓(？—192)字仲颖，东汉末陇西临洮(今甘肃岷县)人。桓帝末，曾在张奂军中击羌，后官至并州刺史。灵帝时参加镇压黄巾屡败。灵帝末，为并州牧。灵帝死后，大将军何进谋诛宦官，召董卓入洛阳。董至时，何进已被宦官所杀，朝臣共诛宦官。董卓入洛阳，遂专朝政，废少帝刘辩，更立献帝。各地官员共起兵讨董卓，卓遂挟献帝及百官迁都长安，又与各地起兵诸官员作战于虎牢、荥阳一带，诸军各谋私利，不肯进击，事遂不成。后王允与吕布、士孙瑞合计杀董卓。但董卓的部下又围攻长安，杀王允，关中大乱。这两句是说汉末大乱，朝廷失去大权，董卓专擅朝政，废帝杀太后，违反当时所谓伦常道德。②弑(shì)：古时指臣杀君，子杀父之事。诸贤良：指不同意董卓行为的执金吾丁原、尚书周怭、城门校尉伍琼、太傅袁隗、太仆袁基等。③"逼迫"句：指董卓于初平元年(190)迫献帝及百官迁都长安。长安为西汉旧都，故称"旧邦"。④拥主：指挟制献帝刘协。⑤"海内"二句：指初平元年各地州牧、刺史等起兵讨伐董卓，推袁绍为盟主。⑥"卓众"二句：指各地官员起兵后，董卓也派兵东下，迎击东方军队。当时在荥阳一带有战事，董卓军可能曾到过蔡琰家乡今杞县一带。⑦"平土"句：陈留(今杞县一带)地势平

坦,这一带在汉代人口较密也较富庶。 ⑧"来兵"句:董卓部下的军人,确有羌族和匈奴等族的人。 ⑨戳:"截"古字。孑(jié):单独的。《诗经·大雅·云汉》:"周馀黎民,靡有孑遗。"这句说"平土百姓被董卓部下杀戮殆尽,没有留下的"。 ⑩撑拒:指被杀者的尸体堆积起来。 ⑪"长驱"句:董卓的部下多凉州人,他们在和东方诸军作战后,退回关中。 ⑫迥(jiǒng):远。指自陈留入关之路,远而又险。 ⑬邈:远。"邈冥冥"是说遥远而望之不可见。 ⑭"肝脾"句:指因心情痛苦而觉内脏已烂一样。 ⑮屯聚:聚居。这句指被掠妇女万馀人不得聚居一处。 ⑯骨肉:指家人。 ⑰"失意"二句:指被掠者或有些微不合董兵之意,他们动辄说要杀她们,称"毙降虏"。 ⑱亭刃:即挺刃,用刀刺杀人。 ⑲我曹:我们。不活汝:指被掠的人。这两句是董卓部下威胁她们的话。 ⑳詈(lì):骂。这两句说被掠者并非爱惜生命,但受不了董兵的辱骂。 ㉑毒:恨。参:兼。这两句是说挨打时痛和恨交作于心。 ㉒彼苍:指老天。《诗经·秦风·黄鸟》:"彼苍者天。"厄:通"阨"。这两句是呼天而问,何辜遇此灾祸。 ㉓"边荒"二句:这两句指匈奴族的风俗习惯与汉人不一样。 ㉔"处所"二句:按:东汉后期匈奴族居于今山西离石一带,未必有此气候,疑诗中有夸张。 ㉕肃肃:形容风声。 ㉖"感时"二句:按:当时蔡邕恐已去世,蔡琰在匈奴中或未知消息。 ㉗邂逅:相遇。徼(jiǎo):侥幸。时愿:平日的愿望。 ㉘骨肉:指中原的人。 ㉙"已得"二句:指自己虽免被掠之苦,而又当抛弃在胡地所生之子。 ㉚天属:指儿子。缀:连着。这两句说儿子牵动人心,而一别之后更无相见之期。 ㉛"存亡"二句:说与儿子死生永隔,不忍和他分别。 ㉜恻(cè):悲于同情心。这两句是儿子问蔡琰的话。 ㉝ 五内：指五脏。"恍惚"句：说因悲伤而心情恍惚几乎发疯。 ㉞ 摧裂：指心肝摧裂。 ㉟ 辙：车轮轧的痕迹。这句是说车未移动。 ㊱ 歔欷（xū xī）：哭泣。行路，路过的人。呜咽：悲哀而哽咽，说不出话来。 ㊲ 遄（chuán）征：迅速出行。遐：远。迈：行走。 ㊳ 交会：会面。 ㊴ 匈：同"胸"。臆（yì）：心胸。 ㊵ 中外：表亲。"中"指舅家表亲，"外"指姑家表亲。 ㊶ 荆：荆棘。艾：艾草。 ㊷ 茕茕：孤苦的样子。景：同"影"。与李密《陈情表》"茕茕独立，形影相吊"二句意同。 ㊸ 怛咤（dá zhà）：悲叹。糜：糜烂。 ㊹ 息：呼吸。这句指勉强活着。 ㊺ 聊赖：依靠。 ㊻ 勖（xù）：勉励。

其　　二

嗟薄祜兮遭世患①，宗族殄兮门户单②。
身执略兮入西关③，历险阻兮之羌蛮④。
山谷眇兮路曼曼⑤，眷东顾兮但悲叹。
冥当寝兮不能安⑥，饥当食兮不能餐。
常流涕兮眦不干⑦。
薄志节兮念死难，虽苟活兮无形颜⑧。
惟彼方兮远阳精，阴气凝兮雪夏零⑨。
沙漠壅兮尘冥冥⑩，有草木兮春不荣。
人似禽兮食臭腥，言兜离兮状窈停⑪。
岁聿暮兮时迈征，夜悠长兮禁门扃⑫。

不能寐兮起屏营⑬,登胡殿兮临广庭。
玄云合兮翳月星,北风厉兮肃泠泠⑭。
胡笳动兮边马鸣,孤雁归兮声嘤嘤⑮。
乐人兴兮弹琴筝,音相和兮悲且清。
心吐思兮胸愤盈,欲舒气兮恐彼惊⑯,
含哀咽兮涕沾颈。
家既迎兮当归宁⑰,临长路兮捐所生。
儿呼母兮号失声,我掩耳兮不忍听。
追持我兮走茕茕,顿复起兮毁颜形⑱。
还顾之兮破人情,心怛绝兮死复生。

【题解】

这首诗和前一首同见《后汉书·列女·董祀妻传》。诗的基本内容与前首近似,但稍简略,对被掠入关及归汉后情景均少细致描写。从艺术成就上说,恐不如前首之感人。所以过去有些选本皆仅取前首。但两诗皆见《后汉书》,在无确切证据时,似不当轻议二首中有一首为伪作。

【注释】

① 祜(hù):福。遭世患:遭遇世乱,指董卓之乱。 ② 殄(tiǎn):

尽。单：孤弱。 ③西关：当指函谷关。函谷关在今陕西灵宝境，在杞县以西，故云"西关"。 ④之：同"至"。羌蛮：指羌族，古人往往以"蛮夷"称少数民族。此种"羌蛮"犹《后汉书·西羌传》之称"羌戎""羌胡"。 ⑤眇：远。曼曼：同"漫漫"路长。 ⑥冥：同"暝"，黄昏。 ⑦眦（zì）：上下眼睑的接合处。"眦不干"，指流泪不止。 ⑧无形颜：犹言无面目见人。 ⑨阳精：指太阳。按：此句亦出夸张，详上首注㉔。 ⑩壅：指道路阻塞。尘冥冥：指风卷沙土上蔽天空。 ⑪禽：禽兽总名曰禽。兜离：李贤注："兜离，匈奴言语之貌。"按：《后汉书·南蛮传》："衣裳班兰，语言侏离。""侏离"和"兜离"一音之转。窈停：不详。疑指匈奴人的行事难可了解。 ⑫聿：语助辞。扃：锁住。 ⑬屏营：彷徨。 ⑭翳：遮蔽。泠（líng）泠：形容寒冷的样子。 ⑮嘤嘤：形容雁鸣的声音。 ⑯舒气：长叹。彼：指匈奴人。此句写在匈奴之恐惧。 ⑰家：指汉人。归宁：本指女子回娘家，此指归汉。 ⑱顿：跌倒。

仲 长 统

仲长统（180—220）字公理，山阳高平（今山东鱼台北）人。少好学，敢直言，不拘小节，时人谓之"狂生"。不应州郡辟召。为尚书令荀彧所举，为尚书郎，曾参曹操军事。著《昌言》三十四篇，又作《乐志论》，有诗二首。《昌言》本十二卷，清严可均《全上古三代秦汉三国六朝文》辑佚文万馀言。

见 志 诗

其 一

飞鸟遗迹，蝉蜕亡壳①。腾蛇弃鳞②，神龙丧角③。
至人能变④，达士拔俗。乘云无辔，骋风无足⑤。
垂露成帏，张霄成幄⑥。
沆瀣当餐⑦，九阳代烛⑧。
恒星艳珠，朝霞润玉⑨。
六合之内⑩，恣心所欲。人事可遗，何为局促。

【题解】

　　这两首诗均见《后汉书·仲长统传》，本无题目。"见志诗"乃后人所加。仲长统被时人称为"狂士"，他要遗弃人事，追求个性的自由。这种思想，已和魏晋一些名士十分相近。从诗中看，他显然深受老庄思想的影响。"垂露成帏，张霄成幄"二句，似受《庄子·列御寇》"吾以天地为棺椁，日月为连璧，星辰为珠玑，万物为赍送"等语影响。不过《庄子》说的是死，而仲长统说的是生。后来刘伶作《酒德颂》称"日月为扃牖，八荒为庭衢"似受仲长统此诗影响。

【注释】

　　① 蝉蜕（tuì）：蝉脱去皮壳。这两句是说飞鸟飞时无痕迹，而蝉变化

时会脱去皮壳。 ②腾蛇：亦称"螣（téng）蛇"，古代传说中一种会飞的蛇。李贤《后汉书注》云："《尔雅》曰：'腾蛇有鳞'。"按：《尔雅·释鱼》云："螣，螣蛇。"郭璞注："龙类也，能兴云雾而游其中。"不言有鳞，未知李贤何据。 ③神龙丧角：李贤注："《广雅》曰：'有角曰龙。'丧角，解角也。"按：《广雅·释鱼》："有角曰虬龙。"王念孙《疏证》："'虬'与'虯'同。"当指此。 ④至人：道家以为修养极高的人。《庄子·天下》："不离于真，谓之至人。" ⑤"乘云"二句：指龙能乘云，在风中驰骋。《荀子·劝学》："螣蛇无足而飞。" ⑥霄：云。李贤注："霄，摩天赤气也。"幄：帐幕。 ⑦沆瀣（hàng xiè）：天上的云气。李贤注引《陵阳子明经》曰："沆瀣者，北方夜半气也。" ⑧九阳：李贤注云："九阳，谓日也。《山海经》曰：'阳谷上有扶木，九日居下枝，一日居上枝。'" ⑨"恒星"二句：这是幻想以星和朝霞为珠玉，即《庄子》以"星辰为珠玑"的意思。 ⑩六合：指上下四方。

其　　二

　　大道虽夷，见几者寡①。任意无非，适物无可。
　　古来绕绕②，委曲如琐③。百虑何为，至要在我。
　　寄愁天上，埋忧地下。叛散《五经》，灭弃《风》《雅》。④
　　百家杂碎，请用从火⑤。抗志山栖，游心海左。
　　元气为舟，微风为柂⑥。敖翔太清，纵意容冶⑦。

【题解】

　　这首诗和上一首一样，也是要求超世脱俗的意思。但这首思想似更为大胆，说出了"叛散《五经》，灭弃《风》《雅》"的话。这种言论已开嵇康等人的先河。

【注释】

　　①几：指事物出现以前的细微征兆。　②绕绕：指古来百事纠缠，使人无法解脱。　③琐：细小。委曲如琐：指百事曲折纠缠而极繁琐。　④《五经》：指儒家的五部经典：《易》《书》《诗》《礼》《春秋》。《风》《雅》：指《诗经》中的《国风》《小雅》和《大雅》。　⑤百家：指诸子学说。杂碎：杂乱琐碎。用火：指焚毁。　⑥柂（duò）：船尾。　⑦敖翔：同"翱翔"。容冶：同"容与"，安逸自得的样子。

阮　瑀

　　阮瑀（？—212）字元瑜，陈留尉氏（今属河南）人。早年从蔡邕学，为邕所赏识。建安初为曹操军谋祭酒，管记室。阮瑀长于书檄之文，为"建安七子"之一。卒年四十馀，其子即魏著名诗人阮籍。《隋书·经籍志》著录其集五卷，明人辑有《阮元瑜集》，今人俞绍初《建安七子集》续有校补。

驾出北郭门行

驾出北郭门①，马樊不肯驰②。
下车步踟蹰，仰折枯杨枝。
顾闻丘林中，嗷嗷有悲啼③。
借问啼者出，何为乃如斯。
亲母舍我殁，后母憎孤儿。
饥寒无衣食，举动鞭捶施。
骨消肌肉尽，体若枯树皮。
藏我空室中，父还不能知。
上冢察故处，存亡永别离。
亲母何可见，泪下声正嘶④。
弃我于此间，穷厄岂有赀⑤。
传告后代人，以此为明规。

【题解】

　　这首诗见于《乐府诗集》，属《杂曲歌辞》。《初学记》中亦曾引用。后母虐待前妻之子是一种比较常见的社会现象。阮瑀对孤儿是深表同情的。此诗纯用白描手法，语言朴素，所以不大为历来选家所重视。

【注释】

①北郭门：疑即洛阳城的北门，为冢墓所在。这里指马被牵制而不能驰骋。 ③噭（jiào）：哭声。 ②樊：本指篱笆，这里指马被牵制。 ④嘶：声音因哭而发哑。 ⑤赀：计量。此句指受了无穷之苦。

咏 史 诗

其 一

误哉秦穆公，身没从三良①。
忠臣不违命，随躯就死亡。
低头窥圹户②，仰视日月光。
谁谓此可处，恩义不可忘。
路人为流涕，黄鸟鸣高桑③。

【题解】

这首诗见《艺文类聚》。秦穆公死，以子车氏三良殉葬的事，《诗经·秦风·黄鸟》《左传·文公六年》及《史记·秦本纪》皆有记载，但不论《诗经》《左传》或《史记》对这件事都采取批判的态度。因为以活人殉葬是一件极不文明的事。但建安时的阮瑀、王粲和曹植似对此不完全否定。后来陶渊明作《咏三良》，其取意亦与此相近。可能是在当时社会里，士人苦于不遇知己，才有这种思想。至于《诗经·秦风·黄鸟》倒显得批判性更强一些。

【注释】

① 秦穆公：春秋时秦国君主，姓嬴，名任好。在位时任用孟明等，曾在西方称霸，死时命以子车氏的三个贤臣：奄息、仲行、𬭚虎三人殉葬。秦国百姓哀悼这三位贤臣，作《黄鸟》诗。"三良"即指子车氏的三人。② 圹户：墓穴之门。　③ "黄鸟"句：用《黄鸟》诗"交交黄鸟，止于桑"句意。

其　二

燕丹善勇士，荆轲为上宾①。
图尽擢匕首②，长驱西入秦。
素车驾白马，相送易水津③。
渐离击筑歌④，悲声感路人。
举坐同咨嗟⑤，叹气若青云。

【题解】

这首诗亦见《艺文类聚》。诗中写战国末燕太子丹命荆轲刺秦始皇不成之事。这个故事见《史记·刺客列传》,历来诗人咏者甚多,大抵对荆轲取歌颂的态度,而阮瑀此诗出现较早。逯钦立先生云:"又左思《咏史诗》有荆轲一篇,当是祖述建安诸贤。"(《先秦汉魏晋南北朝诗》第379页)按:左思《咏史》其六咏荆轲事,但重点似在"贵者虽自贵,视之若埃尘;贱中虽自贱,重之若千钧"诸句。陶渊明《咏荆轲》似与阮瑀此诗更近。

【注释】

① 燕丹:指战国时燕国的太子丹。荆轲:战国刺客,卫国人,人又称之为"荆卿"或"庆卿",好击剑。奉燕太子丹命行刺秦始皇,不成,被杀。② 图:指荆轲带入秦国的督亢(地名)地图,燕太子丹借口献地以行刺。匕首:短剑。③ 易水:河流名。在今河北省境。④ 渐离:即高渐离,本在燕市屠狗,后为燕丹宾客,善击筑,后曾事秦始皇,谋行刺,不成,被杀。筑:一种打击乐器。⑤ 咨嗟:叹息。

七 哀 诗

丁年难再遇①,富贵不重来。
良时忽一过,身体为土灰②。
冥冥九泉室③,漫漫长夜台④。

身尽力气索⑤,精魂靡所能⑥。
嘉肴设不御,旨酒盈觞杯。
出圹望故乡,但见蒿与莱。

【题解】

"七哀"这个题目,在建安时代的诗歌中曾多见,王粲、曹植均有同名之作,后来晋代的张载亦有此题目,但各人所咏的内容并不相同。《文选》五臣吕向注云:"'七哀',谓痛而哀,义而哀,感而哀,怨而哀,耳目闻见而哀,口叹而哀,鼻酸而哀也。"此说似对理解诸人之作并无多大帮助。阮瑀此首,似写人死亡之哀。"嘉肴设不御,旨酒盈觞杯"二句,似对陶渊明《挽歌》之"春醪生浮蚁""肴案盈我前"诸句有影响。

【注释】

①丁年:指壮年。古代人到一定年龄即当成年而要服役,谓之"成丁"。具体年龄不同,晋以前为十五六岁,至宋为二十岁。 ②"身体"句:此句指死亡。曹操《步出夏门行》:"腾蛇乘雾,终成土灰。"阮籍《咏怀诗》:"军败华阳下,身竟为土灰。" ③九泉:指地下。 ④长夜台:指死后不见天日。 ⑤索:穷尽。 ⑥能:古音读如"耐"。

杂 诗

临川多悲风,秋日苦清凉。
客子易为戚,感此用哀伤。
揽衣起踯躅,上观心与房①。
三星守故次②,明月未收光。
鸡鸣当何时,朝晨尚未央。
还坐长叹息,忧忧安可忘。

【题解】

此诗见《艺文类聚》。诗中写诗人在一个秋夜中因忧伤失眠,起观星空的情景。这种题材在古诗中常见。谢灵运《拟魏太子邺中集诗八首》说阮瑀:"管书记之任,有优渥之言。"但在阮瑀进入曹操幕下以前也曾遭汉末战乱,有这种忧愁之言亦属自然。

【注释】

① 心:星名,二十八宿之一,亦名"火宿",凡三星,属天蝎座。房:亦星名,二十八宿之一,凡四星,亦属天蝎座。 ② 三星:当指心宿三星。次:星在天空的位置,随着地球的转动,人们在不同时间看到星的位置在变化。古人把这种变化的位置叫"次"。

王　粲

王粲（177—217）字仲宣，山阳高平（今山东鱼台北）人，东汉文学家，"建安七子"之一。祖畅，为党锢中"八俊"之一。父谦，汉末为何进长史。董卓之乱，随父被迫入关。王粲在长安，为蔡邕所赏识。李傕、郭汜之乱，他逃奔荆州，依托刘表，不得志，作著名的《七哀诗》及《登楼赋》。建安十三年（208），曹操南征，他劝刘表子琮迎降，入曹操幕。曹操封魏公，授王粲侍中。曾为魏立制度，多次随曹操征马超、孙权。建安二十二年（217）初病卒于南征返邺途中。《隋书·经籍志》著录《王粲集》十一卷，佚。明张溥辑有《王侍中集》，今人俞绍初《建安七子集》有校补。王粲又有《尚书释问》四卷，相传的《汉末英雄记》亦题王粲作，今佚。历来论"建安七子"者皆以为王粲、刘桢的成就最高，而推尊王粲者尤多。

赠蔡子笃诗

翼翼飞鸾①，载飞载东②。我友云徂，言戾旧邦③。
舫舟翩翩，以泝大江④。蔚矣荒涂⑤，时行靡通。
慨我怀慕，君子所同。悠悠世路，乱离多阻。
济岱江行⑥，邈焉异处⑦。风流云散，一别如雨⑧。

人生实难,愿其弗与⑨。瞻望遐路,允企伊伫⑩。
烈烈冬日⑪,肃肃凄风⑫。潜鳞在渊⑬,归雁载轩⑭。
苟非鸿雕⑮,孰能飞翻⑯。虽则追慕,予思罔宣⑰。
瞻望东路,惨怆增叹。率彼江流,爰游靡期⑱。
君子信誓,不迁于时。及子同寮⑲,生死固之⑳。
何以赠行,言授斯诗。中心孔悼,涕泪涟洏㉑。
嗟尔君子,如何勿思。

【题解】

此诗见《文选》。蔡子笃其人《后汉书》《三国志》均无记载。李善注引《蔡氏谱》曰:"(蔡)睦,济阳人。"济阳在今河南东部兰考、民权一带。五臣吕向注云:"蔡子笃为尚书,仲宣与之为友,同避难荆州。子笃还会稽,仲宣故赠之。"按:吕向所云"为尚书",盖据李善注引"《晋官名》",而胡克家《考异》据《隋书·经籍志》,当是"《魏晋百官名》",又引《晋书·蔡谟传》:"曾祖睦,魏尚书。"可见蔡子笃入魏,为尚书。又诗中称"言戾旧邦",似返回济阳,而"五臣注"谓"还会稽",清何焯云:"按,诗有济岱语,则向所云还会稽者乃凭臆妄撰也。"(《义门读书记》卷四十六)此诗乃在荆州时所作,一同避难至荆州,不忍分别,意颇真切。

【注释】

①翼翼：鸟飞时挥动翅膀的样子。 ②载：语助辞。 ③戾：至。旧邦：故乡，当指济阳。 ④舫：同"方"。两舟并行。泝（sù）：本意为逆流而上。但从荆州至济阳或会稽，都当为顺流而下。 ⑤蔚矣：指野草茂盛。 ⑥济岱江行：按：当从五臣本作"济岱江衡"，"济岱"近陈留，为蔡子笃所去之处，而长江、衡山近荆州，为王粲所留之地。胡克家《考异》、胡绍煐《笺证》、梁章钜《旁证》皆同此说。 ⑦邈（miǎo）：远。 ⑧一别如雨：雨本在云里，雨点落下后，就再回不到云里，形容一别难会。晋傅玄《豫章行苦相篇》："垂泪适他乡，忽如雨绝云。" ⑨愿其弗与：愿望不得实现。 ⑩允：诚。这句说企而望，写诗人依依惜别之状。 ⑪烈烈：形容严寒。 ⑫肃肃：风声。 ⑬潜鳞：指深藏之鱼。 ⑭轩：飞翔。 ⑮鸿：即大雁。雕：一种猛禽。 ⑯飞翻：即飞。 ⑰罔宣：无法表达。 ⑱率：循。爰：语助辞。这两句说蔡子笃循江东下，会面无期。 ⑲寮：同"僚"，指诗人与蔡本同事。 ⑳固之：指坚持这种友谊。 ㉑洏（ér）：流泪的样子。涟洏，形容涕泪交流。

赠士孙文始诗

天降丧乱，靡国不夷①。我暨我友，自彼京师②。
宗守荡失，越用遁违③。迁于荆楚，在漳之湄④。
在漳之湄，亦尅宴处⑤。和通箎埙⑥，比德车辅⑦。
既度礼义，卒获笑语⑧。庶兹永日⑨，无訾厥绪⑩。

虽曰无咎，时不我已⑪。同心离事，乃有逝止⑫。
横此大江，淹彼南汜⑬。我思弗及，载坐载起⑭。
惟彼南汜，君子居之。悠悠我心，薄言慕之⑮。
人亦有言，靡日不思。矧彼嬿婉，胡不凄而⑯。
晨风夕逝，托与之期⑰。瞻仰王室，慨其永叹⑱。
良人在外，谁佐天官⑲。四国方阻，俾尔归藩⑳。
尔之归蕃，作式下国㉑。无曰蛮裔，不虔汝德㉒。
慎尔所主，率由嘉则㉓。龙虽勿用㉔，志亦靡忒㉕。
悠悠澹澧㉖，郁彼唐林㉗。虽则同域，邈其迥深㉘。
白驹远志，古人所箴㉙。允矣君子，不遏厥心㉚。
既往既来，无密尔音㉛。

【题解】

这首诗见于《文选》，士孙文始名萌，扶风（今陕西西安以西武功、户县一带）人。士孙瑞之子。李善注引"《三辅决录》赵岐注"：（按，胡克家《考异》："陈云：'赵岐二字衍。岐著《三辅决录》，晋挚虞作注。'"）"士孙孺子名萌，字文始。少有才学，年十五能属文。初，董卓之诛也，父瑞知王允必败，京师不可居，乃命萌将家属至荆州依刘表。去无几，果为李傕等所杀。及天子都许昌、追论诛董卓之功，封萌为澹津亭侯。与山阳王粲善，萌当就国，粲等各作诗以赠萌，于今诗犹存也。"（按：《三国志·董卓传》谓萌有答诗在《王粲集》中，《王粲集》久佚，其诗亦亡。）此诗亦送别朋友之作。士孙萌之父士孙瑞曾参与王允诛董卓之事，故王粲此诗有劝励他建立功业之意。

【注释】

①夷：同"痍"，创伤。这两句是说董卓之乱，祸及天下，无处不受创伤。　②京师：指长安，当时东汉都城被董卓迫迁到长安。　③宗守：指朝廷所当保守的宗庙重器。这两句说朝廷既已失去控制力，自己和友人只能逃出都城。　④漳：指今湖北境内的漳水。出南漳县西南，东南流经钟祥、当阳，合沮水，又东南入长江。王粲当时在当阳一带，故云"在漳之湄"。"湄"：河的岸边。　⑤尅：同"克"，能够。宴处：安居。　⑥篪（chí）：竹制乐器。《诗经·小雅·何人斯》："伯氏吹埙，仲氏吹篪。"埙（xūn）：一种以陶土制成的吹奏乐器。这句是用《诗经》典故，说诗人和士孙萌亲如兄弟。　⑦车：牙下骨。辅：颊骨。这句是用《左传·僖公五年》："辅车相依"典故，说王粲、士孙萌相互依靠，犹如牙下骨与颊骨。　⑧"既度"二句：这两句出于《诗经·小雅·楚茨》："礼仪卒度，笑语卒获。"意谓王粲与士孙萌相处既能遵守礼义，亦能谈笑相得。　⑨庶：庶几。兹：此，这里。永日：长久。　⑩愆：同"愆"，过失。这句说希望无愧于祖先的绪业。　⑪时不我已：同"时不我与"，言时势不从我愿。　⑫"同心"二句：是说虽二人同心，而遭遇事态，不得不分开。逝：去，指士孙萌要到

别处去。 ⑬南汜（sì）：南边的水涯（"汜"通"涘"），指士孙萌任地"澹津"，在今湖南安乡县北一带，在大江之南，而当阳在江北，故称"横此大江"。淹：远。 ⑭载：语助辞。这两句说自己始料不及，听到后坐立不安。 ⑮薄言：发语词。慕之：指慕士孙萌之为人。 ⑯矧（shěn）：何况。嬿婉：亲密。而：语助词。 ⑰晨风：鸟名，一作"鹯风"。托与之期：指托晨风鸟带信给士孙萌。 ⑱瞻仰：仰望。《诗经·大雅·瞻卬》："瞻卬昊天。"永叹：长叹。 ⑲良人：指士孙萌。天官：朝廷主政的官。 ⑳四国：四方。 ㉑藩：指士孙萌封地（士孙萌封澹津亭侯）。式：榜样。下国：指全国各地，相对于朝廷，故称"下国"。 ㉒蛮裔：同"蛮夷"，古人称南方少数民族为蛮夷。虔：敬重。 ㉓所主：所掌职守。率由嘉则：遵循美好的法度。 ㉔龙虽勿用：用《周易·乾·初九》"潜龙勿用"典，说士孙萌虽封亭侯，未被任用。 ㉕忒：过失。 ㉖悠悠：道路漫长。澹澧：澹水和澧水，在今湖南澧县、津市一带。《水经注·澧水》："澧水又南径故郡城东，东转径作唐县南。澧水又东径南安县南，晋太康元年分屠陵县立。澹水注之。水上承澧水于作唐县，东径其县北，又东注于澧，谓之澹口。王仲宣《赠士孙文始诗》曰：'悠悠澹澧'者也。" ㉗郁：茂盛。唐林：指作唐县之山林。作唐，东汉三国县名，在今湖南安乡北。 ㉘同域：同属荆州。邈：远。 ㉙白驹：用《诗经·小雅·白驹》"生刍一束，其人如玉；无金玉尔音，而有遐心"典故。箴：规劝。 ㉚不遐厥心：即"无金玉尔音，而有遐心"之意。 ㉛无密尔音：不要缺少音信，言不要断了联系。

赠文叔良诗

翩翩者鸿，率彼江滨①。君子于征，爰聘西邻②。
临此洪渚，伊思梁岷③。尔往孔邈，如何弗勤④。
君子敬始，慎尔所主⑤。谋言必贤，错说申辅⑥。
延陵有作，侨肸是与⑦。先民遗迹，来世之矩⑧。
既慎尔主，亦迪知几⑨。探情以华，睹著知微⑩。
视明听聪，靡事不惟⑪。董褐荷名，胡宁不师⑫。
众不可盖，无尚我言⑬。梧宫致辩，齐楚构患⑭。
成功有要，在众思欢。人之多忌，掩之实难⑮。
瞻彼黑水，滔滔其流⑯。江汉有卷，允来厥休⑰。
二邦若否⑱，职汝之由。缅彼行人，鲜克弗留⑲。
尚哉君子，于异他仇⑳。人谁不勤，无厚我忧。
惟诗作赠，敢咏在舟㉑。

【题解】

此诗见于《文选》。文叔良即文颖。唐颜师古《汉书叙例》述注释《汉书》的人有"文颖字叔良，南阳（今属河南）人，后汉末荆州从事，魏建安中为甘陵府丞"。《文选》李善注引干宝《搜神记》略同。李善又云："献帝初平（190—193）中，王粲依荆州刘表，然叔良之为从事，盖事刘表也。详其诗意，似聘蜀结好刘璋也。"此诗似着重劝诫,与前面两首之述友谊者颇不同。疑文颖年辈稍后于王粲。

【注释】

① 翩翩:形容鸿飞的样子。率:遵循。这句说鸿沿江而飞,实比拟文叔良自荆州出使西蜀,沿江上溯。 ② 君子:指文叔良。西邻,指居蜀地的益州牧刘璋,在荆州之西。 ③ 洪渚:大的水洲。梁:指梁州。《尚书·禹贡》以今四川等地为"梁州"。岷:岷山,在今四川与甘肃交界处。 ④ 勤:忧思。这两句说:你去的地方很远,怎能不思念? ⑤ 慎尔所主:谨慎你的职守,指出使之事。 ⑥ 错:同"措"。这句说措辞要强调荆、益二州相辅之理。 ⑦ 延陵:古地名,在今江苏常州境。春秋时吴国封公子季札于此,后人因以"延陵"代指季札。侨:指春秋时郑国名臣公孙侨,字子产。肸(xī):指春秋时晋国大夫羊舌肸,字叔向。《左传·襄公二十九年》载,季札聘问北方诸国,在郑国,他和子产谈得来,在晋国和叔向谈得来。后人往往以他和二人的友谊为美谈。 ⑧ 先民遗迹:指季札和子产、叔向的遗迹。矩:规矩、法式。 ⑨ 迪:由。几:细微的征兆。这句是告诫文叔良出使要善于察微知变。 ⑩ 华:指表面的现象。著:指可以明显看出的现象。微:细微的变化。 ⑪ 惟:思考。 ⑫ 董褐:春秋时晋国大夫司马寅,吴晋在黄池相会,两国争为盟主。吴王夫差准备对晋作战,赖董褐言辞,使吴、晋免于交战。事见《国语·吴语》。这两句是说董褐以此闻名,何不以他为师。 ⑬ 盖:压倒。这两句是告诫文叔良不

要自逞才辩去压倒别人。　⑭梧宫：战国时齐国的宫名。楚王派使者聘齐，齐王在梧宫宴请楚使。楚使讥笑齐国被燕国打败之事，齐王叫臣子对答，齐臣讥笑楚为吴所败之事。见《说苑·奉使》。此处王粲以梧宫之事告诫文叔良，不要使蜀人不满。　⑮"人之"二句：意谓人多忌讳，不要光想以口舌胜过别人。　⑯黑水：梁州水名。《尚书·禹贡》："华阳、黑水惟梁州。"其名有多种说法。清陈澧以为即怒江；也有人以为是澜沧江；还有人认为是今四川黑水县一带的一条岷江支流。滔滔：形容水流之大。　⑰卷：李善、五臣都以"有席卷之志，信服而来"作解释。疑非。"卷"同"眷"，《诗经·大雅·皇矣》："乃眷西顾"。疑指江汉（荆州）眷顾益州以诚信来求结好。　⑱否（pǐ）：不和。　⑲缅：缅怀。鲜：少有。克：能。留：滞留。　⑳尚哉君子："尚"指德行高尚。君子：指文叔良。仇：匹，同列之意。　㉑在舟：指王粲与文叔良为同事，风雨共舟。

公　宴　诗

昊天降丰泽①，百卉挺葳蕤②。
凉风撤蒸暑，清云却炎晖③。
高会君子堂，并坐荫华榱④。
嘉肴充圆方⑤，旨酒盈金罍⑥。
管弦发徽音⑦，曲度清且悲⑧。
合坐同所乐，但愬杯行迟⑨。
常闻诗人语，不醉且无归⑩。

今日不极欢,含情欲待谁。
见眷良不翅,守分岂能违⑪。
古人有遗言,君子福所绥⑫。
愿我贤主人,与天享巍巍⑬。
克符周公业⑭,奕世不可追⑮。

【题解】

　　这首诗见于《文选》。这是王粲从荆州归降曹操后来到邺城参加一次宴会时所作。当时正是夏天,雨后天气清凉,当时参加宴会的人大约较多,诗人心里很高兴。诗中对主人曹操作了高度的颂扬。他这种做法颇引起后人的非议,如清朝的方东树在《昭昧詹言》中说"仲宣工于干谄,凡媚操无不极口颂扬,犯义而不顾"。当然,诗中确有颂扬过度的话,但从当时的历史条件看,这类"公宴"诗总难免有此俗套,尤其像王粲那样的士人在荆州时不得志,而到邺城后,颇得重用。所以这种言论亦不必苛责。

【注释】

　　① 昊天:老天,特别指夏季的天。《尔雅·释天》"夏为昊天"(但《诗经》中屡以"昊天"称天,并不限于夏季。杜甫《北征》:"昊天积霜

露",即指秋天)。丰泽:大雨。 ②百卉:百草。葳蕤(wēi ruí):形容草木茂盛富有生机的样子。 ③蒸暑:闷热。炎晖:炽热的阳光。 ④君子:指曹操。榱(cuī):椽子。华榱:指华美的房子。 ⑤圆方:指圆形和方形的各种盛食品之器。 ⑥旨酒:美酒。罍(léi):古代的一种酒器。 ⑦徽音:美好的音声。 ⑧清且悲:古人认为音乐以悲为美。 ⑨愬:诉说。 ⑩"常闻"二句:用《诗经·小雅·湛露》"厌厌夜饮,不醉无归"典。 ⑪见眷:被器重。良:实在。翅:同"啻",仅仅。守分:遵守自己的本分。这两句是说受曹操器重不少,自己应当尽职。 ⑫"古人"二句:用《诗经·周南·樛木》"乐只君子,福履绥之"典。 ⑬巍巍:本形容崇高的样子,此处是祝曹操福禄众多。 ⑭符:符合。周公:指周初周公旦,佐武王灭纣,又辅成王以成太平。 ⑮奕世:累世。不可追:不能企及。

从 军 诗

其 一

从军有苦乐,但问所从谁①。
所从神且武,焉得久劳师。
相公征关右②,赫怒震天威。
一举灭獯虏③,再举服羌夷④。
西收边城贼,忽若俯拾遗⑤。

陈赏越丘山,酒肉逾川坻⑥。
军人多饫饶⑦,人马皆溢肥。
徒行兼乘还,空出有馀资⑧。
拓地三千里,往返速若飞。
歌舞入邺城,所愿获无违⑨。
尽日处大朝,日暮薄言归⑩。
外参明时政,内不废家私⑪。
禽兽惮为牺,良苗实已挥⑫。
窃慕负鼎翁⑬,愿厉朽钝姿⑭。
不能效沮溺⑮,相随把锄犁。
孰览夫子诗,信知所言非⑯。

【题解】

这五首诗都见于《文选》。《乐府诗集》中收入《相和歌辞·平调曲·从军行》。但王粲创作这五首诗时,是作为乐府或徒诗来写作的,已难考知。但《相和歌辞》产生于汉代,《从军行》的出现应在王粲以前。《乐府诗集》卷三十二引《乐府广题》曰:"左延年辞云:'苦哉边地人,一岁三从军。三子到敦煌,二子诣陇西。五子远斗去,五妇皆怀身。'"按:左延年,魏人,去王粲不远。其后陆机、颜延之作《从军行》皆以"苦哉远征人"为起句,疑此曲古辞,本以从军之苦为题材,以"苦哉"为起首,故王粲此诗云:"从军有苦乐。"但王粲这五首诗,当非一时之作。第一首称"相公征关右",当是建安二十年(215)曹操西征张鲁时作,此次出征,王粲确曾随行(有曹植《又赠丁仪王粲》为证)。其他四首似皆征东吴时作,按曹操以建安二十一年冬征吴,王粲从行,卒于归途。疑《从军诗》中第二至五首,皆征吴时作,可以说是王粲晚年之作。

【注释】

① "从军"二句:《乐府诗集》卷三十二引《乐府解题》曰:"《从军行》皆军旅苦辛之辞。"这两句借此言"从军有苦乐",以颂曹操。 ② 相公:指曹操,他当时为丞相。关右:指函谷关以西。曹操此次西征张鲁。张鲁字公祺,沛国丰(今属江苏)人,祖陵、父衡皆以"五斗米道"惑民,曾为刘焉别部司马,后遂割据汉中,曹操西征,张鲁迎降,封阆中侯。 ③ 灭獯(xūn)虏:獯虏,一般指古代北方的少数民族匈奴。但建安时曹操与匈奴似无重大战事,当指建安十年(205)曹操平三郡乌桓事。 ④ 羌夷:本指西北少数民族羌族。按:此时曹操与羌族亦无大战事,疑指建安十六年(211)曹操击败韩遂、马超之事。韩、马踞雍凉,其部众有羌人。 ⑤ 俯拾遗:形容轻而易举。 ⑥ 坻(chí):水中小块高地。 ⑦ 饫饶(yù ráo):富足。言曹操军需之充裕。 ⑧ "徒行"二句:意谓出征者徒步出行,归来时兼乘(不止一辆车)而归,谓战利品之多。馀资:富裕的资财。 ⑨ 邺城:地名。在今河北临漳。曹操平袁绍后,即居于此。这两

句说凯旋而归,实现了愿望。 ⑩ 大朝:指朝廷政事。⑪ 家私:家中私事。
⑫ 禽兽惮为牺:用《左传·昭公二十二年》典故。《左传》云:"宾孟适郊,见雄鸡自断其尾,问之侍者,曰:'自惮其牺也。'"这是比喻仕途虽荣,颇有危险,不如守穷之安全。良苗实已挥:用《国语·晋语四》典故。《国语》载,秦穆公宴请晋公子重耳(后来的晋文公),"子馀(赵衰)使公子赋《黍苗》(《诗经·小雅》篇名)。子馀曰:'重耳之仰君也,若黍苗之仰阴雨也。若君实庇荫膏泽之,使能成嘉谷,荐在宗庙,君之力也。'"这里王粲借用来比喻自己已受曹操栽培。"挥",《文选》李善注以为"当为辉",形容禾苗茁壮的样子。 ⑬ 负鼎翁:指商汤的贤相伊尹。《孟子·万章》上载"伊尹以割烹要汤"的传说。《史记·殷本纪》:"伊尹名阿衡,阿衡欲奸汤而无由,乃为有莘氏媵臣,负鼎俎,以滋味说汤,致于王道。" ⑭ 朽钝姿:这句是王粲自谦之辞,表示愿为曹操尽力。按:"窃慕"二句,胡刻李善注缺,今据六臣本补。 ⑮ 沮溺:指长沮和桀溺,春秋时两个隐士,曾耦而耕,并对孔子弟子子路(仲由)称自己是"辟世之士",而孔子为"辟人之士",见《论语·微子》。 ⑯ "孰览"二句:《文选》李善注:"《孔丛子》曰:'赵简子使聘夫子,将至,及河,闻鸣犊与窦犨之见杀,回舆而趣。为操曰:"翱翔于卫,复我旧居。从吾所好,其乐只且。"然夫子欲从所好,而仲宣欲厉节而求仕,有乖夫子之志,故以所言为非也。'"五臣李周翰注亦同此说。按:王粲未必敢非议孔子。颇疑指《论语·微子》记孔子说"鸟兽不可与同群,吾非斯人之徒与而谁与,天下有道丘不与易也"。当谓"辟世"之言为非。《孔丛子》后出之书,《汉书·艺文志》不见著录,王粲未必见过。

其 二

凉风厉秋节,司典告详刑①。
我君顺时发,桓桓东南征②。
泛舟盖长川,陈卒被隰坰③。
征夫怀亲戚,谁能无恋情。
拊襟倚舟樯④,眷眷思邺城。
哀彼东山人,喟然感鹳鸣⑤。
日月不安处,人谁获长宁。
昔人从公旦,一徂辄三龄⑥。
今我神武师,暂往必速平。
弃余亲睦恩,输力竭忠贞。
惧无一夫用,报我素餐诚⑦。
夙夜自恲性⑧,思逝若抽萦⑨。
将秉先登羽⑩,岂敢听金声⑪。

【题解】

以下四首诗亦都见《文选》。据李善注云:"(《三国志》)《魏志》曰:'建安二十一年(216)粲从征吴',作此四篇。"这一首写曹操从邺城出发征东吴的情景。此次出征,王粲从行,诗中所写出征士兵眷恋邺城及家属的情形,当是他目睹的真实情况。至于表示要为曹操尽力的思想则是王粲个人的想法。

【注释】

①司典：掌管事务的官员。详刑：审慎行刑。《尚书·吕刑》："有邦有土，告尔详刑。"古人认为征伐亦刑的一种，所谓大刑用甲兵。《礼记·月令》："（孟秋之月）赏军帅武人于朝。天子乃命将帅选士厉兵，简练桀俊，专任有功，以征不义，诘诛暴慢，以明好恶，顺彼远方。" ②桓桓：威武的样子。东南征：指征伐东吴孙权。 ③隰（xí）：低湿的地方。坰（jiōng）：郊野。 ④拊襟：拍打胸襟，形容悲愁。樯（qiáng）：船上的桅杆。 ⑤东山人：指《诗经·豳风·东山》中所写到的从周公旦东征的军人。喟然：叹气的样子。鹳（guàn）：一种生活在水边的鸟。《诗经·东山》有"鹳鸣于垤，妇叹于室"之句。 ⑥"昔人"二句：据《毛诗序》，《东山》为从周公东征者所作。公旦：指周公姬旦。一徂辄三龄：用《东山》中"自我不见，于今三年"典。 ⑦报我素餐诚：这句是王粲自谓无功，故称"素餐"。用《诗经·魏风·伐檀》"彼君子兮，不素餐兮"典故。"素餐"指吃闲饭。 ⑧夙夜：早起晚睡。怦（pēng）：慷慨。 ⑨"思逝"句：意思说心绪如抽丝，萦绕不断。 ⑩秉：执持。先登：率先攻上敌城。羽：指羽旌，用羽毛装饰的旗。李善注引《东观汉记》："贾复击青犊于射犬，被羽先登，所向皆靡。" ⑪金声：古人行军，闻鼓声而进，闻金声而退。这句说不敢退缩。

其　三

从军征遐路,讨彼东南夷。
方舟顺广川①,薄暮未安坻②。
白日半西山,桑梓有馀晖③。
蟋蟀夹岸鸣,孤鸟翩翩飞。
征夫心多怀,恻怆令吾悲。
下船登高防④,草露沾我衣。
身服干戈事,岂得念所思。
即戎有授命⑤,兹理不可违。

【题解】

　　这首诗写军队刚登船从邺城出发,到傍晚时,军士在路上回顾邺城,依稀可见。军人还在想念家乡,而王粲本人虽对他们有同情,却又以努力参加这次出征自励。

【注释】

　　①方舟:本指两船并行。这里是形容船只很多,在河面上并行。广川:广阔的河流。　②坻:水中高地。这句说船尚未停止行进。　③桑梓:本两种树木名。古代人所居村落,都种这两种树。桑以养蚕,梓以造棺,作

养生送死之具，遂用以代指家乡。这句是说军士看到家乡（邺城）在夕阳馀晖中尚可望见。　④防：堤岸。　⑤即戎：指参加作战。语出《论语·子路》："善人为邦百年，亦可以即戎矣。"授命：交出生命。语出《论语·宪问》："见危授命。"

其　　四

朝发邺都桥，暮济白马津①。
逍遥河堤上，左右望我军。
连舫逾万艘，带甲千万人。
率彼东南路，将定一举勋。
筹策运帷幄，一由我圣君②。
恨我无时谋，譬诸具官臣③。
鞠躬中坚内，微画无所陈④。
许历为完士，一言独败秦⑤。
我有素餐责，诚愧《伐檀》人⑥。
虽无铅刀用⑦，庶几奋薄身。

【题解】

这诗似是从邺城渡黄河南下时所作。上半写曹操军力之强，下半自叹无益于用，表示要为此战尽力，和上两首用意相同。

【注释】

①邺都桥：邺城之桥。《三国志·魏志·武帝纪》载，建安十八年（213），作金虎台，凿渠引漳水入白沟以通黄河。邺都桥当在漳水上。白马津：黄河上的渡口。在今河南滑县北。（当时黄河在今滑县流过。）曹操曾在此渡黄河败袁绍。　②圣君：指曹操。　③具官臣：李善注以为是《论语·先进》中孔子答季子然说子路、冉求"可谓具臣矣"之"具臣"，即备臣数之臣。　④鞠躬：这里似指竭尽自身之能力的意思（"鞠"，穷也），与《三国志·蜀书·诸葛亮传》裴注引张俨《默记》所载建兴六年（227）上表（《后出师表》）所谓"鞠躬尽力"相同。李善注引《论语·乡党》"入公门，鞠躬如也"之"鞠躬"，疑非。中坚内：指置身于亲信之中。李善注引《东观汉记》曰："光武赐陈俊绛衣三百领，以衣中坚同心之士也。"微画：微小的计谋。　⑤许历：战国时赵将赵奢的部下，赵奢率军救韩，与秦战于阏与，许历为军士，向赵奢进计，大破秦军。见《史记·廉颇蔺相如列传》。　⑥"我有"二句：见前第二首注⑦。　⑦铅刀：钝刀。贾谊《吊屈原文》："莫邪为钝兮，铅刀为铦。"班固《答宾戏》："搦朽摩钝，铅刀皆能一断。"

其　五

悠悠涉荒路，靡靡我心愁①。
四望无烟火，但见林与丘。
城郭生榛棘，蹊径无所由。

萑蒲竞广泽②,葭苇夹长流③。

日夕凉风发,翩翩漂吾舟。

寒蝉在树鸣,鹳鹄摩天游。

客子多悲伤,泪下不可收。

朝入谯郡界④,旷然消人忧⑤。

鸡鸣达四境,黍稷盈原畴⑥。

馆宅充廛里,女士满庄馗⑦。

自非圣贤国,谁能享斯休。

诗人美乐土,虽客犹愿留⑧。

【题解】

这首诗是写出征途中所见。王粲从邺城南下,经谯郡到伐吴前线。沿途所见景物颇为不同。刚出发时所见,皆曹操和袁绍诸人作战之地,战争创伤尚未恢复,故一片荒凉。谯郡乃曹操家乡,可能受到优待,情况也许较好,这是可能的。但诗中把两地写得如此明显的不同,实由于诗人有意夸张,借此恭维曹操。

【注释】

① 靡靡:行进迟缓的样子。《诗经·王风·黍离》:"行迈靡靡,中心摇摇。" ② 萑(huān):同"萑",一种水草,即荻。 ③ 葭(jiā):初生的

芦苇。　④谯郡：地名，曹操的家乡，在今安徽亳州市一带。　⑤旷然：形容心胸开朗。　⑥原畴：田野。　⑦廛（chán）：古代一户人所居之屋。廛里：村落、市集。庄：大路，古人谓"六轨"之道。馗（kuí）：通"逵"，九达道也。　⑧"诗人"二句：用《诗经·魏风·硕鼠》"乐土乐土，爰得我所"典，故云"虽客犹愿留"。

咏　史

自古无殉死，达人共所知。
秦穆杀三良，惜哉空尔为①。
结发事明君②，受恩良不訾③。
临殁要之死④，焉得不相随。
妻子当门泣，兄弟哭路垂。
临穴呼苍天，涕下如绠縻⑤。
人生各有志，终不为此移。
同知埋身剧，心亦有所施⑥。
生为百夫雄，死为壮士规⑦。
《黄鸟》作悲诗，至今声不亏⑧。

【题解】

这首诗见于《文选》。和前面所录阮瑀的《咏史诗》其一题材相同,疑作于同时。秦穆公以子车氏"三良"殉葬的事,从《诗经》开始,就对此持批判态度,令人奇怪的是建安诗人如阮瑀、王粲和曹植对三人之愿意殉葬,却都采取肯定的态度。其实从《诗经·黄鸟》中写"三良"殉葬时"临其穴,惴惴其慄";说这三人之死是"歼我良人",全取否定态度。建安诗人之不完全否定此事,可能与当时士人之苦于不遇知己有关。

【注释】

①惜哉空尔为:徒然杀死良臣,故云"惜哉"。 ②结发:指刚成人时。明君:指秦穆公。 ③訾:通"貲",无数。 ④要(yāo):要求。 ⑤绠(gěng):汲井用的绳。縻(mí):牛缰绳。 ⑥剧:过分。心亦有所施:心中有所打算。 ⑦规:法式。 ⑧《黄鸟》句:指《秦风·黄鸟》,详前阮瑀《咏史诗》其一注。亏:衰歇。

杂　　诗

日暮游西园①,冀写忧思情②。
曲池扬素波,列树敷丹荣③。
上有特栖鸟,怀春向我鸣④。
褰衽欲从之⑤,路崄不得征⑥。
徘徊不能去,伫立望尔形⑦。

风飙扬尘起,白日忽已冥。
回身入空房,托梦通精诚⑧。
人欲天不违,何惧不合并⑨。

【题解】

　　这首诗见于《文选》。当是王粲到邺城后所作。从诗的大意来看,似是一首情诗,以鸟象征所爱的人。不过,古人有一种托男女以喻君臣的传统。王粲早年颇自负,在《登楼赋》中就有做一番事业的抱负。他归附曹操后,虽然较之荆州时期稍见重用,但亦难免有不满意的时候,所以很可能有所寄托。

【注释】

　　① 西园:在邺城(今河北临漳)西,曹操所筑。曹植《公䜩诗》亦有"清夜游西园"之句。 ② 冀:希望。写:排解。 ③ 丹荣:红色的花。 ④ 特栖:独栖。怀春:因春天而有求偶之思想。《诗经·召南·野有死麕》:"有女怀春,吉士诱之。" ⑤ 衽(rèn):一作"袵",衣襟。 ⑥ 崄:同"险"。征:行。 ⑦ 形:指所思念的人的形貌。 ⑧ 精诚:指自己真诚的心。 ⑨ "人欲"二句:是说天从人愿,总会有会面之时。

七 哀 诗

其 一

西京乱无象①,豺虎方遘患②。
复弃中国去,远身适荆蛮③。
亲戚对我悲,朋友相追攀。
出门无所见,白骨蔽平原。
路有饥妇人,抱子弃草间。
顾闻号泣声,挥涕独不还。
未知身死处,何能两相完④。
驱马弃之去,不忍听此言。
南登霸陵岸⑤,回首望长安。
悟彼《下泉》人,喟然伤心肝⑥。

【题解】

王粲的《七哀诗》凡三首,《文选》录两首,即第一首和第二首。这些诗未必是一时所作,如第一首写的是王粲从长安到荆州去时路上所见;第二首写的是在荆州时的思乡之情。第三首见于《古文苑》,写的是"边城",似与王粲生平无甚联系,在艺术上似不足与一、二首相比,因此《文选》不取,实为有见。在三首中历来最为传诵的当然是第一首,因为它真实地反映了汉末李傕、郭汜在长安一带的暴行,真实生动,使人心惊魄动。所以清人沈德潜认为"此杜少陵《无家别》《垂老别》诸篇之祖也"(《古诗源》卷六)。方东树评此诗"苍凉悲慨,才力豪健,陈思(曹植)而下,一人而已"(《昭昧詹言》卷二)。

【注释】

①西京:指长安(今陕西西安),相对于东京(洛阳)而言。乱无象:混乱而毫无法纪。指献帝初平三年(192)王允诛杀董卓后,董卓馀部李傕、郭汜攻入长安,杀害王允,又互相混战,关中大乱。 ②豺虎:喻李傕、郭汜等人。遘:同"构"。"构患"即制造灾难。 ③中国:指中原。荆蛮:指荆州。这是先秦时留下的偏见,以黄河流域为中原,而以南方的楚等国为"蛮夷"。 ④"未知"二句:这两句是"饥妇人"对被弃婴儿说的话,意谓"我自己还不知死在哪里,怎能保全得了你"。 ⑤霸陵:汉文帝的陵墓,在今陕西西安东南,从长安东行,经常要过此地。 ⑥《下泉》:《诗经·曹风》篇名,有"忾我寤叹,念彼周京"等句。《毛诗序》云:"《下泉》,思治也。曹人疾共公侵刻下民,不得其所,忧而思明王贤伯也。"王粲遭乱逃难,路过霸陵,想起文帝时汉朝之盛,故有"喟然伤心肝"之叹。

其　二

荆蛮非我乡,何为久滞淫^①。

方舟溯大江，日暮愁我心。
山岗有馀映，岩阿增重阴②。
狐狸驰赴穴，飞鸟翔故林。
流波激清响，猴猿临岸吟。
迅风拂裳袂③，白露沾衣衿。
独夜不能寐，摄衣起抚琴。
丝桐感人情④，为我发悲音。
羁旅无终极，忧思壮难任⑤。

【题解】

　　这首诗亦见《文选》，是王粲在荆州时思乡之作，其情调与《登楼赋》颇相类。如"荆蛮非我乡"二句，与"虽信美而非吾土兮，曾何足以少留"相似；"狐狸"二句与"兽狂顾以求群兮，鸟相鸣而举翼"类似；"独夜"句与"夜参半而不寐兮"亦同一意义，疑作于同一时期。

【注释】

　　①久滞淫：停留太久。李善注："《国语》曰：'底著滞淫。'贾逵曰：'淫，久也。'" ②"山岗"二句：意谓山岗本有夕阳馀晖，而高的山陵把阳光遮住，更见幽暗。 ③袂（mèi）：衣袖。 ④丝桐：指琴。 ⑤壮：剧烈。任：这里作"当"或"忍受"解。

其　三

边城使心悲，昔吾亲更之①。
冰雪截肌肤，风飘无止期。
百里不见人，草木谁当迟。
登城望亭燧②，翩翩飞戍旗。
行者不顾反，出门与家辞。
子弟多俘虏③，哭泣无已时。
天下尽乐土，何为久留兹。
蓼虫不知辛④，去来勿与谘⑤。

【题解】

这首诗不见《文选》，仅见章樵注本《古文苑》。从现有的史料看，王粲似未到过"边城"。至于"冰雪截肌肤"的气候，又非荆州及邺城等地所有，王粲当时恐亦难说"天下尽乐土"。但建安诗人的作品有时和作者生平难于联系，如曹丕《杂诗》其二，就不像他的口吻，笔者颇疑其为拟古之作，似不宜遽以伪作视之。

【注释】

①更：经历。《汉书·沟洫志》："更底柱之艰。"陶渊明《饮酒》其

十六:"饥寒饱所更。" ②亭燧:边境上防守的亭障和烽火台。 ③"子弟"句:言边境子弟多为匈奴等族所俘虏。 ④蓼(liǎo):一种生长于水边的草,味辛辣。《诗经·周颂·小毖》:"予又集于蓼。"蓼虫:蓼草上的虫,故言"不知辛"。 ⑤谘:同"咨",询问。

陈 琳

陈琳(?—217)字孔璋,广陵射阳(今江苏宝应)人,东汉末诗人、散文家。建安七子之一。灵帝时为大将军何进主簿。后避难冀州,入袁绍幕,曾为袁绍作檄文斥责曹操。后袁绍为曹操所败,遂降曹操,任司空军谋祭酒。建安二十二年卒。《隋书·经籍志》著录其集十卷,今佚。明人辑有《陈记室集》,今人俞绍初《建安七子集》有所增补。

饮马长城窟行

饮马长城窟,水寒伤马骨。
往谓长城吏①,慎莫稽留太原卒②。
官作自有程,举筑谐汝声③。
男儿宁当格斗死,何能怫郁筑长城④。
长城何连连,连连三千里。
边城多健少,内舍多寡妇⑤。

作书与内舍,便嫁莫留住。
善事新姑嫜⑥,时时念我故夫子⑦。
报书往边地,君今出语一何鄙。
身在祸难中,何为稽留他家子⑧。
生男慎勿举,生女哺用脯⑨。
君独不见长城下,死人骸骨相撑拄⑩。
结发行事君,慊慊心意关⑪。
(明知)边地苦,贱妾何能久自全⑫。

【题解】

　　这首诗见于《玉台新咏》。《乐府诗集》作为《相和歌辞·瑟调曲》收入。按:《饮马长城窟行》,《玉台新咏》所收有蔡邕、陈琳二首。蔡诗亦见《文选》,但只作为乐府古辞收入;陈琳《文选》不载。现在看来所谓"蔡邕之作",多数学者皆取怀疑态度,且未涉及长城,疑非此曲本辞。陈诗历来似少有人怀疑,但近年亦有人提出怀疑,认为是古辞而非陈琳作,笔者觉此说有理,当然很难定论。

【注释】

　　① 长城吏:监督筑长城的官吏。　② 稽留:留住不放。太原:秦汉郡名,辖地在今山西太原市一带。太原卒是指从太原来的役人。　③ 程:期限。

筑:筑土之杵。这两句是"长城吏"对"太原卒"说的话:"官家对工程有限期,你快举起杵来和大伙一起筑城。" ④怫郁:怨愤忧郁。这两句是"太原卒"的话,他宁愿战斗而死,不能满心怨愤地去筑长城。 ⑤内舍:内室。寡妇:指丈夫外出的妇女。古人有此用法,如鲍照《拟行路难》"来时闻君妇,闺中孀居独宿有贞名";又《梦归乡》"孀妇当户叹"。 ⑥姑嫜(zhāng):古时人称丈夫的父母叫"姑嫜"。 ⑦故夫子:前夫之子。这三句是"太原卒"写信给妻子说的话。 ⑧这两句是妻子复信中的话,意谓现在人家也在劳役不休的苦难之中,哪有可能收留别人家的人。言不能再嫁。 ⑨脯(fǔ):肉干。 ⑩《水经注·河水二》云:"(秦)始皇三十三年(前214),起自临洮,东暨辽海,西并阴山,筑长城及开南越地,昼警夜作,民劳怨苦,故杨泉《物理论》曰:秦始皇使蒙恬筑长城,死者相属,民歌曰:'生男慎勿举,生女哺用脯,不见长城下,尸骸相支拄。'其冤痛如此矣。"杨泉由吴入晋,距陈琳不远。疑这四句本民歌,而陈琳引入诗中。杜甫《兵车行》"信知生男恶,反是生女好;生女犹得嫁比邻,生男埋没随百草",即出于此。 ⑪慊(qiè)慊:心意满足,言夫妇感情很好。按"慊"一音qiàn,为不满之意,则与"心意关"不合。 ⑫边地苦:一本"边"上有"明知"二字。这两句是说明知边地凄苦,你若不幸,我亦不能久存。

刘 桢

刘桢(? —217)字公幹,东平宁阳(今属山东)人。

东汉文人刘梁之子(一说孙)。"建安七子"之一。刘桢为人学博才高,但性气褊傲。早年即知名于青州、徐州一带,后为曹操司空军谋祭酒,随曹操南征。建安十六年(211)为曹丕五官中郎将文学。他曾在曹丕宴会上,因丕妻甄氏出拜,众人俯伏,而刘桢独"平视之",为曹操所怒,下狱,后赦出,为平原侯曹植庶子。卒年五十馀。《隋书·经籍志》著录其文集四卷,佚。明人辑有《刘公幹集》,今人俞绍初《建安七子集》有校补。曹丕评他的作品"有逸气,但未道耳"。《诗品》把他列入上品,与曹植并称。后人评"建安七子"以他和王粲为首。大抵刘桢笔力较刚劲,而雕润较少;而王粲辞采见长,但笔力稍弱。六朝人有的推崇刘桢,有的则尊王粲。

公 宴 诗

永日行游戏,欢乐犹未央[①]。
遗思在玄夜,相与复翱翔[②]。
辇车飞素盖[③],从者盈路傍。
月出照园中,珍木郁苍苍[④]。
清川过石渠,流波为鱼防[⑤]。
芙蓉散其华,菡萏溢金塘[⑥]。
灵鸟宿水裔,仁兽游飞梁[⑦]。

华馆寄流波⑧,豁达来风凉⑨。
生平未始闻,歌之安能详。
投翰长叹息,绮丽不可忘⑩。

【题解】

　　这首诗见于《文选》。从诗中所写情景看来,当是邺都时参加曹丕的宴会所作(曹操官位大,参加者似不能这样尽欢)。所游之处为邺城的西园。此诗重在写景,与王粲《公宴诗》之重在歌颂曹操不同。

【注释】

　　①永日:尽日、整天。未央:此处指意兴未尽。　②玄夜:黑夜。翱翔:这里指逍遥游乐。《诗经·郑风·清人》:"河上乎翱翔。"　③辇(niǎn):古代一种人推的车。素盖:白色的车盖。　④郁苍苍:茂富的样子。苏轼《前赤壁赋》"山川相缪,郁乎苍苍"即出于此。　⑤鱼防:鱼堤,是防止鱼游失而筑。　⑥菡萏(hàn dàn):荷花。　⑦水裔:水边。飞梁:高高的桥。这两句有夸张手法。灵鸟本指凤凰,仁兽本指麒麟,二物自出传说,这里大约指一些珍禽奇兽。　⑧华馆:指华美的房舍。寄流波:指建于水滨。　⑨豁达:空旷。　⑩翰:笔。绮丽:指西园之富丽。

赠　徐　干

谁谓相去远，隔此西掖垣①。
拘限清切禁，中情无由宣②。
思子沉心曲③，长叹不能言。
起坐失次第，一日三四迁④。
步出北寺门，遥望西苑园⑤。
细柳夹道生，方塘含清源⑥。
轻叶随风转，飞鸟何翩翩。
乖人易感动⑦，涕下与衿连。
仰视白日光，皦皦高且悬⑧。
兼烛八纮内⑨，物类无颇偏⑩。
我独抱深感⑪，不得与比焉⑫。

【题解】

　　这首诗见于《文选》，当是刘桢因甄氏事触怒曹操，被罚作磨石苦役时向好友徐干吐露其内心的怨愤所作。刘桢平视甄氏，其实算不上什么过错，罚作苦役，实可谓滥罚。《世说新语·言语》载："刘公幹以失敬罹罪，文帝问曰：'卿何以不谨于文宪？'桢答曰：'臣诚庸短，亦由陛下纲目不疏。'"这则记载，显然出于后人附会。南朝梁刘孝标注已指出其谬误。但这故事却很真实地反映了刘桢桀傲不驯和耿直的性格。

【注释】

①西掖垣：李善注引《洛阳故宫铭》曰："洛阳宫有东掖门、西掖门。"邺城建筑仿洛阳，亦有"掖门"。《水经注·清漳水》记铜雀台，说是曹操望见王修处："昔严才与其属攻掖门，修闻变，车马未至，便将宫属步至宫门。太祖在铜雀台望见之曰：'彼来者必王叔治也。'""西掖垣"，指西掖门的宫墙。　②禁：指宫禁。清切禁：是说切近禁中，阻隔分明。中心：内心真情。宣：表达。　③沉：隐藏。　④"起坐"二句：形容因忧虑而心情烦乱，坐立不安。　⑤北寺门：官府之门。李善注引《风俗通》曰："尚书、侍御、御史、谒者所止，皆曰寺也。"刘桢当时在服苦役，拘于官署，故云。西苑园：当即西园，文士们常游之处。　⑥含清源：指塘水来自清源，故水甚清。　⑦乖人：命运乖蹇的人。　⑧皦皦：洁白明亮。　⑨烛：照亮。八纮（hóng）：犹言八极。《淮南子·地形》："九州之外乃有八寅……八寅之外而有八纮。"高诱注："纮，维也。维落天地而为之表，故曰纮也。"⑩物类：犹言万物。　⑪深感：同"深憾"。　⑫比（bì）：相类，相近。

赠五官中郎将

其 一

昔我从元后^①，整驾至南乡^②。
过彼丰沛都^③，与君共翱翔。
四节相推斥^④，季冬风且凉。

众宾会广坐，明灯熺炎光⑤。
清歌制妙声，万舞在中堂⑥。
金罍含甘醴⑦，羽觞行无方⑧。
长夜忘归来，聊且为大康⑨。
四牡向路驰⑩，欢悦诚未央。

【题解】

　　这四首诗皆见《文选》。"五官中郎将"指曹丕。建安十六年（211），曹丕为五官中郎将、副丞相。这一年，刘桢为五官中郎将文学，不久，因失礼甄氏而被罚苦役，遇赦后为平原侯庶子。这些诗，大约作于刘桢为平原侯庶子以后。这第一首是回忆建安十三年曹丕、刘桢跟随曹操南征时路过谯郡时的行乐状况。这首所写游乐盛况与下面所写刘桢处境的悲凄形成鲜明对比，更显示出他对曹丕的思念之情。

【注释】

　　①元后：君主，指曹操，其实曹操并未称帝，但建安诗人用这种言辞称呼他的例子很多，如王粲《从军诗》称他为"圣君"亦属此例。　②南乡：南方。这次南征当指建安十三年（208）的征刘表之役。　③丰沛都：本指丰、沛二地，即今江苏的丰县和沛县，是汉高祖刘邦故乡。这里是以

汉高祖比拟曹操,代指谯(今安徽亳州)。 ④推斥:推移。 ⑤熹(xī):同"熙",炽烈。 ⑥万舞:古代一种舞蹈。《诗经·邶风·简兮》"方将万舞"。这里似泛指舞蹈。 ⑦甘醴(lǐ):甜酒。 ⑧羽觞:古代人饮酒所用的鸟形酒器。无方:无数。 ⑨大康:同"太康",竭尽欢乐。《诗经·唐风·蟋蟀》"无已大康"。 ⑩四牡:四匹公马。这里指用四匹马驾的马车。

其 二

余婴沉痼疾①,窜身清漳滨②。
自夏涉玄冬③,弥旷十馀旬④。
常恐游岱宗⑤,不复见故人。
所亲一何笃,步趾慰我身⑥。
清谈同日夕,情眄叙忧勤⑦。
便复为别辞,游车归西邻⑧。
素叶随风起,广路扬埃尘。
逝者如流水⑨,哀此遂离分。
追问何时会,要我以阳春。
望暮结不解,贻尔新诗文。
勉哉修令德,北面自宠珍⑩。

【题解】

刘桢写此诗时,大约卧病邺城,曹丕亲自去探望,刘桢因感激而作此诗。按:《三国志·魏书·文帝纪》,曹丕立为魏太子在建安二十二年(217),即刘桢的卒年,从本诗的末两句看,当时曹丕、曹植究竟谁能成为曹操继承人的问题,尚未最终解决,所以刘桢向他提到努力修德行,自能得曹操信任。

【注释】

①婴:得病。沉痼(gù)疾:沉重而积久不治之病。 ②清漳:河名,发源今山西榆社以北一带,流入今河北省境,在冀豫边境流入漳河。曹操曾引此水流入邺城。 ③玄冬:冬天。古人以四季、四方配青赤白黑四色,以北方和冬季为黑色,故称"玄冬"。 ④弥:满。旷:闲废。旬:十日为"旬"。 ⑤岱宗:泰山。古人迷信认为人死后魂魄归泰山管理。游岱宗:代指死亡。 ⑥步趾:移动脚步。 ⑦眄(miàn):看。这句说曹丕亲自去看望刘桢,叙述其思念之情。 ⑧西邻:当指邺城宫殿。曹丕当时居邺宫。在城西,故称"西邻"。 ⑨逝者:指光阴。语出《论语·子罕》:"子在川上曰:'逝者如斯夫,不舍昼夜。'"以流水比喻光阴。 ⑩北面:古人认为君主南面,臣北面。曹丕当时也居于臣的地位,故劝他修令德,以保持曹操对他的宠任。

其 三

秋日多悲怀,感慨以长叹。
终夜不遑寐①,叙意于濡翰②。
明灯曜闺中③,清风凄已寒。
白露涂前庭,应门重其关④。
四节相推斥,岁月忽欲殚⑤。
壮士远出征,戎事将独难。
涕泣洒衣裳,能不怀所欢⑥。

【题解】

这首诗似是曹丕在立为魏太子以前曾奉命出征时刘桢作诗送他,具体时间待考。《文选》有《与朝歌令吴质书》,作于阮瑀卒后,曹丕在书中自称"北遵河曲",但未及用兵之事,未必指此次出行。

【注释】

①遑(huáng):闲暇。 ②濡翰:用笔醮墨,指写作诗文。 ③闺中:这里指屋里。 ④应门:宫殿的门。《诗经·大雅·绵》"乃立应门",指宫殿的正门。 ⑤殚:尽。 ⑥所欢:指曹丕。

其 四

凉风吹沙砾,霜气何皑皑①。
明月照缇幕②,华灯散炎晖。
赋诗连篇章,极夜不知归。
君侯多壮思,文雅纵横飞③。
小臣信顽卤④,僶俛安能追⑤。

【题解】

此诗所写季节与上一首相同,亦作于秋日,疑为曹丕出行前,刘桢曾去送行,二人都作了诗。刘桢自谦他的诗不如曹丕。

【注释】

① 皑皑(ái):白色。 ② 缇(tí):橘红色。 ③ 君侯:指曹丕。文雅:指文才。 ④ 顽卤:笨拙。 ⑤ 僶俛(mǐn miǎn):努力。

赠 从 弟

其 一

泛泛东流水,磷磷水中石①。

蘋藻生其涯②，华纷何扰弱③。
采之荐宗庙，可以羞嘉客④。
岂无园中葵，懿此出深泽⑤。

【题解】

　　这三首诗同见于《文选》。这些诗都是勉励其从弟坚持其品格，不为某些社会现象所迷惑或压倒的意思。这位"从弟"已难确考，但从诗的内容看来，似更能显示出刘桢自己的性格。

【注释】

　　①泛泛：形容水流动不息的样子。磷磷：清澈可见的样子。《诗经·唐风·扬之水》："扬之水，白石磷磷。"　②蘋藻：两种水草之名。皆可食。③"华纷"句：形容蘋、藻的花与叶纷繁，柔顺地随水漂动。　④"采之"二句：按此二句用《诗经》及《左传》典故。《诗经·召南·采蘋》："于以采蘋，南涧之滨。于以采藻，于彼行潦。于以盛之，维筐及筥。于以湘之，维锜及釜。于以奠之，宗室牖下。谁其尸之，有齐季女。"《左传·隐公三年》全用其意，谓："苟有明信，涧溪沼沚之毛，蘋蘩蕰藻之菜，筐筥锜釜之器，潢污行潦之水，可荐于鬼神，可羞于王公。"　⑤懿：美。意谓美蘋、藻是出于深泽之中。

其 二

亭亭山上松，瑟瑟谷中风①。
风声一何盛，松枝一何劲。
冰霜正惨凄，终岁常端正②。
岂不罹凝寒③，松柏有本性。

【题解】

　　这首诗在刘桢诸诗中最为传诵，因为它更突出地显示了刘桢高傲耿直，不畏强暴的个性。钟嵘《诗品》评刘桢诗"仗气爱奇，动多振绝。真骨凌霜，高风跨俗"。这种特色在此诗中体现得最为充分。

【注释】

　　①亭亭：高耸挺立的样子。瑟瑟：形容风的声音。　②惨凄：形容严寒的惨烈。《楚辞》宋玉《九辩》"霜露惨凄而交下兮"与此同意。端正：指松树不为狂风所倾斜。　③罹：遭受。

其 三

凤凰集南岳①，徘徊孤竹根②。

于心有不厌，奋翅凌紫氛③。
岂不常勤苦，羞与黄雀群④。
何时当来仪，将须圣明君⑤。

【题解】

　　这首诗是以凤凰比喻贤才，对现实有不满时，就高飞远去，不与俗人同流合污。诗中所谓"黄雀"，似即喻当时一些行为不正直的人。看来刘桢出仕，但对曹操手下的官员未必很满意。

【注释】

　　① 南岳：似指《山海经·南山经》中的"丹穴之山"。《山海经》云："又东五百里，曰丹穴之山，其上多金玉。丹水出焉……有鸟焉，其状如鸡（一作"鹤"），五采而文，名曰凤凰……见则天下安宁。" ② 孤竹根：指竹旁。传说中凤凰只吃竹实。《诗经·大雅·卷阿》"凤凰鸣矣，于彼高岗"，汉郑玄笺："凤凰之性，非梧桐不栖，非竹实不食。" ③ 不厌：不满足。紫氛：指天空。日光照射云霞，有时显紫色，故紫霄、紫虚及紫氛皆指天空。 ④ 黄雀：喻俗士。 ⑤ 来仪：指凤凰来到。《尚书·益稷》："箫韶九成，凤凰来仪。"须：等待。

杂　　诗

职事相填委，文墨纷消散①。
驰翰未暇食，日昃不知晏②。
沉迷簿领书，回回自昏乱③。
释此出西城④，登高且游观。
方塘含白水，中有凫与雁。
安得肃肃羽⑤，从尔浮波澜。

【题解】

　　这首诗见于《文选》。刘桢在官府任职，苦于案牍劳形，天色已晚，尚未进餐。为了消除疲劳，到城外游观，因见凫雁在水中悠闲之状，感到自己还不如鸟之自由。

【注释】

　　① 职事：指职掌的事务。填委：堆积很多。文墨：文书。这两句写公务繁忙，终于完成。　② 驰翰：挥笔起草公文。日昃（zè）：太阳西斜。晏：晚。　③ 簿领：指登录各种事务。回回：眩惑。扬雄《甘泉赋》："耳骇目回。"这句说自己为簿领所困，自觉心绪昏乱。　④ 西城：当指邺城的西城，邺城西部是曹操引清漳河入邺处。　⑤ 肃肃羽：指鸟羽。"肃肃"

是鸟羽的声音。《诗经·唐风·鸨羽》"肃肃鸨羽";《小雅·鸿雁》"鸿雁于飞,肃肃其羽",二诗皆有叹劳苦之意。

应 玚

应玚(?—217)字德琏,汝南南顿(今河南项城)人。祖应奉、伯父应劭皆东汉著名学者。应玚早年曾随伯父应劭居邺,已有文名。建安初,其父应珣为曹操司空掾,遂至许昌。曾多次随曹操出征(谢灵运《拟魏太子邺中集诗》有"官渡厕一卒,乌林预艰阻"语)。曾任丞相掾,又为平原侯庶子,转五官中郎将文学。亦"建安七子"之一。《隋书·经籍志》著录其集五卷,佚。明人辑有《应德琏集》,今人俞绍初《建安七子集》有校补。

侍五官中郎将建章台集诗

朝雁鸣云中①,音响一何哀。
问子游何乡,戢冀正徘徊②。
言我寒门来,将就衡阳栖③。
往春翔北土,今冬客南淮④。
远行蒙霜雪,毛羽日摧颓⑤。
常恐伤肌骨,身陨沉黄泥。

简珠堕沙石,何能中自谐⑥。
欲因云雨会,濯翼陵高梯⑦。
良遇不可值,伸眉路何阶。
公子敬爱客,乐饮不知疲。
和颜既以畅,乃肯顾细微。
赠诗见存慰,小子非所宜。
为且极欢情,不醉其无归。
凡百敬尔位⑧,以副饥渴怀⑨。

【题解】

这首诗见于《文选》,是应玚参加曹丕的一次集会上所作,实为"公讌"一类作品。但王粲之作重在颂德,刘桢之作意在写景,此首则以雁自比,多身世之感。谢灵运《拟魏太子邺中集诗》云"汝颍之士,流离世故,颇有飘泊之嗟",似亦着眼此诗。清人沈德潜评此诗"篇中代雁为词,音调悲切,异于众作"(《古诗源》卷六)。本诗又一特点,是有些词语可能有双关用意。如"云中"可作云端理解,然亦地名(在今山西原平西南);"寒门"可作为传说中北方山名,亦可理解为"寒素之门"(尽管汝南应氏并非庶族)。笔者曾怀疑应氏在邺城以北某些地方有田产,详见《文史》第54辑(2001年第一辑)。

【注释】

①云中:天空。但"云中"亦汉代郡名,曹植《送应氏》有"我友之朔方"句,疑应玚曾到北部地区。 ②戢翼:收起翅膀停止飞翔。 ③寒门:山名。《淮南子·地形》:"北方曰北极之山,曰寒门。"高诱注:"积寒所在,故曰寒门。"按:亦可理解为寒素之门。衡阳:即今湖南衡阳,有回雁峰。 ④南淮:淮河以南,指温暖的地方。 ⑤摧颓:凋零脱落。 ⑥简珠:大珠。李善注:"《淮南子》曰:'周之简珪,产于垢土。'《尔雅》曰:'简,大也。'"李善注以为"简珠,喻贤人也;沙石,喻群小也"。故云"何能中自谐",指不能和谐。 ⑦"欲因"二句:"云雨会"指因缘时机。濯翼:洗涤翅翼。陵:升。高梯:高位。 ⑧"凡百"句:语出《诗经·小雅·雨无正》:"凡百君子,各敬尔身。"意谓在座各位,当敬修其身。 ⑨副:符合。饥渴怀:指曹丕求贤若渴的心意。

别　　诗

其　一

朝云浮四海,日暮归故山。
行役怀旧土,悲思不能言。
悠悠涉千里,未知何时旋①。

【题解】

　　这首诗见于《艺文类聚》,写行役者思乡之情。

【注释】

　　① 旋:同"还",回到家乡。

其　二

浩浩长河水,九折东北流。
晨夜赴沧海,海流亦何抽①。
远适万里道,归来未有由。
临河累太息②,五内怀伤忧。

【题解】

　　这首诗亦见《艺文类聚》,与上首同为思乡之作。不过上首以浮云为比,而此诗以河水为喻。

【注释】

　　① 抽:吸引。《庄子·天地》:"凿木为机,后重前轻,挈水若抽,数如

汙汤,其名为橬。"此句意谓海流有何力吸引这些水流奔向它。 ②太息:同"叹息"。

徐　幹

徐幹(171—218)字伟长,北海剧(今山东昌乐)人。灵帝末闭门自守,精研经学及天文历算,后避难居高密、临淄。曹操平袁绍,召为司空军谋祭酒,从曹操南征。又为五官中郎将文学。徐幹为"建安七子"之一,但少无宦情,又体弱多病,曹丕《与吴质书》称其"怀文抱质,恬性寡欲,有箕山之志"。著有《中论》二十二篇,今存二十篇。《隋书·经籍志》著录其集五卷,佚。今人俞绍初《建安七子集》有辑本。

情　诗

高殿郁崇崇,广厦凄泠泠①。
微风起闺闼②,落日照阶庭。
时曀云屋下③,啸歌倚华楹④。
君行殊不返,我饰为谁荣⑤。
炉熏阖不用⑥,镜匣上尘生。
绮罗失常色,金翠暗无精⑦。

嘉肴既忘御,旨酒亦常停。
顾瞻空寂寂,惟闻燕雀声⑧。
忧思连相嘱,中心如宿醒⑨。

【题解】

这首诗见《玉台新咏》。此诗用一个妇女的口吻,写丈夫外出、独处空房的凄凉寂寞之感。尽管这位妇女所居为华贵的高楼,但更显得寂静,使她心情烦乱。

【注释】

① 郁崇崇:形容"高殿"之峻高。泠泠:形容凄清之状。广厦本显空旷而又无人则更显凄清而带凉意。 ② 闺闼:即"闺门",指诗中女主人公所居处。 ③ 跱踞:同"踟蹰"。云屋:喻高耸的房屋。 ④ 啸歌:悲歌。《诗经·召南·江有汜》:"不我过,其啸也歌。"华楹:华丽的柱子。 ⑤ "君行"二句:这两句即《诗经·卫风·伯兮》"自伯之东,首如飞蓬。岂无膏沐,谁适为容"之意。 ⑥ 炉熏:熏香的炉子。阖:关上。 ⑦ 金翠:金和翠羽等首饰。暗无精:形容主人翁心情不佳,看着金翠都无精光。 ⑧ "顾瞻"二句:这两句写寂静之状,与梁王籍《入若耶溪》"蝉噪林逾静,鸟鸣山更幽"有异曲同工之妙。唐常建《题破山寺后禅院》"万籁此俱寂,但馀钟磬音",实取法于此。 ⑨ 宿醒(chéng):隔夜喝醉了酒,神志仍不清楚。

室 思 诗

沉阴结愁忧①,愁忧为谁兴。
念与君相别,各在天一方。
良会未有期,中心摧且伤。
不聊忧餐食,慊慊常饥空②。
端坐而无为,仿佛君容光③。其一

峨峨高山首,悠悠万里道。
君去日已远,郁结令人老。
人生一世间,忽若暮春草。
时不可再得,何为自愁恼。
每诵昔鸿恩,贱躯焉足保。其二

浮云何洋洋,愿因通我辞④。
飘飘不可寄,徙倚徒相思⑤。
人离皆复会,君独无返期。
自君之出矣,明镜暗不治。
思君如流水,何有穷已时⑥。其三

惨惨时节尽⑦,兰华凋复零。
喟然长叹息,君期慰我情⑧。
展转不能寐,长夜何绵绵。
蹑履出门户,仰观三星连⑨。
自恨志不遂,泣涕如涌泉。其四

思君见巾栉⑩,以益我劳勤。

安得鸿鸾羽,觏此心中人⑪。

诚心亮不遂,搔首立悁悁⑫。

何言一不见,复会无因缘。

故如比目鱼⑬,今隔如参辰⑭。其五

人靡不有初,想君能终之⑮。

别来历年岁,旧恩何可期。

重新而忘故,君子所尤讥。

寄身虽在远,岂忘君须臾。

既厚不为薄,想君时见思。其六

【题解】

这首诗见于《玉台新咏》。明寒山赵氏覆宋本作一首六章。有些版本则以前五章为"杂诗"五首,仅末一章为《室思》,清吴兆宜注以为当从赵本作一首六章,今从之。这首诗写的也是思妇想念出门在外的丈夫。其中第三章的"自君之出矣"四句,最为后人所传诵。《乐府诗集》卷六十九《杂曲歌辞》有《自君之出矣》一题,即出徐诗此章。南朝宋孝武帝、鲍令晖、齐王融直到唐代都有人以此为诗题。锺嵘《诗品》虽把徐幹列入下品,但把"思君如流水"列入"古今胜语",颇为赞赏。

【注释】

①沉阴：本指天气阴沉，这里用来比喻人的心情忧愁郁闷。 ②聊：本意为依凭，"不聊"即不依靠。此处似当作"不干"解释。慊（qiàn）慊：不满。这两句是说非关忧餐食不足，但因怀忧而不能进食，饮食不饱。 ③"端坐"二句：意思说自己端坐在家，而眼里仿佛见到所思者的容貌。形容相思之深。 ④洋洋：广远的样子。这两句是说自己想托浮云转达自己的心绪于对方。 ⑤徙倚：留连徘徊。 ⑥"思君"二句：意谓思念对方的情绪如河川中的流水，永无停止。 ⑦惨惨：形容严寒，与前刘桢《赠从弟》之"冰霜正惨怆"同一意思。时节尽：指一年将尽。 ⑧君期：即"期君"，希望对方。 ⑨三星：有几种说法，一般指心宿三星。 ⑩巾栉：指妇女侍候丈夫，巾以拭手，栉以梳头。 ⑪觏（gòu）：遇见。 ⑫悁（yuān）悁：怨恨的样子。 ⑬比目鱼：《尔雅·释地》："东方有比目鱼焉，不比不行。其名谓之鲽。" ⑭参辰：指参星和辰星（亦名商星）分在东、西二方，出没时各不相见。晋傅玄《豫章行苦相篇》："一绝逾参辰。" ⑮"人靡"二句：语出《诗经·大雅·荡》："靡不有初，鲜克有终。"

繁　钦

繁（pó）钦（？—218）字休伯，颍川（今河南禹州市）人。早年即有名于汝、颍间。献帝初，避乱至荆州，依刘表，后归曹操，曾从曹操南征。卒于建安二十三年。《隋书·经籍志》著录其文集十卷，今佚。存文二十二篇，诗八首。

定 情 诗

我出东门游，邂逅承清尘①。
思君即幽房，侍寝执衣巾②。
时无桑中契，迫此路侧人③。
我即媚君姿，君亦悦我颜。
何以致拳拳，绾臂双金环④。
何以致殷勤，约指一双银⑤。
何以致区区，耳中双明珠⑥。
何以致叩叩，香囊系肘后⑦。
何以致契阔，绕腕双跳脱⑧。
何以结恩情，佩玉缀罗缨⑨。
何以结中心，素缕连双针⑩。
何以结相於，金薄画搔头⑪。
何以慰别离，耳后玳瑁钗⑫。
何以答欢悦，纨素三条裙⑬。
何以结愁悲，白绢双中衣⑭。
与我期何所，乃期东山隅。
日旰兮不至，谷风吹我襦⑮。
远望无所见，涕泣起踟蹰。
与我期何所，乃期山南阳。
日中兮不来，凯风吹我裳⑯。

逍遥莫谁睹,望君愁我肠。
与我期何所,乃期西山侧。
日夕兮不来,踯躅长叹息。
远望凉风至,俯仰正衣服。
与我期何所,乃期北山岑⑰。
日暮兮不来,凄风吹我衿。
望君不能坐,悲苦愁我心。
爱身以何为,惜我华色时。
中情既款款,然后克密期⑱。
褰衣躐茂草,谓君不我欺。
厕此丑陋质⑲,徙倚无所止。
自伤失所欲,泪下和连丝。

【题解】

这首诗见《玉台新咏》;《乐府诗集》作为"杂曲歌辞"收入。所谓"定情",是说镇定自己的情绪。诗中写一位女子,出门见到一位男子,互相爱慕,两人有了约会,届时男子负约不到,引起女子的愁闷和痛苦,为此,她要使自己的心情安定下来。余冠英先生以为此诗"正如陶渊明的《闲情赋》是闲止其情的意思"(《汉魏六朝诗选》第110页)。现在看来,陶渊明的赋,在某种程度上很可能受了此诗影响。因为此诗的排比手法,本近于辞赋。但陶赋写的是男子思念女子,其情节与本诗不全相同。

【注释】

① 承清尘:指见到对方。"清尘"是谦称接触对方扬起的尘土。司马相如《上书谏猎》:"犯属车之清尘。" ② 即幽房:来到深闺。"侍寝"句:指执衣巾以侍候对方,意为结为夫妇。 ③ 桑中:《诗经·鄘风·桑中》写男女相悦约会之事,后来遂以此代指男女幽会。契:约。"迫此"句:指畏路人指责。 ④ 拳拳:忠谨诚笃的样子。绾(wǎn):系结。"绾臂双金环":当指镯子。 ⑤ 约指一双银:当指戒指。 ⑥ 区区:指真挚的衷情。耳中双明珠:指镶有珠子的耳环。 ⑦ 叩叩:忠诚的样子。香囊:古人佩带的盛香料的佩囊。 ⑧ 契阔:感情融洽。跳脱:亦镯子一类。 ⑨ "佩玉"句:指佩玉上系有丝带。 ⑩ "素缕"句:指用一根线穿双针,以象征二人爱情。 ⑪ 金薄:同"金箔",即把黄金铸得很薄,用来作"搔头"的装饰。搔头:古代妇女的一种首饰。 ⑫ 玳瑁:一种海龟,其壳可作装饰品。这里的玳瑁钗,即以玳瑁为装饰的钗。 ⑬ 三条裙:"条",当为"绦",丝带。这里指以三条丝带装饰的裙子。 ⑭ 中衣:外衣以内的衣服。 ⑮ 旰(gàn):日晚。谷风:《尔雅·释天》:"东风谓之谷风。" ⑯ 凯风:《尔雅·释天》:"南风谓之凯风。" ⑰ 岑:《尔雅·释山》:"山小而高,岑。" ⑱ 款款:与"拳拳""叩叩"同为忠诚真挚的意思。克密期:约定幽会的日期。 ⑲ "厕此"句:言自己置身于丑陋者之中,自谦之辞。

咏 蕙 诗

蕙草生山北，托身失所依。
植根阴崖侧，夙夜惧危颓。
寒泉浸我根，凄风常徘徊。
三光照八极①，独不蒙馀晖。
葩叶永凋瘁，凝露不暇晞②。
百卉皆含荣，已独失时姿。
比我英芳发，鶗鴃鸣已衰③。

【题解】

这首诗见《艺文类聚》。从诗的内容看，似是自伤托身失所之作。全诗用比兴手法，疑作于在荆州时。

【注释】

①三光：指日、月和星。 ②晞（xī）：干。 ③鶗鴃（tí jué）：鸟名，即伯劳。古人以为它鸣叫以后，百草便凋零。屈原《离骚》："恐鶗鴃之先鸣兮，使百草为之不芳。"